U0097137

中國語言文字研究輯刊

初　編

許 錟 輝 主編

第2冊

《說文解字》人與自然類部首之文化詮釋

薛 榕 婷 著

花木蘭文化出版社

國家圖書館出版品預行編目資料

《說文解字》人與自然類部首之文化詮釋／薛榕婷 著 — 初版
— 新北市：花木蘭文化出版社，2011〔民 100〕
目 2+176 面；21×29.7 公分
（中國語言文字研究輯刊　初編；第 2 冊）
ISBN：978-986-254-698-7（精裝）
1. 說文解字　2. 中國文字　3. 研究考訂
802.08　　100016354

中國語言文字研究輯刊
初　編　　第二冊　　ISBN：978-986-254-698-7

《說文解字》人與自然類部首之文化詮釋

作　者　薛榕婷
主　編　許錟輝
總編輯　杜潔祥
出　版　花木蘭文化出版社
發行所　花木蘭文化出版社
發行人　高小娟
聯絡地址　新北市永和區中正路五九五號七樓之三
電話：02-2923-1455／傳眞：02-2923-1452
網　址　http://www.huamulan.tw　信箱　sut81518@gmail.com
印　刷　普羅文化出版廣告事業
初　版　2011 年 9 月
定　價　初編 20 冊（精裝）新台幣 45,000 元

《說文解字》
人與自然類部首之文化詮釋

薛榕婷　著

作者簡介

薛榕婷，淡江大學中文所碩士。
曾任中華民國漢語文化學會秘書長，從事國際漢語教學。
研究專長：文字學、聲韻學、訓詁學、詞彙學、語言學。
喜愛中國傳統文化，對中國文化史有強烈興趣，於相關社會、文化、信仰、認知、語言、飲食、器用等各方面進行思考研究。關注漢字與文化課題，訓練個人判斷與觀察趣味，挖掘文字資料底下包羅萬象的生活面貌，實現由平面文字建構出立體世界的理想。

提　要

現代社會文化的面貌是古文化經過長久的沉積、承接與轉換而來，闡釋文化即是對於人類存在與創造價值的闡釋。然而隨著歷史長河演繹變動之際，語言文字的詮釋便成爲聯繫古今文化的重要力量。通過詞義系統的分析，能夠揭示文獻詞義形成時所依據的文化背景。漢語與中國歷史文化具有密不可分的關係；漢語的理論與規律，便是在表述中國歷史文化的過程中形成與發揮作用的。因爲漢語所具有前後遞嬗的連續性和古今貫通的綜合性；對於從古至今在根本上一脈相承的漢語詞義，東漢許慎所著之《說文解字》所載錄的上古詞義體系與歷史社會文化體系，能夠對於研究漢語之產生以及發展給予啓示與幫助。

本文的研究分爲兩部分，一爲部首的意義劃分與重新歸類，二爲部首的詮釋與文化意涵分析。以探討人與自然兩類之部首爲主題，乃自《說文》五百四十部首中劃分出此二類相關之部首，再依屬性與關聯性分項，以類相從，重新編排。各類內容的編排次第，基本上先列名稱、再談型態，其動作或產物最後。字義的解說著重於文化觀點的詮釋，以本義爲主但不以爲侷限。並徵引段玉裁注、十三經、諸子書、史籍以幫助說明，相爲佐證。每章之首附加分類表格，概括全文內容，以下爲字釋義與文化詮釋。人爲自然之一部分，又與自然對應，具有創造能力。作爲一個理解的主體，應該先從自我的認識與理解爲起始，再擴及對於自然的理解與對待。因此本文之探討主題以人與自然類之部首爲中心，區別於人爲物質以及精神制度之外。人與自然之間相互影響、利用、學習，進而演化出認知體系作爲人認識與對待自然之依據，而這些理解反映在語言當中，用於人爲世界之溝通與表達，並轉化爲文化概念的一部分。本文所討論以部首字爲中心，其從屬字可供幫助了解、加強概念說明者，亦援引爲解說。

古文字資料與《說文》衝突、或推翻《說文》者，仍存許慎之說。因爲若以探求文字本源的角度而言，今人掌握了出土文物當中的古文字資料，反而比許慎更貼近造字之初，因此據以批判《說文》當中對於文字原始意義誤解的部分。然而，《說文》所呈現的，是漢代的整體文化概念之下對於文字的認知與使用，而非更早的甲骨文時期對於文字的理解。造字之初當然皆依其本義，後世用字則有可能發生轉移或變化。這樣的現象就該時代環境而言，並非「錯誤」，僅是時間推移所產生的「改變」。同樣地，文化的形式與內涵也可能發生變異，反映在語言的認知與使用上。某些概念可能自上古以來未有改變，也可能到了漢代以後才產生變化，或者在漢代之時就已經有所轉移。而漢代已發展的新概念有可能沿用至今，也可能有所消長。這些現象從資料的匯集便可以看出各種文化面貌的歷程長短各有不同。

目次

第一章　序　論

第一節　研究動機與目的

文化是人類適應自然，創造生存環境的成果，其根基乃是建立在人與世界的相互關係。人類文化包含物質、精神、人與自然的關係以及有關彼此之間的聯繫，而文化創造與文明進步的進程皆是朝著使人類生活更加美好的目標發展。人類透過自己獨特的方式創造並掌握了一非自然的「人爲世界」，〔註1〕人的生活、實踐等一切活動都是存在於此一人爲世界當中。這種實現過程包括外在的環境創造和人自身心智的塑造。因此外在環境的發展過程也同時是爲成就人類本身之過程。作爲人類存在方式與本質力量的展現；文化具有多重層次與完整內在結構。而對於文化整體意義與價值的掌握也就展現在人類實際生活、思想與行爲當中。所用所見皆代表人類生活方式、思考方式等等，蘊含著深刻精神價值與意義。

文化的本質是多元而變動的；不同的區域分佈與功能化分皆自成體系，其內涵也隨著時代的腳步前進，不斷演變成長。面對內容豐富的文化結構，如欲對其內涵有全面性的認識，語言文字是相當有效而直接的路徑。意識的表現與

〔註 1〕動物也會從事創造活動；例如構巢築穴……等等。但這是爲了牠們自己或後代直接需要的東西，爲了生理上的需求而產生的，而人類的創造不僅僅是針對肉體的生活而言。人類和萬物同樣存在於自然界當中，然而更貼近實際生活的卻是一個「人的世界」，一個全面的環境。

溝通透過符號來呈現，而最具有普遍性與系統性的符號即是語言文字。語言是文化的一部分，同時也是反映文化的主要形式。關於文化的研究；文獻材料、出土文物皆爲研究時所憑藉的史料，但是往往忽略了成體系的漢語也是重要的研究史料。古代社會文化早已不同於活生生的現實世界，但是它們深藏在漢語成體系的形、音、義當中，長久地保存下來。

漢語文在字形、字音、字義的組合上具有整體系統的聯繫關係。古人生活在當時的文化與歷史背景下，其感受與認知決定了字形、字音、字義的連結以及詞義與詞義之間的引申、假借或同源的關聯。現代社會文化的面貌其實是古文化經過長久的沉積、承接與轉換而來，闡釋文化即是對於人類存在與創造價值的闡釋。然而在演繹變動之際，語言文字的詮釋便成爲聯繫古今文化的重要力量。通過詞義系統的分析，能夠揭示文獻詞義形成時所依據的文化背景。

漢語與中國歷史文化具有著密不可分的關係；漢語的理論與規律，便是在表述中國歷史文化的過程中形成與發展作用的。因爲漢語所具有前後遞嬗的連續性和古今貫通的綜合性；對於從古至今在根本上一脈相承的漢語詞義，東漢許慎所著之《說文解字》〔註2〕所載錄的上古詞義體系與歷史社會文化體系，能夠對於研究漢語之產生以及發展給予啓示與幫助。

文字爲解讀、詮釋古籍之本；許慎作《說文解字》的重要目的爲詮釋經典、解釋字義。其內容可分爲字體與字義說解兩大項；字體包含古文、籀文、小篆，並收有奇字、或體以及俗體，說解則包含形音義三部分；每字之下先釋字義，再說字形與字音；並援經以爲說，參引六藝群書、方言俗語、以及眾經學、小學家；包括六藝、春秋三傳、《爾雅》、《論語》、諸子書，《楚辭》、《漢律令》等，以經典故訓闡明文字意涵。說解文字之形體依六書歸類，以六書理論分析字形，據形立訓，將字形與詮解密切結合，考究字原，推古人造字之由。編排次序則是以部首統攝歸類。

《說文》中載錄的本義，是「五經無雙」的許慎〔註3〕對先秦詞義綜合融貫

〔註2〕以下皆稱《說文》。

〔註3〕《後漢書・儒林傳》:「許慎字叔重，汝南召陵人也。性淳篤，少博學經籍，馬融常推敬之，時人爲之語曰:『五經無雙許叔重。』爲郡功曹，舉孝廉，再遷除洨長。卒于家。初，慎以五經傳說臧否不同，於是撰爲五經異義，又作說文解字十四篇，皆傳於世。」

的成果，可說是先秦文獻詞義的集大成。由於時間遞嬗，有些文字產生轉移或假借使用，字義改變，今日所習用的是爲後起之義，於是其本義遂漸漸隱沒。由於古籍之中所使用的多爲本義，後起之義與本義之間的隔閡，影響了後世之人對於上古先秦時代的了解，因此藉由《說文》對於文字本義的闡述，透過詮解與釋義便可溝通古今，幫助理解。若無《說文》，則現代對於群經古籍、諸子書的解讀，必然有相當大的困難。

《說文》有系統地對於先秦詞義作整理與紀錄，反映漢語發展的源頭，保存漢語詞義的系統，也忠實地記載下此語言發展源頭與系統所賴以產生的文化背景。於文字學、音韻學、漢語詞義以及字典編纂方面的卓越價值與貢獻之外，研究中國的上古文化，《說文》無疑是重要的憑藉，與紮實的基礎。〔註4〕

第二節　研究範圍與方法

段玉裁注《說文・敘》曰：「於是形立而音義明，凡字必有所屬之首，五百四十字可以統攝天下古今之字。此前古未有之書，許君之所獨創，若網在綱，如裘挈領，討源以納流，執要以說詳，與《史籀篇》、《倉頡篇》、《凡將篇》亂襍無張之體例不可以道里計。」《說文》一書首創以「部首」歸併字形，將九千三百五十三字分別部居，始一終亥〔註5〕據形系聯，歸爲五百四十部首。每部之首字即其部首，下云：「凡某之屬皆从某。」下該諸字，皆由此部首構成其字形。依照形體結構之類聚群分，歸納系屬文字，使字形與字義皆呈現系統性的編排。

〔註4〕漢代除了《說文解字》還有《爾雅》、《方言》、《釋名》。黃侃爲《說文解字》及《爾雅》、《方言》、《釋名》作比較之後言：「《爾雅》一書本爲諸經之翼，離經則無所用；即離《說文》，而其用亦不彰。此如根本之與枝葉也。《方言》、《釋名》解釋不備，亦次於《說文》。《釋名》以聲爲訓，而音韻變遷，訓詁歧異，皆必徵之《說文》，故《釋名》亦以《說文》爲依歸。」依黃侃之意，極推崇《說文》之價值；以爲《爾雅》是蒐集故訓，隨經釋義材料的彙編，《方言》把通用語言和方言俗語結合起來解釋，《釋名》從發音的角度來解釋字詞。但是《爾雅》、《方言》、《釋名》所收錄的字詞沒有《說文解字》那樣完備，詞義的訓釋也沒有《說文解字》那樣豐富。

〔註5〕「其建首也，立一爲耑，方以類聚，物以群分。同條牽屬，共理相貫，雜而不越，據形系聯。引而申之，以究萬原。畢終於亥，知化窮冥。」《新添古音說文解字注》，頁789。

漢字以形表義，形聲字爲形符加聲符，依形符歸字。會意字爲形符加形符，依所偏重者歸字。會意歸字必以所重爲主，其義之所在爲歸部之根據。

胡樸安言：「以字形爲書，俾學者因形以考音與義，實始于許，功莫大焉。」〔註6〕訂立部首乃是對於所蒐集的文字逐一辨析形體，找出字根標列，立爲各部之首。有了部首，文字分別隸屬到各部，這些部首之下的從屬字，其構形皆根據該部首而來。有了編排的位置，便於查閱，以簡馭繁。依據漢語的語言特性；形、音、義三者相互連貫，文字之間在形體上有了關係，也就是在意義上有了關連。憑藉這樣的連結關係，《說文》的整體內容也就統攝在部首規範之下。探討《說文》之部首，便能夠對於《說文》的整體內容有了初步的掌握。

人爲自然之一部分，又與自然對應，具有創造能力。作爲一個理解的主體，應該先從自我的認識與理解爲起始，再擴及對於自然的理解與對待。因此本文之探討主題以人與自然類之部首爲中心，區別於人爲物質以及精神制度之外。人與自然之間相互影響、利用、學習，進而演化出認知體系作爲人認識與對待自然之依據，而這些理解反映在語言當中，用於人爲世界之溝通與表達，並轉化爲文化概念的一部分。

關於本文將《說文》所有部首歸爲人、自然、人爲物質、精神制度四大範疇，乃參考文化三大內涵：物質、精神、制度。並結合《說文》部首實質內容，以及本文所欲討論之人文觀點所得之結果。「人」之類別，是與人自身直接相關者，以人之身分、人之形象、人之軀體、人之聲音語言、人之動作等相關字。「自然」之類別，則爲天文、地理、植物、動物四大項目；乃人爲創造以外的自然產物，如：風火雷電……等等；其存在乃自然界之一份子，非出於人之創造發明。「人爲物質」則與自然類相反，是人類文明發展的成果，爲了生活、生存所需，運用智慧創造出來的具體事物；如食衣住行所用之器物、居室建築所營造之建物、生產工具、武器……等等。「精神制度」則爲思維性的概念意義；人類社會爲滿足或適應團體基本需要，建立出各種有系統、有組織，並且爲大眾公認而普遍施行的行爲模式。或者對事物的普遍認知，如形體、色彩、時間、空間……等。

由部首歸類之結果，統計出人、自然、人爲物質、精神制度各類部首所佔

〔註6〕《中國文字學史・篇三文字學後期時代・清》，頁275。

比例。「人」類相關部首有 131 個，佔所有部首 24.25 百分比；「自然」類相關部首有 152 個，佔所有部首 28.14 百分比；「人爲物質」類相關部首有 97，佔所有部首 17.96 百分比；「精神制度」類相關部首有 160 個，佔所有部首 29.62 百分比。〔註 7〕比較「人」與「自然」二類，雖然自然包含了天文、地理、植物、動物四項，其部首數量並無超出「人」類許多。自稱爲萬物之靈的人，具有相當的自我意識；由於對本身的了解與重視，因此字形結構之多樣，部首畫分之細膩，皆展現於部首字的數量上。

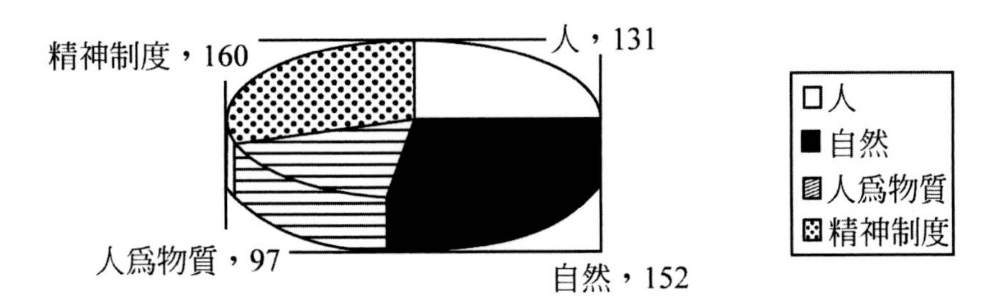

人類部首文化歸類表

<table>
<tr><td>身分</td><td colspan="2">品、民、臣、士、乑、老、兄、女、男、鬼</td><td>10</td></tr>
<tr><td>形象</td><td colspan="2">人、儿、大、亣、夫、子</td><td>6</td></tr>
<tr><td rowspan="4">身軀</td><td>頭</td><td>目、眉、自、白、鼻、口、齒、牙、舌、谷、耳、匠、頁、百、首、面、須、而、囟、亢、由</td><td>21</td></tr>
<tr><td>軀幹</td><td>克、呂、身、亦、心、乖</td><td>6</td></tr>
<tr><td>四肢</td><td>爪、又、𠂇、手、寸、止、足、疋</td><td>8</td></tr>
<tr><td>其他</td><td>歺、骨、筋、毛</td><td>4</td></tr>
<tr><td>樣貌</td><td colspan="2">首、兆、尸、旡、冉、髟、秃、包、夨、夭、尢、了、延</td><td>13</td></tr>
<tr><td>聲音</td><td colspan="2">哭、号、㗊、音</td><td>4</td></tr>
<tr><td>言語</td><td colspan="2">只、乃、丂、兮、亏、㕯</td><td>6</td></tr>
<tr><td rowspan="4">動作</td><td>五官</td><td>旻、䀠、見、覞、凵、吅、曰、言、誩、欠、㱃、次</td><td>12</td></tr>
<tr><td>手</td><td>廾、𠬞、臼、舁、丮、攴、予、左、𠬪</td><td>9</td></tr>
<tr><td>足</td><td>癶、走、步、此、彳、辵、廴、行、去、來、夊、夂、交</td><td>13</td></tr>
<tr><td>其他</td><td>𠫓、冎、死、舛、疒、㝱、匕、七、从、比、北、臥、㐆、先、県、勹、立、竝、惢</td><td>19</td></tr>
<tr><td>數量</td><td colspan="2">24.25%</td><td>131</td></tr>
</table>

〔註 7〕參見附錄一。

自然類部首文化歸類

天文	天象	名稱	日、月、倝、晶	4
	氣象		气、雨、雲、風、申	5
	自然現象		火、炎、焱	3
地理	陸地		丘、嵬、山、屾、屵、厂、石、谷、氏、土、垚、𠂤、阜、𨺅	14
	河水	名稱	水、沝、く、巜、川、泉、灥、瀕	8
		型態	永、𠂢、仌	3
	礦物		玉、珏、丹、鹵、鹽、堇、金	7
植物	經濟植物	禾穀	來$_2$、麥、禾、黍、米	4
		蔬果	尗、韭、瓜、瓠	4
		纖維	林、麻	2
		樹木	竹、木、林	3
	一般植物	草本	艸、茻、丵、舜	4
		木本	叒	1
	生長型態		屮、蓐、丰、才、之、𣎵、𠂹、禾、𢎘、朿、卤、齊、耑、末	14
	形體部分		支、乇、𠌶、華、桼、束、片	7
動物	名稱	飛鳥	隹、雔、雥、萑、鳥、烏、燕、乙	8
		走獸	牛、犛、羊、虎、豕、㣇、豚、𤉡、象、馬、廌、鹿、㲋、兔、萈、犬、鼠、能、熊、罾	20
		爬蟲	易、龍、虫、䖵、蟲、它、巳、龜、黽、巴	10
		魚貝	貝、魚、鱻	3
		其他	卵	1
	身軀		羽、毛$_2$、毳、𦫵、角、彑、血、肉、韋	8
	動作		襾、几、奞、飛、卂、習、不、至、告、豸、虤、㹜、麤	13
	特徵		瞿、羴、虍	3
	產物		巢、采、禸	3
數量			28.14%	152

人為物質類部首文化歸類

<table>
<tr><td rowspan="6">生活</td><td>食</td><td>鬲、鬻、豆、䖒、皿、凵、食、缶、鼎、臼、卮、壺、甾、勺、酉</td><td>15</td></tr>
<tr><td>衣</td><td>叀、冃、巾、市、帛、㡀、黹、衣、裘、尾、履、先、糸、素、絲</td><td>15</td></tr>
<tr><td>住</td><td>華、丌、匸、匚、几、宁、亅</td><td>8</td></tr>
<tr><td>行</td><td>舟、方、車、𨋮</td><td>4</td></tr>
<tr><td>育</td><td>聿、聿</td><td>2</td></tr>
<tr><td>樂</td><td>龠、壴、鼓、豈、珡</td><td>5</td></tr>
<tr><td>建築</td><td colspan="2">冓、井、倉、亭、京、㐭、冏、宀、宮、穴、广、勿、囱、户、門、瓦、厽</td><td>17</td></tr>
<tr><td>生產</td><td colspan="2">耒、网、率、田、畕、斤</td><td>6</td></tr>
<tr><td rowspan="3">武備</td><td>名稱</td><td>干、殳、盾、刀、矢、戈、戌、弓、矛、午</td><td>10</td></tr>
<tr><td>部分</td><td>刃、弦</td><td>2</td></tr>
<tr><td>型態</td><td>瀟</td><td>1</td></tr>
<tr><td>政治</td><td colspan="2">冊、卩、印</td><td>3</td></tr>
<tr><td>工藝</td><td colspan="2">工、彡</td><td>2</td></tr>
<tr><td>祭祀</td><td colspan="2">豊、鬯、且</td><td>3</td></tr>
<tr><td>人文</td><td colspan="2">畫、、、文、彣</td><td>4</td></tr>
<tr><td>數量</td><td colspan="2">17.96%</td><td>97</td></tr>
</table>

精神制度類部首文化歸類

<table>
<tr><td rowspan="11">制度</td><td>指稱</td><td>我</td><td>1</td></tr>
<tr><td>五行</td><td>爻、㸚、五</td><td>3</td></tr>
<tr><td>宗教</td><td>示、卜、巫、亯、皃</td><td>5</td></tr>
<tr><td>政治</td><td>王、史、臣2、后、司、𠂤</td><td>5</td></tr>
<tr><td>行政</td><td>邑、里、辟、辛</td><td>4</td></tr>
<tr><td>數目</td><td>一、二、三、四、五2、六、七、九、十、卅、皕</td><td>10</td></tr>
<tr><td>計量</td><td>寸2、員、毇、尺、斗</td><td>4</td></tr>
<tr><td>經濟</td><td>嗇</td><td>1</td></tr>
<tr><td>差等</td><td>弟、桀、亞</td><td>3</td></tr>
<tr><td>方位</td><td>丄、丨、東</td><td>3</td></tr>
<tr><td>技術</td><td>革、爨、皮、瓷、㓞、彔、朩、炙</td><td>8</td></tr>
</table>

概念	具體	形體	小、𡭔、幺、丝、𣦼、口、曲、丸、句、丩、丿、厂、乁、叕	14
		感官	甘、㕡、旨、皀、香、豐	
		色彩	色、玄、青、白、黑、赤、黃	7
		程度	高、閑、多、重、長、大[2]	5
		空間	冂、市、𥝢	3
		動作	八、隶、片[2]、教、用、劦、辡、亼、會、入、出、生、東、㯻、照、毌、冖、冃、襾、系、夰、鬥、殺、放、稽、乚、亡、毋	27
	抽象	時間	古、久、晨、旦、夕、老[2]	5
		情緒	喜	1
		事	思、力	2
		干支	甲、乙、丙、丁、戊、己、庚、辛、壬、癸、子[2]、丑、寅、卯、辰、巳、午[2]、未[2]、申[2]、酉[2]、戌、亥	17
		狀態	正、是、丵、㠭、可、畐、韋[2]、冥、有、凶、㒳、𡈼、丏、卵、茍、厶、危、壹、奢、夲、非、氐、弜、幵、孨、共、異	26
數量			29.62%	160
合計			99.97%	540

一字兩見者加口表示，計算時歸入先見之類。

本文的研究分為兩部分，一為部首的意義劃分與重新歸類，二為部首的詮釋與文化意涵分析。由於以探討人與自然兩類之部首為主題，乃自《說文》五百四十部首中劃分出此二類相關之部首，再依屬性與關聯性分項，以類相從，重新編排。各類內容的編排次第，基本上先列名稱、再談型態，其動作或產物最後。字義的解說著重於文化觀點的詮釋，以本義為主但不以為侷限。並徵引段玉裁注、十三經、諸子書、史籍以幫助說明，相為佐證。每章之首附加分類表格，概括全文內容，以下為字釋義與文化詮釋。本文所討論以部首為中心，其從屬字可供幫助了解、加強概念說明者，亦援引解說。

文中的分類是部首字歸結所得出的結果，並非預設項目。以常識性的判斷作為區分；如眉、目、乖、呂、手、足等，皆為人體身軀之一部分，而其中眉目在人體頭部，故劃分在人類——身軀——頭部。乖、呂為背脊，在軀幹部分，隸屬於人類——身軀——軀幹。手足乃四肢，為人類一身軀一四肢。大體上的順序由用以指稱的專名爲始，而拆解開來的各部分，還有其姿態樣貌與動作。

所討論的文字摘錄《說文》原文，〔註8〕所依據爲紅葉文化出版之經韻樓藏版景印本《說文解字注》。小篆字型可幫助理解者，置於說解之前。〔註9〕借重段玉裁注闡釋字義，再輔以白話說明。甲文字形與從屬字雖非本文討論中心，而可強調字義或爲例證者，亦兼而採之，以爲輔助文成書，雖早於小篆而更貼近造字之初，然而並無法概括後起之字義，因此僅以爲參校。一字多義者，多取典籍、諸子書、文學作品，以爲各義之例證，主要宗旨爲發揮文字所具有的文化概念，揭示隱於字義之中，習用而不察的文化意義與象徵。

古文字資料與《說文》衝突、或推翻《說文之》者，仍存許愼之說。因爲若以探求文字本源的角度而言，今人掌握了出土文物當中的古文字資料，反而比時代早於今人的許愼更貼近造字之初，因此據以批判《說文》當中對於文字原始意義誤解的部分。然而，《說文》所呈現的，是漢代的整體文化概念之下對於文字的認知與使用，而非更早的甲骨文時期對於文字的理解。造字之初當然皆依其本義，後世用字則有可能發生轉移或變化。這樣的現象就該時代環境而言，並非「錯誤」，僅是時間推移所產生的「改變」。同樣地，文化的形式與內涵也可能發生變異，反映在語言的認知與使用上。某些概念可能自上古以來未有改變，也可能到了漢代以後才產生變化，或者在漢代之時就已經有所轉移。而漢代已發展的新概念有可能沿用至今，也可能有所消長。這些現象從資料的匯集便可以看出各種文化面貌的歷程長短各有不同。

第三節　前人相關研究

中國文字發展的源頭，由於近代考古學的發達，最早可以追溯到五千多年以前，然而同時具有成熟度與完整性的文字體系，則要到甲骨文時代。漢字的發展歷程，由甲骨文到秦代篆書，再由漢代隸書演變至楷書而成爲今日所慣用的文字。隸書爲漢字字形演化的重要分界；隸變之後形體結構有了很大的變化，改圓爲方，將隨體詰屈的線條改爲平直方正的筆劃，於是文字的象形意謂大爲減低，

〔註8〕本文所討論範圍蓋皆隸屬於《說文》540部首字，「凡某之屬皆从某」等字省略。

〔註9〕本文所錄之小篆字形，採用逢甲大學宋建華教授製作之「說文標篆體」光碟。

直接通過字形認識字義也產生了困難。然而，《說文》蒐集了完備的小篆字形與一部分的古文、籀文字形，與更早的甲骨金文相比，其筆劃雖有所改異，但字形結構未變者，仍可幫助釋讀。因此，對於古文字的認識，《說文》爲不可或缺的資料。由於《說文》在文獻辭義研究的地位崇高，學者研究多著重於文字學、漢語音韻學、訓詁學之探求。段玉裁注《說文・敘》曰：「通乎《說文》之條理次第，斯可以治小學。」《錢大昕年譜》云：「讀《說文》，研究聲音文字訓詁之源。」有關《說文》字原、審音、六書、部首、引經、校義之研究，歷代學者皆有成果。

近代學者則逐漸發現《說文》對於古代社會研究的價值。歸納《說文》的價值在於文字學研究、語音史研究、漢語詞義研究以及研究古代社會與字典編纂。〔註10〕宋永培指出：「說文既是先秦語義的淵海，又是先秦歷史文化的總匯。」〔註11〕王平認爲：「《說文》在進行字義解釋時，所反映出的有關科學技術各領域的信息，成爲我們研究中國古代科技史的『戶牖』和『津梁』。」〔註12〕諸位學者注意到漢字背後蘊藏的觀念以及保留的古代思維意識。文字不僅是紀錄語言的符號結構，還保存了造字、用字時代的文化，反應當時的社會情況，傳遞生活經驗與思維模式。臧克和《說文解字的文化說解》直言：「《說文解字》可說是一部包羅萬象的中國古代社會的百科全書。」是以文字探求之法追尋文化史之相互印證的觀念，學者已倡導而實踐之；〔註13〕郭沫若於《甲骨文字研究》序言：「余之研究卜辭，志在探討中國社會之起源，本非居於文字史地之學；然識字乃社會文化之一要徵，於社會之生產狀況與組織關係略有所得，欲進而追求其文化之大凡，尤舍此而莫由。」研究甲骨文可追尋中國社會之起源，則研究《說文》則可推知中國文化之開展。

〔註10〕《許慎與說文解字研究》，頁140-152。

〔註11〕《《說文》與上古漢語詞義研究》，頁201。

〔註12〕《《說文》與中國古代科技・序》，頁3。

〔註13〕于省吾〈釋羌、苟、敬、美〉云：「我們對某些古文字如果追溯其構形由來，往往可以看出有關古代人類的生活動態和風俗習慣，值得我們很好地加以利用。與此同時，我們如果留意古代史籍和少數民俗志中所保存的古代人類生活習慣，也可以尋出自來所爲解決的某些古文字的創造本意。……從事研究世界古代史和少數民族志所保存的源始社會人類的生產和生活的實際情況，以追溯古文字的起源，這是研究古文字的一種新的途徑。我寫這篇論文，便是走向新途徑的初步試探。」

第四節　預期成果

中國爲世界三大文明發源地之一，民族文明的起始與發展，需要先民以生命爲代價與大自然搏鬥，從經驗中學習，征服大自然，並從中獲取信心與力量，是爲寶貴的文化資產。「有人類以來，是社會的歷史；有工具以來，是文明的歷史；有文字以來，就是文化的歷史。」〔註 14〕任何民族的語言都呈載著該民族的文化內涵。過去的文化藉語言文字流傳，語言文字又推動文化向未來前進。以漢語而言，文字承載著文化，是中華文化的結晶；而文化也豐富了文字的內涵。語言的文化性有可能直接反應於字彙本身，也可能是普遍的字面義之外，隱含於深層的概念與理解。

吾人可視文字即文化；漢字即爲中國傳統文化，亦爲世界文明的一部分。然而有些相關於自然科學與社會生活之紀錄，卻因爲傳統注重經典的學術觀點，而被忽略。相關的研究資料少見於文獻之中，有賴考古挖掘、出土文物爲印證。但除了依賴考古發現之外，《說文》更不僅僅「以理群類，解謬誤，曉學者，達神恉。分別部居，不相雜廁。」〔註 15〕是一部貢獻卓越的字典；系統性地保存了文字字形，以及先秦典籍驗證的古文獻字義，同時也「萬物咸睹，靡不兼載。」〔註 16〕蘊含了豐富的上古文化史於其中。

探討《說文》中人與自然類部首能夠了解老祖先對於自身以及自然樣貌、型態以及特質等方面的觀察。既肯定自我價值，自比於天地；也順應自然環境、利用自然提供的資源。運用智慧於物質方面發明與利用，亦於精神概念方面向自然學習，並存有崇拜與敬畏之心，於是而能與自然和諧相處。

本文嘗試在語言結構及文化結構之間建立起對應的關係，揭示中國傳統智慧，突顯其應有的文化文獻價值，從而對於上古社會文化有更深刻的了解，彰顯小學字書意義以外所含藏的文化意涵。

〔註 14〕《中國漢字文化大觀》，頁 102。

〔註 15〕參《說文解字・敘》

〔註 16〕同上

第二章　《說文》所見人類部首之文化詮釋

《說文》中有關人之部首，可區別爲身分名稱、形象、身軀、樣貌……等分類，尤其以身軀各部分名稱以及各部分之動作更爲細膩。

身分名稱		品、民、臣、士、𠂹、老、兄、女、男、鬼
形象		人、儿、大、亣、夫、子
身軀	頭部	目、眉、自、白、鼻、口、齒、牙、舌、谷、耳、𦣝、頁、𦣻、首、面、須、而、囟、亢、甶
	軀幹	克、呂、身、亦、心、乖
	四肢	爪、又、𠂇、手、寸、止、足、疋
	其他	歺、骨、肉、筋、毛
樣貌		苜、兆、尸、欠、旡、冄、彡、禿、包、夨、夭、尢、了、延
聲音		哭、号、㗊、音
言語		只、乃、丂、兮、亏、㕯
動作	五官	㝵、𥄕、見、覞、凵、吅、曰、言、誩、欠、飲、㳄
	手	廾、𠬞、臼、舁、丮、攴、予、左、𠬪
	足	癶、走、步、此、彳、辵、廴、行、去、來、夂、夊、交
	其他	厶、冎、死、舛、疒、㝱、匕、七、从、比、北、臥、㐆、先、県、勹、立、竝、㣿

第一節　身分名稱

在人爲世界裡，人類不僅僅是生物學上「可以直立行走的動物」；在社會組織當中，各種階級劃分之下，具有不同的身分。這樣的劃分與界定並非價值上的差異，而是不同的身份被賦予了不同的定義，並且在社會當中扮演各自的角色。

一、品：衆庶也。从三口。

篆文作「品」。段玉裁注曰：「人三爲眾，从三口，會意。」品字意爲眾人，字形與字義的關係以重疊形符表示物之盛者；《說文》還有「雥」字，群鳥也。皆是以重文表示多數的概念。賈誼〈鵩鳥賦〉云：「夸者死權兮，品庶每生。」

（一）極品之文化概念

品之意義由人數之眾多可引申於一般事物；《易・乾》：「雲行雨施，品物流行。」今泛稱食品、用品、作品、商品、產品、化妝品、複製品、紀念品、非賣品……等等。又用以指稱事物的種類與等級；《書・禹貢》：「厥貢惟金三品。」《論衡・辨祟》：「及其游於黨類，接於同品，其知去就，與人無異。」《漢書・匈奴傳》：「給繒絮食物有品。」顏師古注：「品，謂等差也。」因此以上品、極品等詞彙來表示品質之上等。而作爲動詞用，則表示評量、判斷好壞優劣。如：品詩、品文、品頭論足。

（二）官品之文化概念

古代官制中的階級亦以品分等級。自魏朝制定「九品中正制」，官員分爲九級。唐、宋皆延續九品的分制。明、清加以改異，直至民國建立才廢除這種文官品階的劃分方式。

二、民：衆萌，从古文之象。

篆文作「民」，今所言百姓、蒼生之泛稱。《左傳・成公十三年》：「民受天地之中以生。」孔穎達疏：「民者人也。言人受此天地中和之氣以得生育。」

民眾之文化概念

《詩・大雅・生民》：「厥初生民，時維姜嫄。」泛指一般百姓人民，民眾爲組成社會的重要成員，所以政治治國之道、經濟分工之法，皆據民以言。賈誼〈過秦論〉：「是以牧民之道，務在安之而已。」《穀梁傳・成公元年》：「古者有四民：有士民，有商民，有農民，有工民。」一般百姓有其民間風俗習慣、傳統，《禮記・王制》：「命太師陳詩，以觀民風。」《漢書・董仲舒傳》：「樂者，所以變民風，化民俗也。」相對於民間則爲宮廷或士大夫貴族。

三、臣：牽也，事君也。象屈服之形。

篆文作「臣」，臣之本意爲奴隸，歸降順伏之後，從事服侍主人的工作。《左傳‧僖公十七年》：「招曰：『然。男爲人臣，女爲人妾。』」臥字从人臣，取其「伏」義。伏有趴下身體，屈服，承受之意。受君主貴族牽制、控制，乃卑下而順服。

四、士：事也。數始於一，終於十。从一，从十。**孔子曰：「推十合一爲士。」**

篆文作「士」，士乃官長之名，《書‧多士‧序》：「成周既成，遷殷頑民，周公以王命誥，作《多士》。」孔穎達疏：「士者，在官之總號。」《禮記‧王制》：「諸侯之上大夫卿、下大夫、上士、中士、下士，凡五等。」後又爲知識份子之通稱。《穀梁傳‧成公元年》：「古者有四民：有士民，有商民，有農民，有工民。」范甯注曰：「士民，學習道藝者。」引申於有學識、專門技藝，具備知識能力者。《白虎通‧爵》：「士者，事也，任事之稱也。故傳曰：通古今、辨然否爲士。」

五、乑：眾立也。从三人。

段玉裁注曰：「从三人，會意。」從屬字「眾」，多也。「眾」，會也，从乑取聲。一曰邑落曰眾。段玉裁注曰：「積以物言，眾以人言。」匯集眾人之意。

（一）眾人皆醉我獨醒

「眾」即泛指普遍的一般人，匯集起來的人群。《荀子‧勸學》：「是故權利不能傾也，群眾不能移也，天下不能蕩也。」非單獨個體，但沒有指稱特定專門的對象。

（二）眾生之文化概念

《禮記‧祭義》：「眾生必死，死必歸土。」眾的意義由多數與人兩個概念組合。字義轉變擴大，不侷限於人類，可泛稱一切有生命的動植物。

六、老：考也，七十曰老。从人、毛、匕，言須髮變白也。

篆文作「老」，《白虎通‧鄉射》：「老者，壽考也。」年紀大了，才稱之爲老；而關於明確的歲數區分；《楚辭‧離騷》：「老冉冉其將至兮，恐脩名之不立。」

王逸注：「七十曰老。」《論語・季氏》：「及其老也，血氣既衰，戒之在得。」邢昺疏：「老，謂五十以上。」可大略知其標準。

（一）老吾老，以及人之老

與我輩有關係而年紀大的人，指的是父母、長輩。《周禮・地官・司門》：「以其財養死政之老與其孤。」鄭玄注：「死政之老，死國事者之父母也。」「死政」謂死於國事，「老」則爲其父母。

從屬字「孝」，善事父母者。从老省，从子，子承老也。《墨子・經上》：「孝，利親也。」中國自古重視敬老尊長，對於父母事親盡孝，這樣的觀念不僅僅是抽象的民族特性，更早已在文字的結構上留下了痕跡。

《周禮・地官・序官》：「鄉老二鄉則公一人。」鄭玄注：「老，尊稱也。」延伸了尊親敬老的精神，將「老」的對象擴及父母長輩以外的人，表示以尊敬的態度面對之，可以「老」作爲敬稱。口語中的「您老……」、老大哥皆是。

（二）枯藤老樹昏鴉

歲數大的人稱爲老，年代久遠、歷時長久或過去的事物也稱爲老。歸有光《項脊軒志》：「百年老屋，塵泥滲漉，雨澤下注。」

（三）老謀深算之文化概念

《國語・晉語》：「既無老謀，而又無壯事，何以事君？」除了人或具體的事物以外，也形容富有經驗、相當成熟的抽象概念。杜甫〈奉漢中王手札〉：「枚乘文章老，河間禮樂存。」口語中的「老手」，即是指在某方面熟練擅長的人。

七、兄：長也，从儿从口。

篆文作「兄」，《爾雅・釋親》：「男子先生爲兄，後生爲弟。」長有滋長、長短、長幼之意；先生（兄）之年歲自然多於後生者（弟）。長所以告幼，所以从口。兄者年紀較長，見識經驗與所學皆較豐富，因此應當有善加教導、給予忠告的責任。

八、女：婦人也，象形。王育說。

篆文作「女」，段玉裁注曰：「男，丈夫也；女，歸人也。立文相對。喪服經每以丈夫婦人連文，渾言之，女亦婦人。析言之，適人乃言婦人也。」《詩・周南・關雎》：「窈窕淑女，君子好逑。」

（一）女　紅

《漢書・景帝紀》：「農事傷則飢之本也，女紅害則寒之原也。」從前針線、紡織、刺繡、縫紉等縫製衣物的工作，被認爲是交由女子所從事的。通稱之爲女紅，或女事。《禮記・內則》：「女子十年不出，姆教婉娩聽從。執麻枲、治絲繭，織紝組紃，學女事，以共衣服。」

（二）女兒紅

浙江紹興地方有一舊時風俗；凡家中生女，便釀酒埋下地，待女兒出嫁之時取出宴客，饗眾親友；此陳年紹興酒便稱之爲「女兒紅」。各家秘藏，不出售的。

九、男：丈夫也。从田力。言男子力於田也。

篆文作「男」，古代社會的分工；講男耕女織。因爲田地工作需要大量勞力，適合交由男子從事。許慎以爲力任田事的概念構成了「男」。男主外，女主內的分工概念，原來就展現在文字結構當中。

十、鬼：人所歸爲鬼。从人，象鬼頭。鬼，陰氣賊害，从厶。

篆文作「鬼」，鬼神的觀念在老祖先的認知裡早已存在；《爾雅・釋訓》：「鬼之爲言歸也。」《風俗通・怪神》：「鬼者，歸也。精氣消越，骨肉歸於土地也。」人過世之後，肉體下葬隨著時間毀壞，卻不是所有的一切也隨之消失，甚至還有思慮和情緒。杜甫〈兵車行〉：「新鬼煩冤舊鬼哭，天陰雨濕聲啾啾。」

（一）鬼魂之文化概念

《左傳・昭公七年》：「鬼有所歸，乃不爲厲。」所謂有所歸，指的是受到奉祀，或是補償其冤屈。鬼魂失去了形體，但是仍具有做惡害人，或保佑世間人的能力。《論語・爲政》：「非其鬼而祭之，諂也。」中國飲水思源慎終追遠的文化觀念中，除了孝敬父母，祖先也需要祭拜奉祀。而並非其祖考卻又祭拜之，就是諂媚之，冀求多餘的福報了。

（二）神鬼傳奇

鬼神的能力與神通，世人難以捉摸，因此對於非常特殊、程度很高或難以預料的情況，常連言鬼神以強調。

1. 神出鬼沒之文化概念

《淮南子・兵略》：「善者之動也，神出而鬼行。」行動快速，且變化莫測，使敵方無法預料，是善於帶兵者所擁有克敵制勝的關鍵之一。後不限於指用兵軍事，個人行動飄忽神秘，難以掌握也以此言之。

2. 鬼斧神工之文化概念

袁枚《隨園詩話・卷六》:「二樹畫梅，題七古一篇，疊鬚字韻八十餘首，神工鬼斧，愈出愈奇。」極言技藝的精巧，形容其非人力所能及，謂鬼斧神工。

3. 神不知鬼不覺

掩人耳目，偷偷摸摸暗中進行的行動，如果連神鬼都察覺不出來，那保密的程度眞的是非常嚴謹了。

（三）癖好鬼之文化概念

沈迷於不良嗜好及患病已深的人，或是有某種行爲或癖性不好的人，會以某某鬼稱呼以譏諷之。如：烟鬼；酒鬼；賭鬼；肺癆鬼。

（四）鬼話連篇之文化概念

由於鬼屬於人死後的世界，因此其性質有陰暗的一面；關於狡詐的、陰險的、惡劣的、糟糕的、不光明的事物，會冠上鬼字以加強語氣，突顯負面意義。如：鬼主意、鬼天氣、鬼地方、鬼計多端。《水滸傳・第五回》:「這劉太公懷著鬼胎，莊家們都捏著兩把汗。」即比喻心中暗藏著不可告人的事或計謀。

第二節　形　象

人體有雙手雙腳，以兩足直立行動，雖然高矮胖瘦各有不同，大抵還是能輕易地與其他動物區分。除了天賦自然的軀體以外，隨著文明發展，身上有遮蔽物、有衣著、有裝飾。「身有長物」，除了保暖禦寒之外，也具有象徵意義。

一、人：天地知性最貴者也。此籀文，象臂脛之形。

二、儿：古文奇字人也。象形。孔子曰：「儿在下，故詰詘。」

篆文作「儿」，人的特質，《禮記・禮運》曰：「故人者，其天地之德，陰陽之交，鬼神之會，五行之秀氣也。……故人者，天地之心也，五行之端也，食味別聲被色而生者也。」被視爲宇宙中點，運行秩序的核心，成爲天地之間尊貴的象徵。

有關人的長相，《列子・黃帝》曰：「有七尺之骸，手足之異，戴髮含齒，倚而趣者，謂之人。」此說的是成人的樣子，看看現代人是不是比老祖先長更高了呢！

（一）天人相應之文化概念

漢代的思想認爲天象與人事之間有著密切的關係。《漢書・董仲舒傳》：「臣謹案春秋之中，視前世已行之事，以觀天人相與之際，甚可畏也。」《漢書・司馬遷傳》：「亦欲以究天人之際，通古今之變，成一家之言。」古人帶著崇拜與敬畏的心，觀察相互之間的變化，相信順應天道，也就是成就世間功業的不二法門。陳子昂〈諫政理書〉：「逮周文武創業，順天應人。」在位者的作爲合於天道秩序，即爲國家百姓之福；這是漢代哲學思想觀念。

（二）人情世故之文化概念

《莊子・逍遙遊》：「大有逕庭，不近人情焉。」爲人處世，與人交往時的應對進退，已經成爲世俗常理的一部份，所謂的人之常情。人類彼此之間富有情感的一面，就從語言文字的使用中流露出來。

（三）人文化成之文化概念

《易・賁》：「觀乎天文以察時變，觀乎人文以化成天下。」孔穎達正義：「人文，則詩書禮樂之謂。」禮樂教化是人類大異於其他動物的特殊活動；文化發展文明進步的過程中，除了關心物質生活的日益舒適便捷，還有另一部分精神層面的開發、心性的陶冶、規範的制定。今日將偏重於義理的統攝、意義的詮釋、情感的抒發等相關主題之探討而不以物質爲研究對象的學科，便統稱爲人文科學，這都是人類文明的重要資產。

（四）能人異士

某些人具有顯著異於他人的特質，便會以某人稱之，以彰顯它的特殊之處。

1. 《書・泰誓中》：「吉人爲善，惟日不足。」善良的人作好事只怕做的不夠多。俗語有云：「吉人自有天相。」好心有好報，上天一定會回報善心之人。
2. 《韓非子・有度》：「數至能人之門，不壹圖主之國。」具備才能、富有能力稱爲能人。
3. 《莊子・庚桑楚》：「夫工乎天而俍乎人者，唯全人能之。」此「全」，指的是人格、道德和品行等各方面，圓滿而毫無瑕疵。

4. 《論衡・超奇》:「通書四篇以上，萬卷以下，弘暢雅言，審定文讀，而以教授爲人師者，通人也。」學識淵博又能融會貫通，且曉達事理，能掌握語言文字，使人通曉才足以稱爲通人。
5. 蘇軾〈次韻高要令劉湜峽山寺見寄詩〉:「高人寧鑄金，下士乃服玉。」高人一等的地方，在於卓越學識或技能。

三、大：天大，地大，人亦大焉。象人形。

四、亣：籀文大改古文，亦象人形。

《說文》中有兩個大字「大」，另一個爲籀文。字義相同，而字形稍有差異。從許慎的説解當中，可以看出對人類的自我肯定與重視；將人的地位提升與天地相當，與天際的漫無邊界及土地的廣大無垠相比，人類的大不在於體積，而是人類所具有的人性特質與無限的創造能力。

（一）數大便是美

《莊子・知北遊》:「天地有大美而不言。」相對於「小」；在程度、規模、聲勢、時間……等各種程度方面超過一般情況，或多於所比較的對象。

（二）大隱隱於市

「大」有極、很，表程度深的意思；《詩・魯頌・閟宮》:「奄有龜蒙，遂荒大東。」鄭玄箋：「大東，極東，海邦近海之國也。」韓愈〈祭柳子厚文〉:「玉佩瓊琚，大放厥辭。」厥，其也。原本指寫作時極力鋪陳，後引申爲大發議論，含有貶義。其他用以強調程度高或深的辭彙如：大紅大紫、大吃一驚、大快人心、天已大亮、大有出息、大排長龍皆是。

（三）大師級人物

《孟子・盡心上》:「大匠不爲拙工改廢繩墨。」思想、品德高尚；知識、著作淵博，技藝、技巧精湛，在學術技藝各種方面出類拔萃的能者，稱爲大師。如：雕刻大師、藝術大師，成語「貽笑大方」之大方亦表此意。

（四）尊姓大名

「大」可作爲表示尊敬之詞。如：拜讀大作。朱駿聲《說文通訓定聲・泰部》:「凡大人、大夫、太子、太君皆尊詞。」

（五）最長者謂之大

年紀、輩分排行第一者，因其年長，並尊其地位較高。如：大伯、大舅、大哥等等。

五、夫：丈夫也。从大一，一㠯象簪。周制八寸爲尺，十尺爲丈。人長八尺，故曰丈夫。

篆文作「夫」，古人的穿著打扮含有身分地位的表徵，「夫」頭上的「一」代表髮簪即是成年的象徵。又以人身長約古制一丈而稱丈夫。

（一）匹夫之文化概念

《孟子・梁惠王下》：「內無怨女，外無曠夫。」《孟子・萬章下》：「耕者之所獲，一夫百畝。」成年男子、一般人的代稱。征夫爲出征打仗的人、懦夫指懦弱無勇的人。直得欽佩的偉人稱爲大丈夫。萬夫莫敵爲誇張地形容一萬個人也抵擋不了。匹夫泛稱普通男子，不特定對象。

（二）夫婿之文化概念

《易・小畜》：「夫妻反目。」女子的配偶也稱「夫」。如：姐夫、妹夫、夫君。

（三）士大夫之文化概念

《周禮・冬官・考工記》：「坐而論道，謂之王公；作而行之，謂之士大夫。」即在職居官，具有領導地位的人，爲君王辦事的官員。《禮記・郊特牲》：「夫也者，以知帥人者也。」清王引之《經義述聞・爾雅》：「率人曰夫，若大夫之夫矣。凡經傳言準夫、言牧夫、言嗇夫、言馭夫、言膳夫、言宰夫，皆率人之義。」

（四）夫人之文化概念

《禮記・曲禮下》：「天子有后，有夫人，有世婦，有嬪，有妻，有妾。」原指天子嬪妃階級其中之一，後諸侯的妻室亦稱爲夫人。《左傳・隱公二年》：「十有二月乙卯，夫人子氏薨。」引申於對妻子的尊稱，也可尊稱別人妻子。《呂氏春秋・審應覽・精諭》：「仲父治外，夫人治內。」

六、子：十一月陽气動萬物滋，人㠯爲稱，象形。

篆文作「子」，《白虎通・爵》：「子者孳也，孳孳無已也。」《釋名・釋親屬》：

「子，孳也，相生蕃孳也。」又《史記・律書》:「子者，滋也；滋者，言萬物茲於下也。」由諸多解釋說明了字義爲滋生、滋長，繁衍後代，有生生不息的意味。後借於計數之十二地支。

（一）子孫與子弟之文化概念

《儀禮・喪服》:「故子生三月則父名之。」鄭玄注:「凡言子者，可以兼男女。」人類繁衍的後代，當然就是子孫兒女《玉篇・子部》:「子，兒也。」單單隸屬於父母親的兒女，衍伸至國家民族的後代，也以子稱。石崇〈王昭君辭〉:「我本漢家子，將適單于庭。」除了帶有血緣親屬關係的兒孫，有地域關係的後生晚輩也通稱子弟。《左傳・襄公十三年》:「我有子弟，子產誨之。」《史記・項羽本紀》:「籍與江東子弟八千人渡江而西，今無一人還。」

（二）男子之文化概念

《詩・衛風・氓》:「送子涉淇。」鄭玄箋:「子者，男子之通稱。」也就是泛指一般人。同樣的用法還有:《詩・邶風・匏有苦葉》:「招招舟子。」毛傳:「舟子，舟人，主濟渡者。」《荀子・王霸》:「何法之道，誰子之與也。」楊倞注:「誰子，猶誰人也。」

（三）子　曰

《穀梁傳・宣公十年》:「其日『子』，尊之也。」《論語》裡凡是孔子所言，皆云「子曰」；餘尙有莊子、老子、墨子……等學者之名稱某某子，皆爲敬稱。《論語・學而》:「子曰：學而時習之。」邢昺疏:「古人稱師曰子……後人稱其先師之言，則以子冠氏上，所以明其爲師也，子公羊子、子沈子之類是也。若非己師而稱他有德者，則不以子冠氏上，直言某子，若高子、孟子之類是也。」《論語・陽貨》:「子之武城，聞弦歌之聲，夫子莞爾而笑。」孔子門生稱孔子爲夫子，後世乃尊稱老師爲夫子。

（四）虎父與犬子

除了人類後代以外，植物的果實、種子或動物鳥獸的卵或幼獸也稱「子」。《論語・雍也》:「犁牛之子，騂且角。」如：孢子、瓜子、蓮子、烏魚子。

（五）子與利息之文化概念

《管子・輕重》:「崢丘之戰，民多稱貸，負子息，以給上之急。」即利錢、利息金。《史記・貨殖列傳》:「子貸金錢千貫。」司馬貞索隱:「子謂利息也。」韓愈〈柳子厚墓誌銘〉:「其俗以男女質錢，約不時贖，子本相侔，則沒為奴婢。」金錢的借貸關係中，由本金孳生出金錢。由於孳生的概念，因此利息也稱子息。今股息、股利，閩南語稱「股仔子」。子息為經濟上衍生滋長的概念，並無限制於金錢，擴充於有價財產物品;《齊民要術・序》:「乃畜牛羊，子息萬計。」

(六)子——子母

《資治通鑑・唐憲宗元和十二年》:「甲寅，攻申州，克其外郭，進攻子城。」與主體或本體相對而存在的事物，有派生的、從屬的關係，會冠以「子」作為表示。如:子句、子目、子公司、子母車。

第三節 身 軀

老祖先觀察自然世界，探索萬物，當然自己本身也是觀察的要項之一。對於身軀每一部分的認識、區分、命名，是自我了解的開始。也因為器官的功能或軀體的作用引申出許多具有文化意義的詞語。以下分為頭部、軀幹、四肢與其他分別解說。

一、頭 部

(一)目:人眼也。象形，重童子也。

篆文作「目」，童子即瞳子，目象人眼，本應作橫體，為合於偏旁而改橫為豎。

1. 目與外表

眼睛為五官之一，除了具有視覺能力，也是容貌中易引起他人注意的部分;《舊唐書卷一二六・李揆傳》:「龍章鳳姿之士不見用，獐頭鼠目之子乃求官。」獐頭小而尖，鼠目小而凸出;此形容人的相貌鄙陋，不登大雅之堂。眼目亦為表情神態之關鍵;面貌和善稱為慈眉善目，長相凶惡則是橫眉豎目。

2. 以目示意之文化概念

雖不言語，透過眼睛的動作仍可表情達意;《國語・周語上》:「國人莫敢言，道路以目。」韋昭注:「不敢發言，以目相眄而已。」《史記・高祖本紀》:「酒闌，呂公因目固留高祖。」目光流轉，眼部表情多樣，無論是恐懼的心理或強力慰留的心思，皆能以目示意。眼睛除了是感知的重要器官，與眼睛相關的語詞，也含有更深一層的意義；「醒目」即特別明顯，使眼光聚焦，吸引注意。「有目共睹」指極爲清楚明顯，眾所周知。「眾所矚目」表示大家特別注意、關切的事物。若「引人側目」引起他人斜視，通常指負面的事情。

3. 瞑目與不瞑目

《後漢書・馬援傳》：「吾受厚恩，年迫餘日索，常恐不得死國事，今獲所願，甘心瞑目。」若願望已了，無所牽掛，內心安祥，則死後眼睛閉合。反之，若抱恨而死，心有未甘，有所牽念，則死後仍不閉目。《三國志卷・吳書・孫堅傳》：「今不夷汝三族，縣示四海，則吾死不瞑目。」此說法由來已久，直至今日，仍然據以爲信。

4. 反目成仇之文化概念

意見不合，從原本和睦的關係轉成仇視敵對的狀態，稱爲「反目」。意見相左，心思相異，自然無法一同面對情況。《易・小畜》：「夫妻反目，不能正室也。」

5. 條目與名目之文化概念

《論語・顏淵》：「顏淵曰：『請問其目。』子曰：『非禮勿視，非禮勿聽，非禮勿言，非禮勿動。』」此「目」即要目、項目。《小爾雅・廣詁》：「目，要也。」謂總括全體，列出綱要。劉知幾《史通・內篇・六家》：「又錄開皇、仁壽時事，編而次之，以類相從，各爲其目，勒成《隋書》八十卷。」按內容分門別類，訂立條目，方可有系統有條理集結。李贄《藏書・世紀列傳總目前論》：「起自春秋，訖於宋元，分爲紀傳，總類別目，用以自怡。」整理圖書，編制目錄，是爲學術研究之重要工作；確立名目，羅列條綱。而「名目」即名稱。《隋書卷六十七・裴矩傳》：「雖大宛以來，略知戶數，而諸國山川未有名目。」

（二）眉：**目上毛也。从目象眉之形，上象額理也。**

篆文作「𥄉」，段玉裁注曰：「人老則有長眉。」年紀大的人眉毛拉長，稱爲長壽眉，面相學也認爲眉相代表個人的性格。眉生於目上額前，因此泛稱上端部分。如：書眉、眉批。

1. 眉清目秀

黃庭堅〈答晦夫衡州使君〉：「向見令嗣，眉目明秀，但患未得師友耳。」此形容面貌清明俊秀，以眉眼之間的神態描述容貌之美。

2. 揚眉吐氣

李白〈與韓荆州書〉:「而君侯何惜階前盈尺之地，不使白揚眉吐氣，激昂青雲耶？」揚起眉毛，吐出胸中的悶氣；此形容擺脫壓抑或欺辱之後，心胸開懷興奮之神情。

3. 畫眉之樂

形容夫妻恩愛，閨房樂趣，常以「畫眉」爲代表；漢代張敞爲妻子畫眉，長安城內皆知。〔註1〕因此以畫眉之樂比喻夫妻感情和睦。

4. 舉案齊眉

東漢孟光備飯食與丈夫梁鴻，皆高舉其案，與眉平齊。〔註2〕因此以「舉案齊眉」謂夫妻互敬互愛，相敬如賓。

（三）自：鼻也。象鼻形。

篆文作「𦣹」,《易・乾》:「天行健，君子以自強不息。」作爲自己本身指稱之「自」，本義其實爲鼻子；其字形即正面之鼻形。由於人自稱時多指鼻，因此「自」之義便由鼻子轉而爲指稱自己。

（四）白：此亦自也，省自者，詞言之氣从鼻出與口相助。

段玉裁注曰:「詞者，意內而言外也。言从口出而气从鼻出，與口相助。」從屬字:「魯」，鈍詞也。魯鈍，《釋名》:「以魯國多山水，民性淳樸，故稱。」「智」，識詞也。段玉裁以爲與矢部知字音義皆同。其義與「自」同，因氣息相通，發音時鼻相佐助，作爲字彙組成結構。

（五）鼻：所㠯引气自畀也。从自畀。

篆文作「𪖐」，段玉裁注曰:「《老子》注曰:『天食人以五氣，从鼻入；地食人以五味，从口入。』《白虎通》引《元命苞》曰:『鼻者，肺之使。』」人的感知分爲色、聲、香、味、觸五種，鼻子負責嗅覺的部分，並且承擔了「呼吸」這個生命延續存在的重要功能。《荀子・榮辱》:「口辨酸鹹甘苦，鼻辨芬芳腥臊。」

〔註1〕《漢書・張敞傳》:「爲婦畫眉，長安中傳張京兆眉憮。有司以奏敞。上問之，對曰:「臣聞閨房之內，夫婦之私，有過於畫眉者。」

〔註2〕《後漢書・逸民傳・梁鴻傳》:「每歸，妻爲具食，不敢於鴻前仰視，舉案齊眉。伯通察而異之，曰:「彼傭能使其妻敬之如此，非凡人也。」

鼻祖之文化概念

創始或發端謂之「鼻祖」;《方言・卷十三》:「鼻,始也。獸之初生謂之鼻,人之初生謂之道。梁、益之間謂鼻爲初,或謂之祖。」表示初始或開端《漢書・揚雄傳》:「有周氏之嬋嫣兮,或鼻祖于汾隅。」顏師古注:「雄自言系出周氏,而食采於揚,故云始祖於汾隅也。」。

(六)口:人所目言、食也。象形。

篆文作「ㅂ」,段玉裁注曰:「言語飲食者,口之兩大端。」口腔功能的兩大要項爲口語發音、咬合呑嚥,即許愼所云言、食。

《禮記・投壺》:「壺頸脩七寸,腹脩五寸,口徑二寸半。」《論衡・道虛》:「致生息之物密器之中,覆蓋其口。」人以外,容器內外相通的部分也稱「口」。如:瓶口、缸口、開口。或是器物納入取出的地方。如:槍口。另外,完整的物體遭受破壞之後產生破裂的地方,也稱爲口。如:傷口、裂口、缺口。

1. 口與言語

《論語・公冶長》:「禦人以口給,屢憎於人。」孔穎達疏:「佞人禦當於人,以口才捷給,屢致憎惡於人。」《史記・酈生陸賈列傳》:「平原君爲人辯有口。」口才爲言語相關的能力,經由口語表達所展現的長才。還有許多和言語相關的口;辨別各地方發音的差異爲「口音」,說話的語氣方式爲「口吻」,「口頭的」區別於書面的,「親口」表示當事人自己表達的。

2. 口與飲食

《老子・十二章》:「五味令人口爽。」美食所帶來的滿足實在令人難忘,好滋味的食物以「可口」來形容。對食物的偏好,引申至對事物的喜好,亦稱爲「口味」。食慾,則可以「胃口」來描述。

3. 人口之文化概念

「人口」不僅是指人的嘴巴,也作爲人數計量單位。這個用法,早在先秦時代便如此。《孟子・梁惠王上》:「百畝之田,勿奪其時,數口之家,可以無飢矣。」

4. 刀口之文化概念

《天工開物・錘鍛・鋤鎛》:「凡治地生物,用鋤鎛之屬,熟鐵鍛成,鎔化生鐵淋口,入水淬健,即成剛勁。」指武器或工具的鋒刃部分,銳利可切割物。

5. 口與地點

陶淵明《桃花源記》：「山有小口，髣髴若有光。便捨船，從口入。」內外相通的出入之處、通道。如：港口、門口、巷口、風口、渡口、洞口。十分緊要或危險之處稱爲「關口」。

（七）齒：口齗骨也。象口齒之形，止聲。

篆文作「𪗇」，《急就篇・卷三》：「鼻口脣舌齗牙齒。」顏師古注：「齒者，總謂口中之骨，主齰齧者也。」《說文・齒部》：「齗，齒本肉。」即牙齦。今多習慣牙齒二字連言。

1. 齒與外貌

《莊子・盜跖》：「身長八尺二寸，面目有光，脣如激丹，齒如齊貝。」宋玉〈登徒子好色賦〉：「眉如翠羽，肌如白雪，腰如束素，齒如含貝。」《漢書・東方朔傳》：「臣朔年二十二，長九尺三寸，目若懸珠，齒若編貝。」上述這些描述外貌的詞句中，皆形容牙齒如編排整齊的海貝般潔白工整。牙齒雖藏於口中，卻於外貌的印象中佔有一席之地。今常言之「明眸皓齒」，早已出現在杜甫〈哀江頭〉中：「明眸皓齒今何在？血污遊魂歸不得。」

2. 齒與年紀之文化概念

《禮記・曲禮上》：「齒路馬，有誅。」孔穎達疏：「齒，年也。若論量君馬歲數，亦爲不敬，亦被責罰。」又《漢書・賈誼傳》：「禮不敢齒君之路馬，蹴其芻者有罰。」顏師古注：「齒，謂審其齒歲也。」馬匹的牙齒隨年齡增加而拉長因此可爲辨識馬匹年齡的依據。《穀梁傳・僖公二年》：「荀息牽馬操璧而前曰：『璧則猶是也，而馬齒加長矣。』。」由馬匹的年齡引申於人的年紀或時間的流逝。

3. 齒與次序之文化概念

《左傳・隱公十一年》：「寡人若朝于薛，不敢與諸任齒。」杜預注：「齒，列也。」孔穎達疏：「齒是年之別名；人以年齒相次列，以爵位相次列，亦名爲齒。」牙齒的生長有一定次序，依序排列。又牙齒可爲年齡的表徵（見上述），因此由「齒」引申出排列的概念。

（八）牙：壯齒也。象上下相錯之形。

篆文作「𤘫」，段玉裁注曰：「統言之皆稱齒稱牙，析言之則前當脣者稱齒，後在輔車者稱牙。」依段玉裁注，則牙與齒並無大別，僅在於口中位置的區分。

《楚辭・大招》:「靨輔奇牙，宜笑嗎只。」王逸注:「言美女頰有靨輔，口有奇牙，嗎然而笑，尤媚好也。」亦同爲美貌的一部分。

1. 爪牙與動物之文化概念

揚雄〈執金吾箴〉:「如虎有牙，如鷹有爪，國以自固，獸以自保。牙爪蒠蒠，動作宜時。」動物的牙齒和指爪是自我保護以及捕獲獵物天生的工具，對牠們而言相當重要。

2. 爪牙與人之文化概念

動物用以攻擊或自衛的構造，用於人則不一定指身軀的一部分；而多與軍事武力有關。李德裕〈唐故夫風馬公神道碑銘〉:「備牙爪則數逾十萬，竭心膂則酬必九遷。」指得力勇士或部將的部下黨羽。《三國演義・第二十一回》:「玄德非不欲圖操，恨操牙爪多，恐力不及耳。」又比喻非常親近的得力助手。《元史・選舉志二》:「元初用左右宿衛爲心膂爪牙，故四怯薛子孫世爲宿衛之長，使得自舉其屬。」除了指稱一般部屬，也諷刺仗勢欺人的官吏《史記・酷吏傳・楊僕傳》:「其爪牙吏虎而冠。」

（九）舌：在口所目言、別味者也。从干口，干亦聲。

篆文作「舌」，《白虎通・情性》:「舌能知味，亦能出聲音，吐滋液。」《釋名・釋形體》:「舌，泄也，舒泄所當言也。」舌於口中，主要功能也不離飲食言語。段玉裁注曰:「口云食，舌云別味，各依文爲義。」口與舌雖有相近之處，但彼此之間亦已做了微妙的區別。

1. 舌與言語之文化概念

《論語・顏淵》:「惜乎，夫子之說君子也。駟不及舌。」語言的力量相當可觀，有強大的影響力。戰國秦相張儀，在官宦顯達之前，亦曾窮途潦倒；《史記・張儀列傳》:「張儀謂其妻曰:『視吾舌尚在不？』其妻笑曰:『舌在也。』儀曰:『足矣。』」此後以其令俐口才逐步成爲秦國重臣，倡連橫破合縱。今猶以「舌戰」形容言語鋒利的激烈辯論。

2. 舌與鐘鈴之文化概念

人舌與鐘舌相似處在於皆在內而可發聲。甲骨文的舌字舌。《書・胤征》:「每歲孟春，遒人以木鐸徇于路。」孔傳:「木鐸，金鈴木舌，所以振文教。」此木舌，乃鐘鈴內的木製小錘，賴此撞擊鐘鈴而發聲，鐘垂亦稱鐘舌。《鹽鐵論・利議》:「吳鐸以其舌自破。」此言吳鐘因自身之錘而破。

（十）𧮫：口上阿也。从口，上象其理。

嘴上有紋路處，大約爲人臉鼻下口上「人中」的部分。

（十一）耳：主聽者也。象形。

篆文作「㽞」，耳朵爲聽覺器官，《漢書・外戚傳上》:「又耳囊者所夢日符，計未有所定。」顏師古注：「耳常聽聞而記之也。」從屬字「聞」，知聲也。聽聞即聽而知聲。

1. 耳提面命之文化概念

《詩・大雅・抑》:「匪面命之，言提其耳。」對人殷勤教誨，不斷提醒，可使其印象深刻。

2. 言猶在耳之文化概念

《左傳・文公七年》:「今君雖終，言猶在耳。」說過的話仍舊在耳邊迴響；對人所說的話記憶深刻，沒有忘記，或表示其言說之時間未久。

3. 物亦有耳

《周禮・考工記・㮚木氏》:「其耳三寸，其實一升。」賈公彥疏：「此鬲甫之耳在旁可舉。」又《史記・封禪書》:「有雉登鼎耳雊，武丁懼。」如同柄、把手，在物旁方便舉物。以建築物言位置在兩邊的結構亦稱耳；《紅樓夢・第六十一回》:「太太耳房裏的櫃子開了，少了好些零碎東西。」

4. 貓耳朵

貓耳朵可食，但非眞正的貓耳朵；此爲北方麵食之一，山西地區作爲主食，現已流傳各地。即捏成小塊的麵團，如同麵疙瘩，可拌炒，可做湯。以形狀似貓耳故名。

（十二）𦣝：顄也。象形。

《說文・頁部》:「顄，頤也。」段玉裁注曰：「𦣝者，古文頤也。」𦣝，顄，頤相轉注，即下巴。《莊子・漁父》:「左手據膝，右手持頤以聽。」

1. 頤養天年之文化概念

依段玉裁注；引鄭易注曰：「因輔嚼物以養人，故謂之頤。頤，養也。」又《易・序卦傳》:「頤者，養也。」安養老年歲月，過清靜的生活，稱爲「頤養天年」。

2. 頤指氣使之文化概念

《漢書・賈誼傳》:「今陛下力制天下，頤指如意。」元稹〈追封李遜等母制〉:「今遜等有地千里，有祿萬鍾，頤指氣使，無不隨順。」頤乃下巴，以下巴指使別人，不必動口；有態度高傲的意味。

（十三）頁：頭也。从百从儿，古文䭫首如此。

篆文作「頁」，以頁字如古文䭫首之首，表示頁、首、其義皆爲「頭」。是許愼著《說文》之時已分別諸字形。

頁面

清朱駿聲《說文通訓定聲・謙部》:「葉，按小兒所書寫每一笘謂之一葉，字亦可以葉爲之，俗用頁。」

（十四）百：頭也。象形。

（十五）首：古文百也。巛象髮，髮謂之鬊，鬊即巛也。

篆文作「首」，《廣韻・有韻》:「首，頭也。」李陵〈答蘇武書〉:「丁年奉使，皓首而歸。」年老而白髮，乃白頭。

1. 首領之文化概念

《戰國策・齊策六》:「一匡天下，九合諸侯，爲五伯首。」人之首，即頭部，飲食言說視物聽聞嗅味思想；於身軀之中如同具有領導地位。引申於團體中之統帥，乃謂首領。

2. 首與開端之文化概念

《爾雅・釋詁上》:「首，始也。」首乃人身之頂端，引申有初始之義。《禮記・月令》:「首種不入。」孔穎達疏:「首即先也。」又《漢書・律曆志》:「漢興，北平侯張蒼首律曆事，孝武帝時樂官考正。」顏師古注:「首謂始定也。」有起始、發軔或初步之意可謂之首，如一年之初謂「歲首」，文章之始謂「篇首」。

3. 首與第一之文化概念

首既有起始之義，於排序時置於第一者，亦稱首。《漢書・匡衡傳》:「孔子著之《孝經》首章，蓋至德之本也。」「榜首」謂考試錄取榜單中第一名者。「首席」爲席次間最尊貴之座位或團體中的領袖。

4. 部首之文化概念

字典、辭海按照字形結構，取形體偏旁相同者，分部排列，作爲查字依據所分的部類。此偏旁總括該部，統攝各字，即以爲「部首」。

（十六）面：顏前也。从𦣻象人面形。

篆文作「面」，段玉裁注：「顏者，兩眉之中間也。顏前者，謂自此而前則爲目、爲鼻、爲目下、爲頰之間，乃正鄉人者。」字形即象人臉正向之形，眼鼻頰具體而微。《莊子・秋水》：「於是焉，河伯始旋其面目。」面目即臉面相貌。

1. 見 面

《儀禮・聘禮》：「擯者出請事，賓面如覿幣，賓奉幣庭實從。」鄭玄注：「面，亦見也。」作爲動詞用，其義爲見；面之則對之，可視而見之。《禮記・曲禮上》：「夫爲人子者，出必告，反必面。」言親自會見。《莊子・盜跖》：「好面譽人者，亦好背而毀之。」指當面，當著對方的面。

《列子・湯問》：「北山愚公者，年且九十，面山而居。」面向山，即對著山、朝著山。

2. 表面功夫

韓愈〈南山詩〉：「微瀾動水面，踊躍躁猱狖。」人之情緒感覺如喜怒哀樂，往往藉由臉部表情表現，因此引申爲物品的外表、物體的表面，有時指事物的上層。如：表面、路面、地面。用以指稱物品的「表面」，若用於人際關係，則表示非出自眞心，虛假的應酬客套。

3. 獨當一面之文化概念

能夠獨自擔當起責任，決斷、處理事務謂之「獨當一面」。《史記・留侯世家》：「而漢王之將獨韓信可屬大事，當一面。」

4. 別開生面之文化概念

杜甫〈丹青引贈曹將軍霸詩〉：「凌煙功臣少顏色，將軍下筆開生面。」原本指重新描繪舊畫像，而使原已褪色的面貌又變得生動鮮明。後用以比喻開創新的風格、形式，與人耳目一新的感受。

（十七）須：頤下毛也。从頁彡。

篆文作「須」，下巴之下所生毛，今謂鬍鬚。《莊子・漁父》：「有漁父者，下船而來，鬚眉交白。」陸德明釋文：「鬚，本作須。」鬍鬚依所生部位不同，其稱原有所分別；《漢書・高帝紀上》：「高祖爲人，隆準而龍顏，美須髯。」顏師古注：「在頤曰須，在頰曰髯。」鬍鬚爲男子逐漸長成之後所生，《釋名・釋形體》：「頤下曰須，須，秀也。物成乃秀，人成而須生也。」

人有須，獸亦有須。《周禮・秋官・冥氏》：「若得其獸，其獻其皮、革、齒、須、備。」鄭玄注引鄭司農曰：「須直謂頤下須。」

（十八）而：須也。象形。《周禮》曰：作其鱗之而。

篆文作「而」，段玉裁注曰：「頰毛者，《須部》所謂髯鬚之類耳。……蓋而爲口上口下之總名；分之則口上爲髭，口下爲須。須本頤下之專偁，髭與承漿與頰髯皆得偁須。」而亦當如今之鬍鬚，以其生長部位相異而別稱之。又曰：「引申假借之爲語詞，或在發端，或在句中，或在句末。」而字今不用於鬍鬚而以爲代詞、副詞、連詞、語氣詞。

《周禮・冬官考工記・梓人》：「必深其爪，出其目，作其鱗之而。」此指關於動物形象的工藝製作，指爪分明，眼目突出，鱗片鬃鬚具備。鄭玄注：「之而，頰頌也。」段玉裁注引戴震補注：「鱗屬頰側上出者曰之，下垂者曰而，鬚鬣屬也。」又曰：「此以人體之稱施於物。」同須；人有而（鬍鬚），獸臉所生毛亦稱「而」。

（十九）囟：頭會腦蓋也。

篆文作「囟」，嬰兒的頭頂，頭蓋骨交會接合之處，亦稱囟門、腦門。小嬰兒頭顱骨尚未長成時，還未密合。《說文・儿部》：「兒，孺子也。从兒象小兒頭囟未合。」

思字，《說文》解爲：容也，从心囟聲。囟也就是頭腦，腦中有髓，用腦思考、記憶。從其字之聲，亦兼會意。

（二十）亢：人頸也。从大省，象頸脈形。

篆文作「亢」，「亢」本意爲人的脖子。《漢書・張耳陳餘傳》：「乃仰絕亢而死。」顏師古注：「亢者，總謂頸耳。」用爲高亢之亢〔註3〕乃引申意。

（二十一）甶：鬼頭也。象形。

《正字通》：「象肉盡骨巉出形，觀髑髏可以感悟。」甶爲死人之首，人死

〔註3〕《莊子・人間世》：「故解之以牛之白顙者，與豚之亢鼻者。」成玄英疏：「亢，高也。」

爲鬼，故解爲鬼頭。從屬字有「畏」，惡也。从由虎省。鬼頭而虎爪，可畏也。老虎兇猛令人畏懼；鬼來自死後的世界，又擁有未知的力量，同樣被視爲凶險，令人害怕。

二、軀　幹

（一）克：肩也。象屋下刻木之形。

篆文作「克」，《詩・周頌・敬之》：「佛時仔肩，示我顯德行。」「仔肩」指擔負責任。觀《爾雅・釋詁》：「肩，勝也。」又曰：「肩，克也。」段玉裁注：「肩謂任，任事以肩，故任謂之肩，亦謂之克。」又曰：「凡物壓於上謂之克，今蘇常俗語如是。」人之肩可承擔負荷，克解爲肩，因此克有承擔、勝任之意。

1. 克制之文化概念

《論語・顏淵》：「克己復禮爲仁。」何晏集解引馬融注：「克己，約身。」約束自我，有克制、征服之意。「克服困難」、「柔能克剛」之「克」類此。

2. 克敵制勝之文化概念

「克制」的概念，用於約束自身，也用於戰爭；《左傳・隱公元年》：「鄭伯克段于鄢。」又《左傳・莊公十年》：「彼竭我盈，故克之。」因此，若云「攻無不克」便是所向匹靡，勢如破竹，連戰皆捷。

3. 不克參加

《左傳・宣公八年》：「雨，不克葬。庚寅，日中而克葬。」杜預注：「克，成也。」在聚會或活動的場合，若不能前往，會說「不克參加」。此「克」也就是能夠、成就、圓滿完成。如《三國志・蜀志・諸葛亮傳》：「事臨垂克，遘疾隕喪！」

（二）呂：脊骨也。象形。昔大嶽為禹心呂之臣，故封呂侯。

篆文作「呂」，《國語・周語》：「祚四嶽國，命以侯伯，賜姓曰『姜』、氏曰『有呂』，謂其能爲禹股肱心膂，以養物豐民人也。」心膂即心與脊骨，以人體重要的部位比喻重要的輔佐大臣。段玉裁注曰：「呂象顆顆相承，中象其聯繫也。」人體脊椎骨共有三十三節，每個脊椎之間有椎間盤，呂字正如二節相連。

（三）身：躳也。从人申省聲。

篆文作「身」，「身」即人之軀體、肉體。《詩・小雅・何人斯》：「我聞其聲，不見其身。」《楚辭・九歌・國殤》:「帶長劍兮挾秦弓，首身離兮心不懲。」人以外，物體的中心或主要部分亦稱「身」。如：車身、船身、機身。

1. 有身之文化概念

《詩・大雅・大明》:「大任有身，生此文王。」《儒林外史。第二十六回》:「又過了幾個月，那王家女兒懷著身子，要分娩。」母親懷胎，嬰兒在腹中成長，由細胞長成完整的身軀。母親懷孕肚皮隆起，腹部大而顯著，腹部位在人身軀之中段，爲人身主要部位，引申指整個人；因此女子懷孕稱爲有身。甲骨文中身、孕二字〔註4〕最大差別在於腹中的點或子。在現今的閩南語中，依然保留了以「有身」來表達懷有身孕的說法，正是語言文化的活教材。

2. 修身之文化概念

《禮記・大學》:「身脩而后家齊，家齊而后國治，國治而后天下平。」又元稹〈授杜元穎戶部侍郎依前翰林學士制〉:「愼獨以修身，推誠以事朕。」修身齊家指修養自身，治理好家務。修養指得是涵養德性，以淑善其身。此非以肉體作爲關切之焦點，而是延伸至言行舉止。

3. 身分之文化概念

《論語・微子》:「不降其志，不辱其身。」相對於自己的行爲態度，從別人的角度所看待的抽象價值，便是「身分」；即在社會團體中所處的位置。而成就功業後，退休歸隱，便是「功成身退」。《後漢書卷十六・鄧禹傳》:「功成身退，讓國遜位，歷世外戚，無與爲比。」

4. 好身手

杜甫〈哀王孫〉詩:「朔方健兒好身手，昔何勇銳今何愚！」身爲身軀，手泛指手腳；此乃人體大動作的主要關節，引申指技藝或武藝。

（四）亦：人之臂亦也。从大象兩亦之形。

篆文作「亦」,「亦」即今「腋下」之「腋」，俗稱肢胳窩。《說文・肉部》:「胳，亦下也。」段玉裁注曰:「臂與身有重疊之意，故引申爲重累之詞。」除

〔註4〕參《甲骨文字典・卷八》，頁931。

了指稱人體，還做爲表示「也是、又」的連接詞。《論語・學而》:「學而時習之，不亦說乎？」

（五）心：人心。土臧也，在身之中，象形。博士說目為火臧。

篆文作「𢖩」，段玉裁注曰：「土臧者，古文《尚書》說；火臧者，今文家說。」五行之說，古文家以土、金、木、火、水，配心、肝、脾、肺、腎；今文家則爲火、木、土、金、水。《淮南子・原道訓》:「心者，五臟之主也。」心爲全身血脈匯集之處，又主思慮、記識。《釋名・釋形體》:「心，纖也。所識纖微，無物不貫也。」

引申指他物之中心處如：江水中央。白居易〈琵琶行〉:「東船西舫悄無言，唯見江心秋月白。」尚有掌心、菜心、圓心。

1. 心思之文化概念

《孟子・告子》:「心之官則思。」古代認爲心主管思維，故以爲腦的代稱。如：用心、勞心勞力。盡心。

《詩・小雅・巧言》:「他人有心，予忖度之。」人皆有心臟，此「心」爲意念或想法。《孟子・梁惠王上》:「察鄰國之政，無如寡人之用心者。」心如何用之？即花費心血腦力，認眞、盡力從事於某事。

《孟子・公孫丑》:「如此則動心否乎？」受誘惑而動搖的，乃心思、心志。

2. 灰心之文化概念

《莊子・齊物論》:「形固可使如槁木，而心固可使如死灰乎？」比喻內心寂然不動，灰心絕望如已燒化之灰燼，全無生機。阮籍〈詠懷詩八十二首之七十〉:「灰心寄枯宅，曷顧人間姿！」

3. 野心之文化概念

山野中的鳥獸，未經人類馴養，粗魯野蠻。比喻凶暴之人，心性放縱，難以制服。《左傳・宣公四年》:「諺曰：『狼子野心。』是乃狼也，其可畜乎？」又引申爲對名利權勢的非分用心。《淮南子・主術》:「故有野心者，不可借便勢；有愚質者，不可與利器。」

4. 禍心之文化概念

《左傳・昭公元年》:「小國無罪，恃實其罪，將恃大國之安靖己，而無乃包藏禍心以圖之。」懷藏詭計，欲圖謀害人之心思，將招致禍患。

5. **齊心之文化概念**

《易・繫辭》:「二人同心，其利斷金。」心念意志齊一，則思想、行動一致，謂團結合力。《國語・周語》:「同姓則同德，同德則同心，同心則同志。」

6. **心服之文化概念**

《孟子・公孫丑》:「以力服人者，非心服也。」「服」指服氣、臣服，發自內心即由衷欽佩。

7. **腹心與心腹**

《詩・周南・兔罝》:「赳赳武夫，公侯腹心。」心與腹皆爲人之要害，乃重要內臟器官，比喻關係相當親近，可靠而深信之。《孟子・離婁下》:「君之視臣如手足，則臣視君如腹心。」反之，若言「心腹大患」，則爲重大災禍或隱憂。

8. **蕙質蘭心之文化概念**

鮑照〈蕪城賦〉:「東都妙姬、南國麗人，蕙心紈質、玉貌絳脣。」又王勃〈七夕賦〉:「金聲玉韻，蕙心蘭質。」蕙乃香草；以蕙心比喻女子氣質優雅，富有內涵，如同香草般吸引人。

（六）乖：背呂也。象脅肋形。

篆文作「乖」。呂，脊骨也。即脊椎骨。段玉裁注曰:「脊兼骨肉而言之，呂則其骨。析言之如是，渾言之則統曰背呂。」乖乃背脊，引申有背反、背離之意。王充《論衡・順鼓》:「若事，臣子之禮也；責讓，上之禮也。乖違禮意，行之如何？」又《抱朴子・外篇・博喻》:「志合者不以山海爲遠，道乖者不以咫尺爲近。」背反則相違逆，故又指分離；《史記・匈奴列傳》:「漢使兩使者，一弔單于，一弔右賢王，欲以乖其國。」

三、四　肢

（一）爪：丮也。覆手曰爪。象形。

篆文作「爪」，丮，持也。以手抓物，即手指。段玉裁注曰：「仰手曰掌，覆手曰爪。」《韓非子・內儲說上》:「韓召侯握爪而佯亡一爪，求之甚急，左右因割其爪而效之，昭侯以此察左右之誠不。」《說文・又部》:「叉，手足甲也。」段玉裁注曰：「叉、爪古今字。古作叉，今用爪。」古今用字不同，古用「爪」字今用「叉」字。

爪牙之文化概念

《韓非子・解老》:「民獨知兕虎之有爪角也，而莫知萬物之盡有爪角也。」獸爪與獸角尖硬銳利，用於攻擊或自衛。因此比喻武將、士兵。《國語・越語》:「夫雖無四方之憂，然謀臣與爪牙之士，不可不養而擇也。」

（二）又：手也。象形。三指者，手之列多，略，不過三也。

篆文作「㕛」,「又」本意右手，像右手之形，手指以三爲數，古人記數，多不過三。借爲「又再」之又，表更然之意。於是以「保右」之右代替。日久習用,「右」加偏旁人爲「佑」，還原保右之意。從屬字「取」，捕取也。便有以手執之意。

（三）ナ：左手也。象形。

「左」本爲「左助」，今用「佐」。是「左」是借爲指左手，再加偏旁「人」以還原「佐助」本意。

《漢書・周昌傳》:「吾極知其左遷。」顏師古注:「是時尊右而卑左，故謂貶秩位爲左遷。」中國素爲禮義之邦，方位排列有地位高下之分；漢代更爲右尊而左卑。《後漢書・孝和帝紀》:「收洛陽令下獄抵罪，司隸校尉、河南尹皆左降。」

（四）手：拳也。象形。

段玉裁注:「今人舒之爲手，卷之爲拳，其實一也。故以手與拳二篆互訓。」《急就篇・卷三》:「捲（拳）、捥（腕）、節、爪、拇、指、手。」顏師古注:「捲謂掌握也；捥，手臂之節也；節，眾指之節也；爪，指甲也；拇，大指也，一名將指；指總謂眾指也，及掌謂之手。」整個手部，包含手指與手掌的部分。《詩・邶風・擊鼓》:「執子之手，與子偕老。」動物的感觸器官或能代替人手作用的機械、工具亦稱手。如：觸手、扳手。於手中操作的工具、用品冠以手字；如手槍、手工業、手機。

從屬字「失」，縱也。从手乙聲。乙，象春草木冤曲而出；手中的東西若縱逸而出，即是失落。

1. 親手之文化概念

《戰國策・魏策四》:「手受大府之憲。」又《後漢書・隗囂傳》:「帝報以手書。」親自操作、接觸的事物，皇帝親自寫下的諭詔爲「手諭」。一般人親手書寫的字跡爲「手跡」。

2. 左右手之文化概念

《孫子・九地》:「夫吳人與越人相惡也，當其同舟而濟，遇風，其相救也如左右手。」人藉由雙手從事各種活動，左、右手互相協調、支援，非常重要。因此以之比喻得力而不可或缺的助手。而一般辨事或工作的人力，又稱爲「人手」。

3. 老手之文化概念

《北史・崔挺傳附季舒》:「(季舒)銳意研精，遂爲名手，多所全濟。」蘇軾〈至眞州再和詩二首之一〉:「老手王摩詰，窮交孟浩然。」專司某事，經驗老到，做事純熟精練或擅長某種才能的人，以某某手稱之。如：水手、神槍手、樂手、能手。

(五)寸：十分也。人手卻一寸動脈謂之寸口。从又、一。

篆文作「寸」，段玉裁注：「卻，猶退也。」右手下加上「一」，指出手掌之下動脈所在，正是一寸的距離，此處又稱寸口。這是在精密的科學儀器計算尚未發明之前，老祖先發明的簡便「人體度量衡」。

(六)止：下基也。象艸木出有阯。故目止為足。

篆文作「止」，依段玉裁注：「許書無趾字，止即趾也。……古文趾爲止。」古文「止」，今文爲「趾」即足趾，腳趾。《漢書・刑法志》:「當劓者，笞三百；當斬左止者，笞五百。」顏師古注：「止，足也。」

1. 止與至

止爲足趾，人之行動依賴足；因此有至、臨，到達之意。《爾雅・釋詁》:「迄，止也。」《詩・魯頌・泮水》:「魯侯戾止，言觀其旂。」毛傳：「止，至也。」《禮記・大學》:「大學之道，在明明德，在親民，在止於至善。」

2. 止與停止

《易・艮卦》:「時止則止，時行則行，動靜不失其時，其道光明。」《莊子・德充符》:「人莫鑑於流水而鑑於止水。」止有靜止、停駐不動之意。《爾雅・釋詁》:「定，止也。」

3. 止與禁止

止之，即謂停之；停之，則禁而不行，《莊子・盜跖》:「天下皆曰：『孔丘能止暴禁非。』」以止、禁對舉；又《呂氏春秋・貴生》:「口雖欲滋味，害於生則止。」高秀注：「止，禁也。」

《呂氏春秋・制樂》:「無幾何,疾乃止。」高誘注:「止,除也。」禁絕則無有、滅除使不存在。故曰止,除也。

(七)足:人之足也,在體下。从口止。

篆文作「𧾷」,「足」即人體下肢,左思〈詠史八首〉之五:「振衣千仞崗,濯足萬里流。」物體之根基部分或動物用以行走的部位亦稱足。《史記・李斯列傳》:「不忠者無名以立於世,臣請從死,願葬驪山之足。」山足,謂山腳下。〈木蘭詩〉:「願借明駝千里足,送兒還故鄉。」

(八)疋:足也。上象腓腸,下从止。

〈弟子職〉曰:「問疋何止?」古文以爲《詩・大雅》字。亦以爲足字,或曰胥字,一曰疋,記也。

腓腸指脛骨後之肌肉,即小腿肚。〈弟子職〉爲《管子》篇名。段玉裁注曰:「(問疋何止)謂問尊長之臥,足當在何方?」乃問尊長之舖臥其位如何。疋爲足之變體。後與布疋混淆,遂含糊不清。

1. 足——基礎——足夠——滿足

《儀禮・士虞禮》:「主婦洗足爵于房中。」鄭玄注:「爵有足。」物品底下支撐的部分,稱爲足。即其基礎,使物品可立。使物品站立引申於抽象概念;則成事也。《左傳・襄公二十五年》:「言以足志,文以足言。」杜預注:「足,猶成也。」

成,即可以、能夠。《左傳・僖公二十三年》:「吾觀晉公子之從者,皆足以相國。」再擴大「足夠」之意,至於充實圓滿無匱乏,則爲滿足;《老子》第四十六章:「禍莫大於不知足。」《漢書・景帝紀》:「其唯廉士,寡欲易足。」

2. 高足之文化概念

漢代驛馬有高足、中足、下足之分。[註5]《文選・古詩十九首・今日良宴會詩》:「何不策高足,先據要路津?」《史記卷九十二・淮陰侯傳》:「秦失其鹿,天下共逐之,於是高材疾足者先得焉。」此謂行動快速者先達到目標,引申指才智高超,辦事快捷之人。

〔註 5〕《史記・孝文本紀》注曰:「如淳云:『律,四馬高足爲傳置,四馬中足爲馳置,下足爲乘置,一馬二馬爲軺置,如置急者乘一馬曰乘也』。」

對他人學徒門生之美稱，讚其資質優秀。《世說新語・文學》：「三年不得相見，高足弟子傳授而已。」

四、其　他

（一）歺：列骨之殘也。从半冎。

《說文・刀部》：「列，分解。」段玉裁注曰：「冎，剮人肉置其骨也；半冎則骨殘矣。」冎爲骨頭，〔註6〕半冎則僅剩分解後之殘餘。

（二）骨：肉之覈。从冎有肉。

篆文作「[illegible]」，《說文・襾部》：「覈，實也，肉中骨曰覈。」去肉爲冎，肉中則爲骨。《左傳・哀公二年》：「敢告無絕筋，無折骨，無面傷。」骨頭爲人體構造中堅硬的部分，有支撐與保護的作用，人死後亦較慢腐化。蔡琰〈胡笳十八拍〉：「沙場白骨兮，刀痕箭瘢。」

1. 骨肉之文化概念

《管子・輕重丁》：「故桓公推仁立義，功臣之家，兄弟相戚，骨肉相親，國無飢民，此之謂繆數。」比喻有血緣關係的至親，如父子、兄弟等。

2. 恨之入骨

《抱朴子・外篇・自敘》：「見侵者則恨之入骨，劇於血讎。」骨包於肉中，深於人體；入之，則形容其程度之深，到了極點。

3. 骨　架

蘇軾〈次韻董夷仲茶磨〉：「前人初用茗飲時，煮之無問葉與骨。」此「骨」謂茶樹枝條。人骨支撐人體，而物品具有支撐作用的部分亦稱爲骨。如：傘骨、扇骨、鋼骨。

4. 人與風骨

《南史・宋武帝紀》：「及長，雄傑有大度，身長七尺六寸，風骨奇偉。」風骨，指人的秉性、氣質、氣概。

5. 文章與風骨

《文心雕龍・風骨》：「沈吟鋪辭、莫先於骨，故辭之待骨，如體之樹骸。」又李白〈宣州謝朓樓餞別校書叔〉：「蓬萊文章建安骨，中間小謝又清發。」於

〔註6〕《說文・冎部》：「剮人肉，置其骨也。象形。頭隆骨也。」

文學作品，指其體幹與風格。

（三）筋：肉之力也。从肉力，从竹。竹，物之多筋者。

篆文作「䈥」，《韓非子・外儲說左上》：「叔向御坐平公請事，公腓痛足痺轉筋而不敢壞坐。」「筋」即肌腱。附著於骨頭，有彈性，牽動肌肉形成動作。《孟子・告子下》：「天將降大任於是人也，必先苦其心志，勞其筋骨。」而一般有彈性的物品也稱筋。如：橡皮筋、麵筋。

1. 筋疲力竭

《禮記・曲禮上》：「貧者不以貨財爲禮，老者不以筋力爲禮。」由於動作的完成需要肌腱掌控，因此以爲力氣、力量的來源。韓愈〈論淮西事直狀〉：「雖時侵掠，小有所得，力盡筋疲，不償其費。」力氣耗盡，筋肉疲憊；用以形容非常勞累。

2. 筋與弓

《淮南子・墬形》：「北方之美者，有幽都之筋角焉。」高誘注：「其畜宜牛、羊、馬，出好筋角，可以爲弓弩。」動物的蹄筋具有韌性，可用於製造弓弦。

（四）毛：眉髮之屬及獸毛也。

篆文作「𣬶」，《禮記・檀弓下》：「古之侵伐者，不斬祀，不殺厲，不獲二毛。」鄭玄注：「二毛，鬢髮斑白。」謂毛髮有黑白二色者。賀知章〈回鄉偶書〉：「少小離鄉老大回，鄉音難改鬢毛衰。」人之眉髮、鬍鬚等等，總稱爲毛。包括動物身上的毛皮。

1. 吹毛求疵之文化概念

《韓非子・大體》：「不吹毛而求小疵，不洗垢而察難知。」吹開皮毛，以尋找裡面的小毛病，用以比喻刻意挑剔過失或缺點。

2. 毛毛雨

《廣雅・釋詁三》：「毛，輕也。」毛之形細小。因此細微之雨稱毛毛雨。

第四節　樣　貌

認識了身體各部分的構造之後，更進一步對於身體的姿態或呈現的樣子作詮釋。除了口語、文字之外，肢體也可以表情達意，將內在的心思顯現出來。除了自主呈現的形貌，也有其他或受外力影響而表現出來的樣子，或具有某種活動的特殊意義。

一、苜：目不正也。从丫、目。

段玉裁注曰：「丫者外向之象，故爲不正。」「丫」，羊角也。羊角往外生長，「苜」即眼睛向外。

二、兜：廱蔽也。从儿象左右皆蔽形。

段玉裁注曰：「廱當作邕，俗做壅。此字經傳罕見，音與蠱同，則亦蠱惑之意也。《晉語》曰：『在列者獻詩，使勿兜。』疑兜或當爲兜，韋曰：『兜，惑也。』」從屬字僅「兜」，兜鍪，首鎧也。从兜从皃省。皃象人頭形也。「兜」爲保護頭部的盔甲，罩於頭上。必然可遮蔽才能起保護的作用。

三、尸：陳也。象臥之形。

篆文作「𡰣」，段玉裁注曰：「陳當作敶。攴部曰：『敶，列也。』……祭祀之尸，本象神而陳之，而祭者因主之。」古代祭禮中，由人假扮受祭者，以代表行禮。《儀禮・特牲饋食禮》：「主人再拜，尸答拜。」

段玉裁又曰：「在床曰屍，其字从尸从死，別爲一字而經籍多借尸爲之。」此則爲人死後之軀體。《禮記・曲禮下》：「在牀曰尸，在棺曰柩。」《白虎通・崩薨》：「尸之爲言失也，陳也，失氣亡神，形體獨陳。」

（一）尸位素餐之文化概念

《書・五子之歌》：「太康尸位，以逸豫滅厥德。」《論衡・量知》：「無道藝之業，不曉政事默坐朝廷，不能言事，與尸無異，故曰尸位。」由於「尸主」的主要作用是接受祭祀，因此大部分時間是沒有動作的。於是用以形容空居職位而不盡職守，享受俸祿卻不做事。《漢書・朱雲傳》：「今朝廷大臣上不能匡主，下亡以益民，皆尸位素餐。」。

（二）尸與屍

「屍」，終主也。从尸、死。段玉裁注曰：「終主者，方死無所主，以是爲主也。……今經傳字多作尸。」兩字同音通假，皆所謂之屍體。《左傳・隱公元年》：「贈死不及尸」。杜預注：「尸，未葬之通稱。」《左傳・成公二年》：「襄老死於邲，不獲其尸。」

四、旡：飲食屰气不得息曰旡。从反欠。

篆文作「旡」，段玉裁注曰：「不得息者，咽中息不利。」指吃東西時呑嚥發生困難，食物塞住咽喉，以致呼吸不順暢、透不過氣。而欠爲深呼吸之意，〔註7〕從反欠，即與「欠」字意思相反。

五、冄：毛冄冄也。象形。

篆文作「冄」，段玉裁注曰：「冄冄者，柔弱下垂之皃。須部之『䰅』取下垂意。〔註8〕女部之『姌』取弱意。」〔註9〕「冄」代表的兩個概念，便是柔軟與下垂貌。曹植〈美女篇〉：「柔條紛冉冉，落葉何翩翩。」

六、髟：長髮猋猋也。从長彡。一曰白黑髮襍而髟。

篆文作「髟」，彡，毛飾畫文也。「髟」即長髮披垂的樣子。潘岳〈秋興賦〉：「斑鬢髟以承弁兮，素髮颯以垂領。」

七、禿：無髮也。从儿上象禾粟之形，取其聲。王育說：倉頡出見禿人伏禾中，因以制字。未知其審。

篆文作「禿」，《穀梁傳・成公元年》：「季孫行父禿……聘於齊，齊使禿者御禿者。」頂上無毛，即禿頭。依段玉裁注：「按粟當作秀，以避漢諱改之也。」又以爲「禿」字即「秀」字。〔註10〕《爾雅・釋草》：「不榮而實謂之秀。」頭上無髮如同草不榮，乃謂之秀。又引申於其他鈍而不銳之物。元稹〈有鳥二十章〉之八：「偏啄鄧林求一蟲，蟲孔未穿長觜禿。」

（一）禿頭與禿山

人頂上生髮，山生草木；無髮謂之禿，無草木亦謂之禿。《淮南子・道應》：

〔註7〕《說文・欠部》：「張口气悟。」

〔註8〕䰅，頰鬚也。

〔註9〕姌，弱長皃。

〔註10〕其注曰：「象禾秀之形者，謂禾秀之穎屈曲下垂，莖屈處圓轉光潤，如折釵股。禿者全無髮，首光潤似之，故曰『象禾秀之形』。」又曰：「其實秀與禿古無二字，殆小篆始分之，今人禿頂亦曰秀頂，是古遺語。凡物老而椎鈍皆曰秀。如鐵生衣曰銹。」

「石上不生五穀，禿山不遊麋鹿。」《論衡・超奇》:「山之禿也。孰其茂也。」

（二）筆禿與禿筆

李白〈醉後贈王歷陽〉:「書禿千兔毫，詩裁兩牛腰。」梅堯臣〈次韻和永叔飲余家咏枯菊〉:「諸公醉思索筆吟，吾兒暗寫千毫禿。」筆以毫毛製成，用以書寫；「筆禿」爲筆毛脫落，極言書寫數量之龐大。

謙稱自己才疏學淺，文思駑鈍，有謂「禿筆」。杜甫〈題壁畫馬歌〉:「戲拈禿筆掃驊騮，欻見騏驎出東壁。」

八、包：妊也。象人裹妊。巳在中，象子未成形也。元气起於子。子，人所生也。男左行三十，女右行二十，俱立於巳，爲夫婦。裹妊於巳，巳爲子。十月而生，男起巳至寅，女起巳至申，故男年始寅，女年始申也。

篆文作「包」，《說文・女部》:「妊，孕也。」〈子部〉:「孕，裹子也。」從屬字「胞」，兒生裹也，从包肉。母有身孕，乃包子於腹中；與「包」之意相近。《玉篇・包部》:「包，今作胞。」

段玉裁注曰：「引申之凡外裹之稱。」《詩・召南・野有死麕》:「野有死麕，白茅包之。」毛傳：「包，裹也。」從屬字「匏」，从包从瓠省。包，取其可包藏物也。瓠爲葫蘆科植物，剖之可盛物，爲水瓢。

由「包裹」的意義引申，許多概念相關的物品亦稱「包」；綑紮好的物件。如：藥包、郵包。裝東西的袋子。如：錢包、書包。像包裹的物體。如：蒙古包。

九、夨：傾頭也。从大，**象形**。

《說文・人部》:「傾，仄也。」〈厂部〉:「仄，側傾，从人在厂下。籀文从夨，夨亦聲。」諸字互訓，皆有偏斜旁側之意，表示不正。段玉裁注曰：「夨象頭傾，因以爲凡傾之稱。」從屬字「吳」：大言也。大言非正理；說大話，不合規矩。

十、夭：屈也。从大，**象形**。

篆文作「夭」，「夭」的字形爲人首屈抑不伸。段玉裁引《論語・述而》:「子之燕居，申申如也，夭夭如也。」，注曰：「上句謂其申，下句謂其屈。不申不屈之間，其斯爲聖人之容乎？」

夭亡之文化概念

《國語・魯語》:「山不槎蘖，澤不伐夭。」韋昭注曰:「草木未成曰夭。」《漢書・禮樂志》:「眾庶熙熙，施及夭胎。」顏師古注:「少長曰夭，在孕曰胎。」草木以及人之幼者，爲「夭」。段玉裁注曰:「物初長者，尚屈而未申。假令不成，遂則終於夭而已矣。」因此年幼早亡，未得壽，謂「夭亡」、「夭壽」。《釋名・釋喪制》:「少壯而死曰夭，如取物中夭折也。」

十一、尢：尳也，曲脛人也。从大，象偏曲之形。

篆文作「尢」，從屬字尷、尬，言行不正也。皆從尢得義。

十二、延：安步延延也，从廴止。

段玉裁注曰:「引而復止，是安步也。」安步，如言緩步，延則爲其緩步之貌。

十三、了：尥也。从子無臂，象形。

篆文作「了」，《說文・尢部》:「尥，行脛相交也。」段玉裁注曰:「牛行，腳相交爲尥。凡二股或一股結糾紾轉不直伸者，曰了戾。」《說文通訓定聲・小部》:「手之攣曰了，脛之縶曰。」了有糾結不直之意，故引申爲完結。徐灝《說文解字注箋・了部》:「凡收束謂之結，故曰了結。」

第五節　聲　音

視覺方面的形貌之後，再來看看與聽覺有關的聲音。人所製造出的聲響，有隨著情感表露自然發出者，如哭聲、笑聲。有經過人爲約定俗成、制定劃分規律者，如語言、音律。透過這兩者的運用，皆可抒發情感，溝通人我之間。

一、哭：哀聲也。从吅，从獄省聲。

篆文作「哭」，從屬字「喪」，亡也。《論語・先進》:「顏淵死，子哭之慟。」人死而出哀聲，謂之哭。而所出哀聲，若非因人死，亦曰哭。《史記・高祖本紀》:「漢王聞之，袒而大哭。」

吅，驚呼。从獄；或因監獄爲黑暗與死亡所在，乃充滿痛苦悲慘世界。於其中所聞之聲，當然不會是歡樂的歌詠而爲人犯發出的呼號悲聲，乃謂哭。

二、号：痛聲也。从口在丂上。

「号」，今作為「號」。呼喊之聲。段玉裁注曰：「凡唬號自古作号，口部曰：唬号也。今則號行而号廢矣。」《廣韻・号》：「号令，又召也，呼也，謚也。亦作號。」

三、㗊：衆口也。从四口。

眾口之聲，謂喧嚷吵鬧。從屬字嚚，高聲也，一曰大嘑也。

四、音：聲生於心，有節於外謂之音。宮、商、角、徵、羽聲也。絲、竹、金、石、匏、土、革、木音也。从言含一。

篆文作「音」，《書・舜典》：「二十有八載，帝乃殂落，百姓如喪考妣，三載，四海遏密八音。」孔傳：「八音金石絲竹匏土革木。」從屬字「章」，樂竟為一章。从音十。十數之終也。「竟」，樂曲盡為竟。

（一）音與聲

《說文・耳部》：「聲，音也。」兩字互為轉注。《禮記・樂記》：「感於物而動，故形於聲、聲相應，故生變，變成方，謂之音。」鄭玄注：「宮商角徵羽，雜比曰音。」孔穎達疏：「音則今之歌曲也。」指有旋律，可感人之音樂。

（二）口音之文化概念

人所發之聲亦為音；語言歌唱皆然。而各地發音有其特色與習慣，彼此相異可互為區別。賀知章〈回鄉偶書二首〉之一：「少小離鄉老大回，鄉音難改鬢毛衰。」

（三）音訊之文化概念

《詩・小雅・白駒》：「毋金玉爾音，而有遐心。」孔穎達疏：「汝雖不來，當傳書信，毋得金玉汝之音聲於我。」漢蔡琰〈胡笳十八拍〉：「鴈南征兮欲寄邊心，鴈北歸兮為得漢音。」此謂信息、消息。

（四）知音之文化概念

《列子・湯問》：「伯牙善鼓琴，鍾子期善聽。……曲每奏，鍾子期輒窮其趣。」傳說伯牙與鍾子期交好；伯牙彈琴，子期皆可知其旨趣。子期死後伯牙毀琴不再彈。因以謂了解甚深、志趣相投的朋友為「知音」。曹丕〈與吳質書〉：「昔伯牙絕絃于鍾期，仲尼覆醢于子路，痛知音之難遇，傷門人之莫逮。」

第六節 言 語

擁有豐富龐大的語言體系，是人類與其他動物之間一項相當不同的差異處。從語彙、文詞，到語句或敘述論說，皆涵蓋在語言規範當中；使用同一個語言的族群，便在同一個語言規範之下。

一、只：語已詞也。从口象气下引之形。

篆文作「只」，《詩・鄘風・柏舟》：「母也天只！不諒人只！」段玉裁注曰：「已，止也。矣、只皆語止之詞。……語止則氣下引也。」表示語氣停頓之語氣詞。

二、乃：曳詞之難也。象气之出難也。

篆文作「乃」，段玉裁注曰：「曳其言而轉之，若而、若乃皆是也。乃則其曳之難者也。」《說文・申部》：「曳，臾曳也。」〔註11〕用以牽引、拉長語詞，而以筆劃彎曲表示困難。

三、丂：气欲舒出，ㄅ上礙於一也。丂古文以爲亏字。又以爲巧字。

篆文作「丂」，「ㄅ」爲氣欲出之形，「一」阻於上，使無法順利上達。表示氣出受阻，衍伸出号、兮、亏，與氣送出有關之諸字。

四、兮：語所稽也。从丂，八象气越亏也。

篆文作「兮」，「稽」，留止也。氣出之後拖長之聲，表示感嘆之語氣。段玉裁注曰：「語於此少駐也。」詩經與楚辭中表語氣者，有「只」，有「兮」。《詩・齊風・東方之日》：「彼姝者子，在我室兮。」《楚辭・九歌》：「浴蘭湯兮沐芳，華采衣兮若英。」

五、亏：於也。象气之舒亏。从丂从一。一者，其气平也。

段玉裁注曰：「凡《詩》、《書》用于字，凡《論語》用於字。蓋于於二字在周時爲古今字。」《爾雅・釋詁》：「于，於也。」《說文》「於」象古文烏省。「烏」下云：「孔子曰烏、于，呼也。取其助气，故以爲嗚呼。」字形如氣出受阻，最

〔註11〕段玉裁注曰：「臾曳雙聲，猶牽引也。引之則長。」

後還是通過障礙；乃氣出平緩。

六、㕯：**言之訥也。从口內。**

《說文・言部》:「訥，言難也。」《論語・里仁》:「君子欲訥於言，而敏於行。」

《禮記・檀弓下》:「文子其中退然如不勝衣，其言吶吶然如不出諸其口。」《荀子・非相》:「言而非仁之中也，則其言不若其默也，其辯不若其吶。」楊倞注:「吶與訥同。」是㕯、吶與訥爲古今字，皆言語遲鈍之意。

從屬字:「商」從外知內也。从㕯章省聲。段玉裁注:「漢律曆志云:『商之爲言章也，物成孰可章度也。』《白虎通》:『商賈，云商之爲言章也。章其遠近，度其有亡，通四方之物，故謂之商也。』」做生意商業行爲，貨眞價實，童叟無欺，非外在誇大渲染造成錯覺。

第七節　動　作

在視覺與聽覺方面的觀察之後，還有身體力行實踐的部分。這裡所謂的動作是與肢體、身軀直接相關的，不需憑藉它物即可完成的活動爲主要討論對象；描述、指稱人體的動態活動。而其形式則包含一人以上，並不限於個人的行爲。分爲五官、手、足及其他四部分解說。

一、五　官

（一）旻：**舉目使人也。从攴目。**

「旻」即使眼色以指示他人。段玉裁注引《史記・項羽本記》:「須臾，梁眴籍曰:『可行矣！』於是籍遂拔劍斬守頭。」曰:「然則眴同旻也。」眴、旻皆指動目以指使他人。《說文・目部》:「旬，目搖也。从目勻聲。眴，旬或从目㫗。」目搖即眼睛轉動。

（二）䀠：**ナ又視也。从二目。**

左右視，即左看右看。「瞿」字从隹䀠，猛禽目光銳利，搜尋獵物時左右查看。段玉裁注曰:「凡《詩》齊風、唐風，《禮記》檀弓、曾子問、雜記、玉藻，或言瞿，或言瞿瞿，蓋皆䀠之假借，瞿行而䀠廢矣。」《禮記・玉藻》:「視容瞿瞿梅梅。」孔穎達述:「瞿瞿，驚遽之貌。」心生恐懼，則眼神猶疑不定，目光左右飄移。

（三）見：視也。从目、儿。

（四）覞：竝視也。从二見。

見篆文作「𧠆」，段玉裁注：「析言之，有視而不見者，聽而不聞者；渾言之，則視與見，聞與聽一也。」《說文・見部》：「視，瞻也。」又〈目部〉：「瞻，臨視也。」互為轉注。

1. 相　見

《孟子・梁惠王上》：「孟子見梁惠王。」《史記・廉頗藺相如列傳》：「秦王坐章臺，見相如。」人與人相會見面，不僅相視而已，通常彼此還有進一步的互動。事先約定或不期而遇皆通用。《左傳・桓公元年》：「宋華父督見孔父之妻于路。」

2. 見與現

《易・繫辭下》：「爻象動乎內，吉凶見乎外，功業見乎變，聖人之情見乎辭。」又《戰國策・燕策三》：「圖窮而匕首見。」由「視」引申為「被視」，即顯現之意。

3. 見其心

《左傳・襄公二十五年》：「他日吾見蔑之面而已，今吾見其心矣。」面可視而得見，則心如何視而見之？此「見」當作知曉，了解。

4. 見　解

《淮南子・兵略》：「獨見者，見人所不見也。」有獨特的見解，謂「獨見」。指個人對於事物經過觀察、認識後，透過理解所產生的看法。《漢書・儒林傳・嚴彭祖傳》：「唯彭祖、安樂為明，質問疑誼，各持所見。」

（五）凵：張口也。象形。

張口，則動下唇，下顎外擴。凵或從口字而省。

（六）吅：驚呼也。从二口。

段玉裁注引《玉篇》：「吅，與讙同。」《說文・言部》：「讙，譁也。」《史記・陳丞相世家》：「是日乃拜平為都尉，使為參乘，典護軍，諸將盡讙。」是吅與讙皆為吵雜喧鬧之意。

（七）曰：詞也。从口乚象口气出也。

篆文作「𠷎」，「只」象氣下引之形，「曰」則象上出之形。段玉裁注：「詞者，意內而言外也。有是意而有是言。亦謂之曰，亦謂之云，云曰雙聲也。」做動詞「說」。《孟子．梁惠王下》：「國人皆曰可殺，然後察之。」亦可爲語法作用，如同「名爲」、「叫做」，不一定爲眞實地「說」或「道」。《禮記．王制》：「國無九年之蓄曰不足，無六年之蓄曰急。」《爾雅．釋山》：「山西曰夕陽，山東曰朝陽。」

（八）言：直言曰言，論難曰語。从口，辛聲。

篆文作「䇂」，段玉裁注引《詩．大雅》毛傳曰：「直言曰言，論難曰語。」鄭注《周禮．春官．大司樂》曰：「發端曰語，答難曰語。」注《禮記．雜記》曰：「言，言己事；爲人說爲語。」「言」之謂說話，並有主動與自主性之意，《爾雅．釋詁》：「言，我也。」

（九）誩：競言也，从二言。

從屬字「競」，彊語也。兩人皆強爲直言不相讓，則爭。誩與競音同而意近。

1. 言　語

口語是人彼此溝通表達的一種方式；若單純地看待，便只是說話而已。但語言透過嘴巴表達大腦的思想意識，其實也顯現了個人特質。《論語．公冶長》：「今吾於人也，聽其言而觀其行。」《左傳．成公十五年》：「子好直言，必及於難。」

《論語．學而》：「巧言令色，鮮矣仁。」話說得很動聽，臉色裝得很和善，而實際上非出於眞心，謂之「巧言令色」。《史記卷八．高祖紀》：「劉季固多大言，少成事。」言語誇大狂妄不實際，無眞才實學，譏其「大言不慚」。

就被言說的內容而言，有直陳之、敘述之。《韓非子．初見秦》：「臣願悉言所聞，唯大王裁其罪。」《史記．項羽本紀》：「願伯具言臣之不敢倍德也。」有談論之、討論之。《論語．學而》：「賜也，始可與言《詩》已矣。」《荀子．非相》：「法先王，順禮義，黨學者，然而不好言，不樂言，則必非誠士也。」楊倞注：「言，講說也。」

2. 言與言論

《孟子．滕文公下》：「楊朱、墨翟之言盈天下。」「言」作爲說講之動詞，也做名詞用；可言之物謂之言，可表示見解、意見。《鹽鐵論．國疾》：「夫藥酒苦於口利於病，忠言逆於耳而利於行。」

3. 言與言辭

「言」可表示語詞、用字遣辭。《詩・衛風・氓》:「爾卜爾筮，體無咎言。」鄭玄箋:「兆卦之繇無凶咎之辭。」《周禮・天官・九嬪》:「婦德，婦言，婦容，婦功。」鄭玄注:「婦言謂辭令。」詞彙是語言的構成單位，比詞彙更小的是字，比詞彙更大的是語句。《漢書・藝文志》:「說五字之文，至於二三萬言。」《論語・爲政》:「《詩》三百，一言以蔽之，曰『思無邪』。」

「言」所指稱的辭句，有特別表示誓約之詞者。《禮記・曲禮上》:「史載筆，士載言。」鄭玄注:「言，謂會同盟要之辭。」《楚辭・離騷》:「初既與余成言兮，後悔遁而有他。」

4. 百家之言

賈誼〈過秦論〉:「燔百家之言，以愚黔首。」《漢書・藝文志》:「若能修六藝之術，而觀此九家之言，舍短取長，則可以通萬方之略矣。」「言」可以焚燒可以觀看；此非謂口頭上無具體形象的言語，而是記載下來實體可見的著作、文章。

（十）欠：張口气悟也。象气从儿上出之形。

篆文作「[篆文]」，段玉裁注引《說文・心部》:「悟，覺也。」曰:「引申爲解散之意。」《儀禮・士相見禮》:「凡侍坐於君子，君子欠伸，問日之早晏。」鄭玄注:「志倦則欠，體倦則伸。」「欠伸」即打呵欠。以今日醫學觀點而言，打呵欠是血液中溶氧濃度不足，精神欠乏，固有此動作以增加氧氣吸收。段玉裁注:「欠者，气不足也，故引伸爲欠少字。」虧欠、有所缺漏皆可言「欠」。孟郊〈悼幼子〉:「負我十年恩，欠爾千行淚。」白居易〈重到毓村宅有感〉:「軒窗簾幕皆依舊，只是堂前欠一人。」

（十一）飲：歠也。从欠，酓聲。

篆文作「[篆文]」，《說文・酉部》:「酓，酒，味苦。」《釋名・釋飲食》:「飲，奄也。以口奄而引咽之也。」《孟子・告子上》:「冬日則飲湯，夏日則飲水。」飲，即「喝」，吞嚥流質液體。予他人飲亦曰飲，讀爲去聲。《左傳・桓公十六年》:「及行，飲以酒。」所飲者，不限於酒類，而「痛飲」則特指酒類而言。劉禹錫〈贈樂天〉:「痛飲連宵醉，狂吟滿坐聽。」

段玉裁注引《易・蒙卦》虞注：「水流入口爲飲。」曰：「引申之，可飲之物謂之飲。」《周禮・天官・酒正》：「辨四飲之物。一曰清，二曰醫，三曰漿，四曰酏。」又〈漿人〉：「掌共王之六飲水、漿、醴、涼、醫、酏，入于酒府。」今謂「飲料」，泛稱可飲用之液體。

（十二）次：慕欲口液也。从欠、水。

心生欽羨愛慕以致於口中唾液出。段玉裁注曰：「有所慕欲而口生液也。」從屬字「羨」，貪欲也。「盜」，私利物也。从次、皿。次，欲也。欲皿爲盜。貪圖他人之物，將其占爲己有，私利於己，稱爲盜。

二、手

（一）廾：竦手也，从𠂇又。

《說文・立部》：「竦，敬也。」段玉裁注曰：「竦其手以有所奉也。」雙手合而上拱。從屬字：「奉」，承也。从手廾，手中承接物品。「弄」，玩也。從廾玉。手中奉玉而把玩之。

（二）𠬜：引也。从反廾。

段玉裁引司馬相如〈上林賦〉：「養𠬜橑而捫天。」晉灼曰：「𠬜，古攀字。」注曰：「按今字皆用攀，則𠬜爲古字，𠬜亦小篆也。从反廾，象引物於外。」兩手向內可承物，向外則謂援引。

《公羊傳・隱公元年》：「隱長又賢，諸大夫扳隱而立之。」何休注：「扳，引也。與攀同。」其訓與𠬜同。《莊子・馬蹄》：「鳥雀之巢，可攀援而闚。」陸德明釋文：「攀，本又作扳。」

（三）臼：叉手也。从𦥑、彐。

《說文・又部》：「叉、手指相錯也。」段玉裁注曰：「云叉手者，手指正相向也。」兩手向內，手指相對，則如同捧物狀。《禮記・禮運》：「污尊而抔飲，蕢桴而土鼓。」鄭玄注：「抔飲，手掬之也。」陸德明釋文：「掬，本亦作臼。」

（四）舁：共舉也。从臼廾。

段玉裁注曰：「共舉，謂有叉手者，有竦手者，皆共舉之人也。」字形如兩人四手。從屬字「興」，起也，从舁、同。同，同力也。眾人同力共舉，則興。

（五）丮：持也。持手有所丮據也。

篆文作「丮」，《說文・手部》「持，握也。」段玉裁注曰「外象握拳形。」從屬字：「埶」。段玉裁注曰：「物大埶（熱）則丮持食之。」「巩」，褒也。〔註12〕从丮工聲，或加手。手懷抱物，引申有鞏固之意。

（六）攴：小擊也。从又卜聲。

《說文・手部》：「擊，攴也。」段玉裁注曰：「此字從又卜聲；又者，手也。經典隸變作扑。凡《尚書》、三《禮》鞭扑字皆作扑。又變爲『手』，卜聲不改。蓋漢石經之體，此手部無扑之原也。」「攴」之謂擊打也。爲「扑」或體字，隸變作「攵」。《史記・荊軻傳》：「（高漸離）舉筑扑秦皇帝，不中。」《玉篇・手部》：「扑，打也。」

（七）予：推予也。象相予之形。

篆文作「予」，段玉裁注曰：「予、與古今字。象以手推物付之。」推予，讓與、給予之意。夫推物給之。《詩・小雅・采菽》：「彼交匪紓，天子所予。」《爾雅・釋詁上》：「予，賜也。」郭璞注：「賜與也。」邢昺疏：「予者，授與也。」

（八）左：ナ手相左也。从ナ工。

「左」本是動詞，其義佐助，即「佐」之本字；作爲指示左右之用後，又造了「佐」還原本意。《易・泰》：「輔相天地之宜，以左右民。」孔穎達疏：「左右，助也。」《玉篇・左部》：「左，助也。」

（九）𠬪：物落也，上下相付也。从爪又。

讀若《詩》摽有梅。從屬字：「爰」，引也。援助之本字。「受」相付也。一手拿東西交給另一隻手。「爭」引也。段玉裁注曰：「引之使歸於己。」

三、足

（一）癶：足剌癶也。从止、𣥂。

兩足分張而行，引申爲難行。

（二）走：趨也。从夭止。夭者屈也。

〔註12〕《說文・衣部》：「褎，褱也。」

止，下基也。人大步奔跑時，頭向前傾，手臂擺動，跨大步伐。段玉裁注引《釋名・釋姿容》:「徐行曰步，疾行曰趨，疾趨曰走。」曰:「此析言之，許渾言不別也。」《韓非子・五蠹》:「兔走觸株，折頸而死。」從屬字「起」，能立也。立則與腳有關。

1. 走——逃走

「走」本意爲快步奔跑，而人之奔走莫速於逃命。《孟子・梁惠王上》:「棄甲曳兵而走。」《史記・匈奴傳》:「利則進，不利則退，不羞遁走。」

2. 鋌而走險之文化概念

《左傳・文公十七年》:「鋌而走險，急何能擇。」謂於窮途末路或受逼迫時採取冒險行動或不正當的行爲。由足部的動作引申爲行動。

3. 走與移動

白居易〈初冬即事呈夢得〉:「走筆小詩能和否？潑醅新酒試嘗看。」又蘇軾〈新灘阻風〉:「北風吹寒江，來自兩山口。初聞似搖扇，漸覺平沙走。」由人走引申爲物走，不限於腳步之移動；走筆爲揮筆成書，平沙之走爲移動。今謂時鐘指針轉動亦曰走。

（三）步：行也，从止𣥂相背。

篆文作「步」，行，人之步趨也。段玉裁注曰:「止𣥂相竝者，上登之象（癶）。止𣥂相隨者，行步之象。相背由相隨也。」《書・武成》:「王朝步自周。」孔傳：「步，行也。」《淮南・人間訓》:「夫走者，人之所以爲疾也；步者，人之所以爲遲也。」是步行爲慢速走路，徐緩不急躁。

《爾雅・釋宮》:「堂上謂之行，堂下謂之步，門外謂之趨，中庭謂之走，大路謂之奔。」「堂」爲宮室正中的建築，如今之客廳。堂以「應門」與中庭連接，穿過中庭之後，出大門。路，謂旅途也。於廳堂之中，應態度端正莊重，故緩步而行。乃至於旅途行道，爲交通往來之用，故快速奔馳，以達到運輸功能。

1. 獨步天下

《後漢書卷・逸民傳戴良傳》:「我若仲尼長東魯，大禹出西羌，獨步天下，誰與爲偶！」又《文心雕龍・論說》:「並獨步當時，流聲後代。」獨步如獨行，謂超出群倫，天下第一。極言其卓越而無人能及。

2. 步　伐

《孟子・梁惠王上》:「以五十步笑百步，則何如？」《荀子・勸學》:「故不積蹞（跬）步，無以至千里。」由動作引申爲量詞，指一步伐。劉向《說苑・卷十六・談叢》:「十步之澤，必有香草。」以十個步伐之範圍內可見，比喻到處都有人才。

又借爲棋交用語，擺放或移動一顆棋子稱爲「一步棋」。再引申比喻某項措施或行動。俗語謂「一步錯，步步錯。」

（四）此：止也，从止匕。匕，相比次也。

篆文作「𣥠」，段玉裁注曰：「於物爲止之處，於文爲止之詞。」

（五）彳：小步也，象人脛三屬相連也。

篆文作「彳」，段玉裁注曰：「三屬者，上爲股，中爲脛，下爲足也。單舉脛者，舉中以該上下也。脛動而股與足隨之。」《文選・卷九・潘安仁射雉賦》:「彳亍中輟，馥焉中鏑。」注引張衡〈舞賦〉曰：「蹇兮宕往，彳兮中輒。」「彳」謂小步行走。

從屬字「徑」，步道也。从彳巠聲。「後」，遲也。从彳幺夊，幺夊者，後也。腳（夊）上有繩索（幺），表示受到牽制，行動受到牽絆則延遲，所以說明落後之意。

（六）辵：乍行乍止也，从彳止。

段玉裁注引《儀禮・公食大夫禮》:「寡栗階升，不拜。」鄭玄注：「不拾級而下曰辵。」曰：「鄭意不拾級而上曰栗階，亦曰歷階；不拾級下曰辵階也。」「辵」是謂行走無次。

從屬字「迂」，避也。从辵于聲。段玉裁注曰：「迂曲回避，其義一也。」于氣出受阻，但最後通過阻礙。因此迂有行動受阻、不順，須彎曲繞道之意。

（七）廴：長行也，从彳引之。

長行，謂連續行走；字形爲彳之延長。引之，是爲延長之。〔註13〕《玉篇・廴部》:「廴，長行也，今作引。」段玉裁注曰：「是引弓字行，而廴廢也。」

〔註13〕《說文・弓部》:「引，開弓也。」段玉裁注曰：「張鉤弦使滿以竟矢之長。亦曰張。是謂之引。凡延長之偁、開導之偁皆引申於此。」

（八）行：人之步趨也。从彳亍。

篆文作「𧗳」，步，行也。趨，走也。步趨如言行走。段玉裁注曰：「兩者一徐一疾，皆謂之行，統言之也。……引申爲巡行、行列、行事、德行。」其本意，即走路。《論語・述而》：「三人行，必有我師焉？」

1. 飛行之文化概念

人之行走，依賴兩足而於陸上移動，引申於空中的移動亦作行。劉向《列仙傳・卷下・主柱》：「得神砂飛雪，服之五年能飛行。」

2. 行事之文化概念

由行動的概念引申爲人之行爲舉止、立身處世；謂其所從事者。《左傳・隱公元年》：「多行不義必自斃。」今有行醫、行善、行騙之詞。而不循正道而行，野蠻霸道則爲「橫行」。《周禮・秋官・野廬氏》：「凡有節者及有爵者至則爲之辟，禁野之橫行徑踰者。」

3. 流行之文化概念

人有各種交通工具協助行動，「行」也用於一般事物的前進、傳播或散布、流通以及商品發行。《孟子・公孫丑上》：「德之流行，速於置郵而傳命。」《左傳・襄公二十五年》：「言之無文，行而不遠。」形容其流行之廣遠快速，影響極大，則謂「風行」劉孝標〈辯命論〉：「電照風行，聲馳海外。」

（九）去：人相違也。从大，凵聲。

篆文作「𠫓」，《說文・辵部》：「違，離也。」「去」即離開。《漢書・卷八十五・何武傳》：「去後常見思。」

1. 去——距離

離開便會產生距離，引申指距離之遠近長短。李白《蜀道難》：「連峰去天不盈尺，枯松倒挂倚絕壁。」

2. 去與去除

由離去引申爲免除、撤除，使離去。《周禮・地官・大司徒》：「以荒政十有二聚萬民，……五曰舍禁，六曰去幾。」鄭玄注：「去幾，去其稅耳。」《莊子・大宗師》：「離形去知。」不欲而捨棄、丟棄亦謂之「去」。《漢書・匈奴傳上》：「得漢食物皆去之，以視不如重（湩）酪之便美也。」顏師古注：「去，棄也。」

3. 去與過去

時間上的過往、從前，乃爲已離開當下的時間點，已經過的一年即「去年」。曹操〈短歌行〉：「譬如朝露，去日苦多。」

（十）來：周所受瑞麥來麰也。二麥一夆（一來二縫—— 大徐本）**，象芒朿之形。天所來也，故為行來之來；《詩》曰：「詒我來麰。」**

篆文作「」，「來」本爲麥黍之本字，甲文作爲一株麥子，結有兩麥穗。行來之意抽象，不易造字，以古音近同，而假借黍麥之字表行來之意，本意遂泯而不用。《爾雅・釋詁上》：「來，至也。」《論語・學而》：「有朋自遠方來。」《玉篇・來部》：「來，歸也。」

1. 來——使來

《論語・季氏》：「故遠人不服，則修文德以來之。」邢昺疏：「使遠人慕其德化而來。」又《呂氏春秋・不侵》：「自此觀之，尊貴富大不足以來士矣！」高誘注：「來，猶致也。」由「來」引申爲「使來」，即「招致」之意。

2. 來——將來

《孟子・滕文公下》：「如知其非義，斯速已矣，何待來年。」來年，謂將來之年。將來，則即將來而未來。《荀子・解蔽》：「不慕往，不閔來。」楊倞注：「往，古昔也；來，將來也。」

（十一）夊：行遲曳夊夊也。象兩脛有所躧也。

「夊」爲徐行。段玉裁注引《玉篇》：「《詩》云『雄狐夊夊。』今作綏。」曰：「行遲者，如有所拕曳然，故象之。」

（十二）夂：從後至也。象兩人脛後有致之者。

段玉裁注曰：「至當作致。」行遲則後至，與「夊」意相爲因果。

（十三）交：交脛也。从大，象交形。

篆文作「」，《山海經・海外南經》有交脛國。字形象人兩脛交錯，引申爲交叉之意。段玉裁注曰：「凡兩者相合曰交，皆此意之引申。」《易・泰》：「天地交而萬物通也。」謂互相貫通、交通。

1. 結交之文化概念

相交的概念引申於人際間、國際之間，指彼此交遊、往來。《論語・學而》：

「與朋友交而不信乎？」《戰國策・秦策三》：「王不如遠交而近攻。」今謂交情深厚，有默契之摯友爲「莫逆之交」;《莊子・大宗師》：「子祀、子輿、子犁、子來……四人相視而笑，莫逆於心，遂相與爲友。」

2. 時空交替之文化概念

有關時間、地區之相會或邊際相交處稱其爲「交」。如：元明之交、河渭之交、湘鄂之交。《左傳・僖公五年》：「其九月、十月之交乎！」蘇軾〈奏浙西災傷第一狀〉：「又緣春夏之交，雨水調勻。」

3. 交接之文化概念

《禮記・坊記》：「禮非祭，男女不交爵。」鄭玄注：「交爵，謂相獻酢。」謂交接酒杯，此與彼受。引申於交往、聚會。《禮記・樂記》：「射卿食饗，所以正交接也。」

4. 交杯酒

古制婚禮中，以紅綵帶連結兩酒杯，新婚夫妻各飲一盞，謂之交杯酒。宋孟元老《東京夢華錄・卷五・娶婦》：「然後用兩盞，以綵結連之，互飲一盞，謂之『交杯酒』。」

四、其　他

（一）𠫓：不順乎出也。从到子。《易》曰突如其來，如不孝子突出不容於內也。𠫓即《易》「突」字也。

篆文作「𠫓」，段玉裁注曰：「謂凡物之反其常，凡事之屰其理、突出至前者皆是也。不專謂人子。」從屬字「育」，養子使作善也，从𠫓肉聲。教育的目的，在使其爲善。

《說文・儿部》：「充，長也高也。從儿育省聲。」人在教養之下，學識品德各方面日益成長進步，程度升高而內在充實。

（二）冎：剔人肉，置其骨也。象形。頭隆骨也。

《說文》無剔字。〔註 14〕許慎以爲象頭蓋骨之形，乃頭骨少肉。《列子・湯問》「楚之南有炎人之國，其親戚死，冎其肉而棄之。」段玉裁注曰：「冎俗作剮。」古有剮刑，以刀切割犯人肢體皮肉，而不令其速死。

〔註 14〕段玉裁以爲作鬄解；剔者鬄之省，許於此字從古文，故不取今文。鬄，鬀髮也。

「骨」，肉之覈也，从冎有肉。覈即核，實也。骨骼由肌肉包覆，如同果實內的果核。從屬字「別」，分解也。从冎从刀。使整體分離成爲部份，區分或離開，即「別」之意。

（三）死：澌也。人所離也。从歺，从人。

《說文・水部》「澌，水索也。」段玉裁注引《方言》：「澌，索也，盡也。」曰：「是澌爲凡盡之偁。」人盡曰死，死則形體與魂魄相離，故從歺、人。《白虎通・崩薨》：「死之爲言澌，精氣窮也。」《韓非子・解老》「損而不止則生盡，生盡之謂死。」

（四）舛：對臥也。从夂㐄相背。

「㐄」爲反「夂」，足與足相背。兩足相背逆向，引申有乖違不順之意。王勃〈秋日登洪府滕王閣餞別序〉：「嗟乎！時運不齊，命途多舛。」乃運途不順之謂。

（五）㝱：寐而覺者也。从宀从爿，夢聲。

睡眠中如有知覺，屋下人在床上。夢，不明也。从夕，瞢省聲。瞢，目不明也。夕，天黑。夜晚天黑，景物不明看不清。人在屋下倚床榻休憩，而夢中景物不明。字形的構成包括了完整的場景，還有睡眠中特有的行爲——作夢。非常具體與生動。現皆以「夢」字取代。《周禮・春官・宗伯》：「以日月星辰占六夢之吉凶；一曰正夢，二曰噩夢，三曰思夢，四曰寤夢，五曰喜夢，六曰懼夢。」

（六）疒：倚也，人有疾痛也。象倚箸之形。

人有疾病，倚於床上休養的樣子。從屬字多與病痛相關；「疾」，病也。又「疢」，熱病也。

（七）匕：變也。从倒人。

「變匕」，今入「變化」。段玉裁注曰：「凡變匕當作匕，教化當作化。許氏之字指也。今變匕字盡作化，化行而匕廢矣。」

（八）匕：相與比敘也。从反人。匕亦所㠯用匕取飯，一名柶。

比，密也。周密之意。從屬字「卬」，望也。欲有所庶及也。謂親近之意。《禮記・檀弓下》：「蕢也宰夫也，非刀匕是共，又敢與知防，是以飲之也。」《廣韻・旨》：「匕，匙。通俗文曰：匕首，劍屬。其頭類必，短而便用，故曰匕首。」

（九）从：相聽也。从二人。

相聽，指言聽計從，意見一致。《說文・耳部》：「聽，聆也。」段玉裁注：「引申爲相許之偁。言部曰許，聽也。按从者今之從字。從行而从廢矣。」今廢从而從字通行。從屬字「從」，隨行也。

（十）比：密也。二人為从，反从為比。

篆文作「𠤎」，段玉裁注：「要密義足以括之，其本意謂相親密也。」《呂氏春秋・達鬱》：「肌膚欲其比也，血脈欲其通也，筋骨欲其固也，心志欲其和也，精氣欲其行也。」高誘注：「比，猶致也。」畢沅校：「謂緻密。」與从字皆有行動一致之意，从爲相聽，比則有互相依附，結黨營私之意。《論語・爲政》：「君子周而不比，小人比而不周。」周，周全。比，比類。《漢書・谷永傳》：「無用比周之虛譽，毋聽浸潤之譖愬。」顏師古注：「比周，言阿黨親密也。」

1. 比與密合

嚴密則合而無隙，謂符合、一同。《禮記・射義》：「其容體比於禮，其節比於樂。」陸德明釋文：「比，親合也。」《漢書・楚元王劉交傳附劉歆》：「與二三君子比意同力，冀得廢遺。」顏師古注：「比，合也。」

2. 比與親近

《論語・里仁》：「君子之於天下也，無適也，無莫也，義之與比。」邢昺疏：「比，親也。」《玉篇・比部》：「比，近也，親也。」親密、切近之謂。

3. 比與比較

較量長短、快慢、輕重、高下、本領或實力等。《周禮・天官・內宰》：「佐后而受獻功者，比其小大，與其麤良，而賞罰之。」兩物並比而知其間之不同。

（十一）北：乖也。从二人相背。

乖，背呂也。人之背脊在後，表相背之意。段玉裁注曰：「乖者，戾也。此於形得其義也。軍奔曰北，其引申之義也。謂背而走也。」

1. 敗北之文化概念

《韓非子・五蠹》：「魯人從君戰，三戰三北。」謂戰爭失敗，背向而逃。《戰國策・齊策六》：「食人炊骨，士無反北之心，是孫臏、吳起之兵也。」反北，謂背反、背叛。

2. **北方之文化概念**

《詩・小雅・大東》:「維南有箕，不可以簸揚；維北有斗，不可以挹酒漿。」《莊子・逍遙遊》:「北冥有魚，其名爲鯤。」此借爲方位詞，指北方，與南相對。

3. **北面稱臣之文化概念**

古代君主面南而坐，臣子拜見天子則面北，故臣服於人稱爲北面稱臣。《史記・陸賈傳》:「君主宜郊迎，北面稱臣。」

(十二) 臥：伏也。从人臣，取其伏也。

篆文作「臥」,《說文・人部》:「伏，司也。从人犬，犬司人也。」由服事的概念再引申爲俯伏、隱伏。臣，牽也，事君也象屈服之形。取其屈服之意。「臥」即身體向前傾靠。柳宗元〈始得西山宴游記〉:「醉則更相枕而臥，臥而夢。」

1. **臥與寢**

《孟子・公孫丑下》:「不應，隱几而臥。」焦循正義:「臥與寢異，寢於牀，臥於几。統言之則不別。」《荀子・解蔽》:「心臥則夢。」楊倞注:「臥，寢也，言人心有所思，寢則必夢。」「臥」與「寢」皆通稱躺下、倒下、睡覺、休息。

2. **臥　室**

《漢書・韓信傳》:「張耳、韓信未起，(漢王) 即其臥，奪其印符。」顏師古注:「就其臥處。」今言臥室、寢室，爲休息睡眠之處所。

3. **坐臥不安**

《周書卷・藝術傳・姚僧垣傳》:「大將軍襄樂公賀蘭隆先有氣疾，加以水腫，喘息奔急，坐臥不安。」坐也不是躺也不是；形容身體不適、或焦急煩燥，心神不寧的樣子。

(十三) 㐆：歸也，从反身。

段玉裁注曰:「疊韻爲訓。从反身，此如反人爲匕，反从爲比。」以反身喻歸之意。

(十四) 先：前進也。从儿、之。

篆文作「先」，段玉裁注:「凡言前者，緩詞；凡言先者，急詞也。其爲進一也。」指時間次序在前者，與後相對。《論語・衛靈公》:「工欲善其事，必先利其器。」韓愈《師說》:「聞道有先後，術業有專攻。」

1. 身先士卒

《周禮・夏官・大司馬》:「若師有功，則左執律，右秉鉞，以先，愷樂獻于社。」鄭玄注:「先，猶道也。」道，爲引導之意。曹植〈求自試表〉:「突刃觸鋒，爲士卒先。」有倡導、先行作爲榜樣之意。

2. 先見之明

《後漢書卷・楊震傳》:「愧無日磾先見之明，猶懷老牛舐犢之愛。」可於事前預見將發生的結果，讚其判斷力高明。

（十五）県：到首也。賈侍中說:「此斷首到縣県字。」

段玉裁注:「到，今之倒字。」即倒首而懸之。從屬字「縣」，繫也。加心字爲懸，表懸念之意。

（十六）勹：裹也。象人曲形，有所包裹。

段玉裁注曰:「今字包行而勹廢矣。」從屬字「匊」，在手曰匊。段玉裁注:「俗作掬。」即以手持捧物。

（十七）立：侸也。从大在一之上。

（十八）竝：併也。从二立。

篆文作「[illegible]」，字形如人兩足站立於地，無所偏倚。《書・顧命》:「一人免，執劉，立于東堂。」《禮記・曲禮上》:「立必正方，不傾聽。」又不限於人，可指物之豎起。《書・牧誓》:「比爾干，立爾矛。」

立之從屬字「端」，直也。今有謂端正，不歪斜。

《說文・人部》:「併，竝也。」《詩・齊風・還》:「並驅从兩人肩兮，揖我謂我儇兮。」鄭玄箋:「並，併也。」爲兩人相傍之形。

1. 設立之文化概念

《書・周官》:「立太師、太傅、太保。」人、物以外單位、機關之設置可謂「立」。

2. 建立之文化概念

總謂成就、存在。《左傳・襄公二十四年》:「太上有立德，其次有立功，其次有立言。」就制定、訂定，有所建樹而言。《論語・爲政》:「吾十有五而志于學，三十而立。」個人獨立或成就亦言「立」。

（十九）惢：心疑也。从三心。

段玉裁注引左思〈魏都賦〉:「有靦瞢容，神惢形茹。」內心有疑慮則心神不定，故从三心。今言「三心二意」謂猶豫不決，意志不定。

第八節　小　結

由人類部首歸類中各部分的整理結果可以發現，對於頭、軀幹、四肢，形體上靜態的觀察仔細之外，各種行爲動態的觀察，也顯示了概念形成時期，著重的焦點所在；由基礎性「是什麼」到進一步探索「能作什麼」，這表示除了表象的認知以外，還有深層內在性質的了解。

《說文》提供了許多文化概念的由來與淵源；如「鬼魂」的概念，一般認爲是由人死後亡靈轉化而來的；人生道路終歸一死，不正是許慎所說的「人所歸爲鬼」！「亦，人之臂亦也。」由於文字轉化，今日說「掖下」而不說「亦下」。而「亦」所代表的「兼有」概念，原來是從人體左右腋下而來的！「取」有手拿之意，「友」表示兩人交好；兩字都從「又」。原來「又，手也。」兩手相交，代表感情友好。由許愼的解說，可以發現根植於現代人心中的概念，其實有著如此久遠的歷史背景。

普遍具有的概念以外，也發現字形與字義微妙連結之處；如「夏：舉目使人也。从攴目。」攴，小擊也；如同鞭策指使，「教」字亦从攴。「夏」即是以眼睛代替手、口指揮他人。

「誩：競言也。」「競」爲「誩」之從屬字，原來競爭的概念是從競相與言而來的！

「疒：倚也，人有疾痛也。象倚箸之形。」與病痛有關的字，多從「疒」部；「疾病、疼痛」皆是。原來「疒」即是人有不適，躺臥休息的樣子。

「廾：竦手也。」「臼：叉手也。」「予：推予也。」是三個與手有關的文字，分別爲拱手、兩手相交合、交付。三字皆與雙手有關，卻又各自不同，而字形筆劃簡單，但互不相混。

另一組相關字形上有關聯的，「从：相聽也。」「比：密也，二人爲从，反从爲比。」「北：乖也。从二人相背。」三字皆从二人，但是相從、相背便表現了不同的意義。中國文字結構的奧妙，不但在於幫助字義的了解，也在於其巧妙安排的構思！

第三章　《說文》所見自然類部首之文化詮釋

第一節　天　文

天文分類的內容是與天象、氣象以及自然現象有關的三組字群，透過文字的歸納表現出先民對於天文的觀察與認識。〈說文敘〉言疱犧氏所以創作易八卦以垂憲象，便是由「仰則觀象於天」開始說起。

天文	天象	日、月、倝、晶
	氣象	气、雨、雲、風、申
	自然現象	火、炎、焱

一、天　象

《史記・天官書》:「太史公曰：自初生民以來，世主曷嘗不歷日月星辰？及至五家、三代，紹而明之，內冠帶，外夷狄，分中國爲十有二州，仰則觀象於天，俯則法類於地。天有日月，地有陰陽。天有五星，地有五行。天有列宿，地有州域。三光者，陰陽之精，氣本在地，而聖人統理之。」對於日月星辰的觀察與紀錄，在中國有著攸遠的歷史。君王以自然之理爲人事區劃之依，效法天地之秩序。並相信天人之間有所對應；天地之精華歸於日月統攝，而人世之規律則由聖人統合治理。

（一）名　稱

1. 日：實也。大昜之精不虧。从○一象形。

篆文作「日」，段玉裁注：「以疊韻爲訓。」《釋名・釋天》：「日，實也，光明盛實也。」太陽光芒照耀，形體圓滿，提供萬物所需的光源以及能量。

2. 月：闕也。大侌之精。象形。

篆文作「月」，段玉裁注：「月、闕疊韻。」《釋名・釋天》：「月，缺也，滿則缺也。」日月分別爲白天與夜晚天際之光明來源，仰天而望最顯著的星體。而兩相比較，於出現時間與亮度不同之外，形體上的差異便是日實月闕。太陽圓滿不虧，月亮則依循固定週期圓缺變化。從屬字「朔」，月一日始蘇也。《釋名・釋天》：「朔，月初之名也。」變化循環之始，即由闕漸圓之初。

（1）日月精華

《論衡・說明》：「夫日者，火之精也；月者，水之精也。」又〈順鼓〉：「眾陰之精，月也。」太陽與月亮每天固定從東方升起，太陽充實飽滿，月亮由盈至闕復而又圓。其光輝日夜照耀大地，萬物的滋長與生養有賴於這股穩定的力量供給能源。古人以爲如此神奇而廣大的力量之所以源源不絕，乃在於其本質即是陰陽之精華，集陰陽之大成。

（2）日神話與月神話

在古老的神話故事中，日、月、星辰都是我們所熟知的題材；先民面對這些在抬頭可見的穹蒼之中，遙遠而發光發亮的星體，結合觀察與想像，創造出了流傳久遠的神話。

A. 夸父追日

傳說巨人夸父逐日而死，死後筋肉化爲大地，血脈化爲河流。《山海經・海外北經》：「夸父與日逐走，入日。渴欲得飲，飲于河渭；河渭不足，北飲大澤。未至，道渴而死。其杖，化爲鄧林。」這是中國對於世界起源的認知概念。

B. 金烏、玉蟾與玉兔

《淮南子・精神訓》：「日中有踆烏，而月中有蟾蜍。」又〈天文訓〉：「日出湯谷，浴於咸池，拂於扶桑。」《山海經・海外東經》：「黑齒國，有湯谷。湯谷上有扶桑，十日所浴，在黑齒北，居水中。有大木，九日居下枝，一日居上枝。」郭注：「湯谷，谷中水熱也。扶桑，木也。」日月高掛空中，依古人科學技術之程度，欲作細膩之觀察與了解，實難具體行之。然而古人自有一番見解，也相信日月之上，有其住民。〔註1〕並且將此認知反映發揮於文學詩歌之中。傅玄〈擬天問〉：「月中何有，白兔擣藥。」李白〈把酒問月〉詩：「白兔擣藥秋復春，嫦娥孤棲與誰鄰？」

C. 后羿射日

《淮南子・本經訓》：「堯之時，十日並出，焦禾稼，殺草木，而民無所食，堯乃使羿上射十日。」后羿射日的傳說延續十日金烏的發展；因其爲禍大地，而有神射手爲人民除惡，成爲英雄。

D. 嫦娥奔月

《淮南子・覽冥》：「羿請不死之藥於西王母，姮娥竊以奔月，悵然有喪，無以續之。」姮娥今作嫦娥，漢代因避文帝之諱而改。淒美的故事也爲歷代文人創作的材料。晏殊〈中秋月〉：「未必素娥無悵恨，玉蟾清冷桂花孤。」

（3）日月流轉與四時交替

曆法中以月亮圓缺變化之週期，即月球繞行地球一周所需的時間爲「一月」。而每天太陽升降，稱爲「一日」。關於日、月運行的自然現象，先民並非僅僅是單純的觀察與紀錄天上的星體運行，也成爲生活中時時刻刻經歷的過程。並且賦予了它領導與影響四時、氣候變化的神秘力量。《詩・邶風・日月》：「日居月諸，照臨下土。……下土是冒。……出自東方。」。運行時間長短不同，形成了春夏秋冬四時交替，《周書・洪範》：「日月之行，則有冬有夏。」對於短期的天氣狀況，先民也觀察出天體所具有的預告作用；《詩・小雅・漸漸之石》：「月離於畢，俾滂沱矣。」

（4）日月與天人相應

除了神話之外，先民也將日、月運行的現象與自然界的萬物以及人世間的政治、君王、德行相對應。《易・繫辭上》：「縣象著明莫大乎日月。」而觀照於人類社會，對應人事；日月所具有的文化意義不僅僅在於單一層面，而是由「運勢」延伸至政治、帝王、公卿、君子等不同的階級。《史記・天官書》：「察日月之行以揆歲星順逆。」又曰：「月行中道，安寧和平。」歲星也就是今日我們所稱的木星。木星由西向東繞日運行，正好十二年一周；古人以其歲行一次，十

〔註1〕《論衡・順鼓》即曰：「月中之獸，兔、蟾蜍也。」

二歲而一周天，用以紀年。並且也是一國五穀農事、人民安康、君王仁德的總指標。以日月的運行度衡歲星的星相，可見日月對於先民的影響更在歲星之上。

（5）日與帝王

《漢書・天文志》：「政治變於下，日月運於上。」然而先民是如何從觀察日月而獲得訊息，或是解讀徵象與人事的關係呢？比較具體的記載如《漢書・天文志》：「凡君行急則日行疾，君行緩則日行遲。」在科學發展的今日看起來，這是相當荒誕無稽的說法；但是，不應該單從現代科學的角度理解，而應該考慮到當時人民對於自然的思考、理解以及解釋。人君爲地上的統治者，對應於天上諸象；則爲光明燦爛的太陽。因此君王的舉動反映在天上，一方面代表恩澤普及萬物，另一方面也表示其行爲昭然可見，並且爲大家所監督。《晉書・天文志》：「日爲太陽之精主，生養恩德，人君之象也。」此提出了較爲完整的概念說解。

（6）月與卿士

但是除了君王應謹言慎行，大臣卿士也有其效法的對象；《書・洪範》：「王省惟歲，卿士惟月。」傳曰：「卿士各有所掌如月之有別。」古人觀察月球的出現，由闕轉盈復而又闕，依循著固定的規律變化。它的圓缺變化提供了「分別」的概念，而穩定性則提供了「專責」的榜樣；各司其職與謹守本分兩個行政執事的重要準則都涵括在內了。

（7）日月與天道之德

外在的行事作爲有依循之標的，內在道德修養亦有其仿效與學習的對象；公平正義的天理，是自然法則，也是君子所以崇尚的品德。品德非一時一地的要求或表現，而是無窮盡不止絕的修爲。《大戴禮・哀公問於孔子》：「公曰：『敢問君子何貴乎天道也？』孔子對曰：『貴其不已。如日月西東相從而不已也，是天道也。』」儒家學術思想深入中國的傳統文化的中心，其思想內涵崇尚道德，借用天地間運行循環不已的天體作爲比喻來解說天道，是結合自然現象與人性思維。

3. 倝：日始出，光倝倝也。从旦㫃聲。

「倝」爲日出時之光芒。從屬字「朝」，旦也。今謂早晨的太陽曰「朝陽」。

4. 晶：精光也。从三日。

篆文作「晶」，「精光」乃星光閃耀之貌。甲骨文中的星：後加上聲符「生」，又簡省繁筆乃成現在的星。段玉裁注曰：「凡言物之盛皆三合其文。」從屬字「曐」，萬物之精，上爲列星。从晶从生聲。「曐」已省略而作「星」。《釋名・釋天》：「星，散也。列位布散也。」

《論衡・說日》「夫星，萬物之精，與日月同。」夜晚的天際除了月亮之外，眾星閃耀，其重要性於老祖先的心中與日月相比，其實也不惶多讓。《史記・天官書》：「星者，金之散氣，（其）本曰火。……漢者，亦金之散氣，其本曰水。」東漢時期，五行的概念是思想的中心，對於星體以及今日所稱的銀河（星漢），也是以五行的概念來理解其組成與本質。這些在黑暗中引人注目的發亮光點，很早便受到人類的注意，並且有了一定的認識。

（1）人生不相見，動如參與商

《詩・小雅・大東》：「東有啓明，西有長庚。有捄天畢，載施之行。維南有箕，不可以簸揚。維北有斗，不可以挹酒漿。」啓明星、北斗星，今日仍沿用此名；遠古時期的夜晚，沒有明亮的電燈形成光害，閃耀的星火想必清晰可辨。面對燦爛的星空，點點繁星，先民觀測天象，劃分方位，連綴組合，加以命名，紀錄運行軌跡。

杜甫〈贈衛八處士〉：「人生不相見，動如參與商。」典故的出處，早在戰國時期，於左傳中有關於參商星傳說的記載。〔註 2〕

（2）星占術

地上的州國雖爲人爲劃分，卻與天上的星宿彼此相互對應。《周禮・春官》：「保章氏以星土辨九州之地也，所封封域皆有分星。」又《漢書・天文志第六》：「凡天文在圖籍昭昭可知者，經星常宿中外官凡百一十八名，積數七百八十三星，皆有州國官宮物類之象。」天上的日月星辰被視爲人世間現況的反應，並且愼重地依循其變化，改正修定其相對應的事物。《史記・天官書》：「日變修德，月變省刑，星變結和。凡天變，過度乃占。……日月暈適，雲風，此天之客氣，其發見亦有大運。」天象變化的警惕作用，被認爲具有重要的價値，它所代表的是德行、刑罰等概念性的作爲，而非日常生活中的雜項事務。觀測的依據，

〔註 2〕《左傳・昭公元年》「昔高辛氏有二子，伯曰閼伯，季曰實沉，居於曠林，不相能也，日尋干戈，以相征討。後帝不臧，遷閼伯於商丘，主辰，商人是因，故辰爲商星。遷實沉於大夏，主參，唐人是因，以服事夏商。」

是在天象的變化「過度」的情況之下，再輔以占卜而確認。

星象的改變將會對於人世間造成影響，於是觀察辨識星體的變化及運行，可以預測人間的吉凶禍福，也就是早期星占術的用途。《淮南子・天文訓》：「星辰者，天之期也。虹蜺彗星者，天之忌也。」。《史記・天官書》：「星眾，國吉；少則凶。……漢星多，多水；少則旱。」以星體占卜預測的觀念，一直延續到久遠的後世，晉郭璞〈星圖讚〉：「茫茫地理，粲爛天文。四靈垂象，萬類群分。眇觀六沴，咎徵惟君。」仍然可見地上的人民對於天上的星象有著深刻而神秘的嚮往。

（3）牛郎織女星

《詩・小雅・大東》：「維天有漢，監亦有光。跂彼織女，終日七襄。雖則七襄，不成報章。睆彼牽牛，不以服箱。」此言天上星河燦然耀眼，有織女星及牽牛星，且以俏皮之口吻，云織女星織不成布匹，牽牛星也無法載物。於此僅爲星體之紀錄，尚未有完整的故事情節，而後世之文學所見，已發展成爲完整傳說故事。〈古詩十九首・迢迢牽牛星〉：「迢迢牽牛星，皎皎河漢女。纖纖握素手，札札弄機杼。終日不成章，泣涕零如雨。河漢清且淺，相去復幾許。盈盈一水間，脈脈不得語。」其淒美浪漫極爲深刻動人。魏文帝〈燕歌行〉：「牽牛織女遙相望，爾獨何辜限河梁。」李善注引曹植〈九詠注〉曰：「牽牛爲夫，織女爲婦，織女、牽牛之星，各處一旁，七月七日得一會同矣。」牛郎織女的傳說，演變至今日有農曆七月七日之「七夕」情人節；傳統習俗中婦女並於此日焚香設案，以求美貌容顏，並於月下穿針引線，祈求手藝靈巧，擅於刺繡編織。

二、氣　象

在原始時代，農耕生產技術尚待開發，草木滋長、作物收成皆仰賴雨靈滋養，雨水雲氣對當時的人而言，就如同自然這無上崇高主宰者的表情。反應事物，聯繫了現象與現象之間的關係，便能夠預測以預知未來，作事先的準備。而這些工作的完成，則必然有賴於細密的觀察與紀錄。於《說文》當中便可見樣貌、型態以及特質等方面的觀察。

（一）气：雲气也。象形。

篆文作「气」，段玉裁注曰：「气、氣，古今字。」雲氣，即空氣中的水分子，能成雲致雨。《淮南子・天文訓》：「天之偏氣，怒者爲風；地之含氣，和者爲雨。」

（二）雨：**水从雲下也。一象天，冂象雲，水霝其間也。**

篆文作「雨」，「霝」即雨落。水氣凝結而滴落則形成降雨。《釋名・釋天》：「雨，羽也。如鳥羽動則散也。」《淮南子・天文訓》：「陽氣勝則散而爲雨露，陰氣勝則凝而爲霜雪。」從屬字「雩」，夏祭樂於赤帝以祈甘雨也。《論語・先進》曾點所言：「浴乎沂，風乎舞雩，詠而歸。」即謂此祭天禱雨之處。

（三）雲：**山川气也。从雨云象回轉之形。**

篆文作「雲」，雲氣飄忽流動，而能致雨《釋名・釋天》：「雲猶云，雲，眾盛意也。又言運也，運行也。」《論衡・藝增》：「山氣爲雲，上不及天，下而爲雲（雨）。」從屬字「霒」，雲覆日也。侌，古文霒省。今通用者爲「陰」。

1. 雲雨——氣候

《詩・邶風》谷風篇：「習習谷風，以陰以雨。」《禮記・孔子閒居》：「天降時雨，山川出雲。」（注：天將降時雨，山川爲之先出雲矣。）先民與自然相處的過程中，對於四時交替，氣候變化漸漸有所了解。在農耕社會時代，掌握天氣的性質與生物滋長的規律毋寧是相當重要的。掌握了這些因素，農耕技術也才具有充足的發展條件。

2. 雲——老祖先的無字天書

《史記・天官書》：「凡望雲氣，仰而望之，三四百里；平望，在桑榆上，千餘二千里；登高而望之，下屬地者三千里，雲氣有獸居上者，勝。」說明了觀察的不同角度有其相異的範圍，以及判斷的依據。有了這些觀察的標準，表示先民是有系統的觀察，並且相信依循此法，解讀雲氣的徵象，能夠從中提供可靠的訊息。

有哪些訊息是能夠察而可知的呢？《史記・天官書》：「王朔所候，決於日旁。日旁雲氣，人主象。皆如其形以占。故北夷之氣如群畜穹閭，南夷之氣類舟船帆旗。大水處，敗軍場，破國之虛，下有積錢，金寶之上，皆有氣，不可不察。海旁蜄氣象樓臺；廣野氣成宮闕然。雲氣各象其山川人民所聚積。」

針對不同的事物，所要觀察的對象也有所不同；上至君王，下至百姓，南北地理，海濱內陸，乃至於災禍之處，藏寶之地皆有雲氣的表徵。老祖先相信：以君王爲例，觀察的是太陽周圍的雲氣。其餘有依照各地理環境特徵而各有相應的雲氣形象。《呂氏春秋・應同》:「山雲草莽,水雲魚鱗,旱雲煙火,雨涔雲水波波水,無不皆類其所生以示人。各象其形類,所以感之。」雲氣之所以徵明事物的原理,就在於「各象其山川人民所聚積」、「無不類其所生以示人。」雲氣如同一部無字天書,提供當時的人們了解生存環境的資訊。

(四)風:八風也。東方曰明庶風,東南曰清明風,南方曰景風,西南曰涼風,西方曰閶闔風,西北曰不周風,北方曰廣莫風,東北曰融風。从虫凡聲。風動蟲生故蟲八日而匕。

篆文作「[illegible]」,《莊子・齊物論》:「子綦曰:『夫大塊噫氣,其名爲風。』」簡言之,即流動之空氣。西北曰不周風;《山海經・大荒西經》:「西北海之外,大荒之隅有山而不合,名曰不周。」北方曰廣莫風;《史記・律書》:「廣莫風居北方。廣莫者,言陽氣在下,陰莫陽廣大也,故曰廣莫。」許慎注解有細膩的區分;季節時序的不同,有不同的來向的風,依照各自的特質,另有別名以稱之。〔註3〕

段玉裁注曰:「風之用大矣,故凡無形而致者皆曰風。」引〈毛詩序〉:「風,風也,教也。風以動之,教以化之。」因有風俗、風氣之謂。

1. 上古氣象播報站

所謂的氣候,指得是長期的天氣狀況總合及平均。必須有長時間的觀察紀錄,才能對於天氣的成因、分布以及循環規律有所認識。先民對於氣候的認識有多少呢?《禮記・月令》:「孟春之月……東風解凍,……季夏之月……溫風始至,……孟秋之月……涼風至,……仲秋之月……盲風至。」《禮記・月令》:「仲春之月……日夜分,雷乃發聲。始電,蟄蟲咸動,啓戶始出。……仲秋之月……日夜分,雷始收聲。蟄蟲壞戶,殺氣浸盛。陽氣日衰,水始涸。」一整年當中,春夏秋冬四季交替,氣候隨之轉換,萬物的生長、活動也依循著自然

〔註3〕《淮南子・天文訓》分列八風之時序:「何謂八風?距日冬至四十五日條風至,條風至四十五日明庶風至,明庶風至四十五日清明風至,清明風至四十五日景風至,景風至四十五日涼風至,涼風至四十五日閶闔風至,閶闔風至四十五日不周風至,不周風至四十五日廣莫風至。」而《呂氏春秋・有始覽》則云:「何謂八風?東北曰炎風,東方曰滔風,東南曰熏風,南方曰巨風,西南曰淒風,西方曰飂風,西北曰厲風,北方曰寒風。」

環境變化有週期性的改變。《史記・天官書》：「（夫）雷電、蝦虹、辟歷、夜明者，陽氣之動也，春夏則發，秋冬則藏，故候者無不司之。」整合四季變換，以及氣候因素的差異，將氣象的循環作用與生物的生命活動相互結合，便是當代氣候學的整體；其內容不僅涵蓋天氣變化，也將生物相對應的活動納入觀察。

除了短期雲雨形成的作用關係，天氣也是預測收成的重要憑藉因素。在《史記・天官書》中有系統地把預測的方法與標準紀錄下來；以下以表格的方式呈現「漢魏鮮集臘明正月旦決八風。」

<table>
<tr><th>來向</th><th>結　果</th><th>時　間</th><th>結果</th><th>其他條件</th><th>結　果</th></tr>
<tr><td>南</td><td>大旱</td><td>旦至食</td><td>爲麥</td><td>欲終日有雲，有風，有日。日當其時者</td><td>深而多實</td></tr>
<tr><td>西南</td><td>小旱</td><td>食至日昳</td><td>爲稷</td><td>無雲有風日，當其時</td><td>淺而多實</td></tr>
<tr><td>西方</td><td>有兵</td><td>昳至餔</td><td>爲黍</td><td>有雲風，無日，當其時</td><td>深而少實</td></tr>
<tr><td>西北</td><td>戎菽爲（小雨）趣兵</td><td>餔至下餔</td><td>爲菽</td><td>有日，無雲，不風，當其時者</td><td>稼有敗</td></tr>
<tr><td>北方</td><td>爲中歲</td><td>下餔至日入</td><td>爲麻</td><td>如食頃</td><td>小敗</td></tr>
<tr><td>東北</td><td>爲上歲</td><td rowspan="3" colspan="2"></td><td>熟五斗米頃</td><td>大敗</td></tr>
<tr><td>東方</td><td>大水</td><td>則風復起，有雲</td><td>其稼復起</td></tr>
<tr><td>東南</td><td>民有疾疫，歲惡</td><td rowspan="2" colspan="2">各以其時用雲色占種（其）所宜。其雨雪若寒，歲惡</td></tr>
<tr><td colspan="4">故八風各與其衝對，課多者爲勝。多勝少，久勝亟，疾勝徐。</td></tr>
</table>

所預測主題是以農作收成爲中心，卻也旁及國事；索隱：「謂風從西北來，則戎叔成。而又有小與，則國兵趣起。」韋昭曰：「或從正月旦比數雨。率日食一升，至七升而極。」孟康曰：「正月一日雨，民有一升之食；二日雨，民有二升之食；如此至七日。」雨量之多寡，直接影響收成之數量，而當然是有其極限的。

在這樣的預測方法以及標準之下，除了了解當代關於藉由天氣預測農業收成的情況，還可以一窺當時的農業發展程度。穀物的種類已非單一品種，而是多樣化的主要作物。在種植技術方面，也對於各個不同的作物有明確的認識；將穀物生長所需要的環境條件加以區分，所以會有不同的影響因素。在產業發展以農耕爲主的時代，對於農業的相關知識越豐富，也就表示農耕技術越趨於成熟。

2. 氣象與天地之和

氣象的變化除了能預測作物的生長、收成，也可藉此觀察天地之間的秩序。《周禮・春官》:「保章氏以十有二風察天地之和。」《漢書・天文志》:「月失節度而妄行，出陽道則旱風，出陰道則陰雨。」自然界的萬物同在天理循環的規律之中，融爲一體，相互影響。《禮記・樂記》:「鼓之以雷霆，奮之以風雨，動之以四時，煖之以日月，而百化興焉。」即萬物之生必須藉日月煖煦之。風雨雷電、日月四時同爲萬物之生的必要條件，孕育大地，也就是自然環境中的重要因素，提供生命滋長的源頭。具足了這些條件，在彼此的相互作用下，萬物得以成長茁壯。天地之間，自然萬物彼此息息相關的概念，清楚而明確。在單純的氣象科學之外，也彰顯了面對天地萬物的態度以及理解的角度。

（五）申：神也。七月侌氣成體自申束。从𦥑自持也。吏㠯餔時聽事，申旦政也。

篆文作「申」，本義應爲雷電，神爲引申義。就陰陽五行的觀點，十二支配十二月，申當於七月，配於時辰則爲申時，此爲假借義。《說文・虫部》:「虹，籀文虹从申。申，電也。」又《說文・雨部》:「電，霻昜激燿也。从雨从申。」

《春秋繁露・五行五事第六十四》:「電者，火氣也，其音徵也。」又《淮南子・天文訓》:「陰陽相薄，感而爲雷，激而爲霆，亂而爲霧。」《釋名・釋天》:「電，殄也。乍見則殄滅。」以今日的科學觀點，雷電即空氣中帶正電與負電之雲層相接觸而感應，產生放電作用與火花。其作用釋放熱能，使空氣膨脹，發出雷聲。與老祖先的解釋相較，並無大異，不禁使人佩服先民的智慧。

雷電與災異示警的文化概念

氣象與人類之間的關係，並非僅在於農業單一方面造成影響、或藉以預測，也具有以災異示警的神奇力量。《春秋繁露・五行五事》:「王者視不明，則火不炎上，而秋多電。」君王爲人世間的主宰者，然而，與天地萬物同處在自然環境之下，君王的作爲亦受到監督，冥冥之中有股力量將其轉化而藉由氣象以人人可見的方式呈顯。《管子・版法》:「萬物尊天而貴風雨。所以尊天者，爲其莫不受命焉也。所以貴風雨者，爲其莫不待風而動，待雨而濡也。風雨無違，遠近高下，皆得其嗣。」這股力量可以說就是天道；天道普遍存在，恆久運行，無私公正。而氣象正好提供了最佳的詮釋管道。

三、自然現象

（一）火：焜也，南方之行炎而上，象形。

（二）炎：火光上也，从重火。

（三）焱：火華也。

篆文作「火炎焱」，《爾雅・釋言》：「燬，火也。」《釋名・》「火化物也，亦言煅也。物入即皆毀壞也。」火最大的特質就是燃燒而發光發熱。燃燒必須消耗可燃物質，也就是燬、化物。火爲物體燃燒時產生的光和熱，相傳燧人氏發明鑽木取火，此後人類文明有了重大的突破而蓬勃發展。

1. 火之功用

火之於人類的重要性，在於生活的各個層面皆有賴於火的運用；烹煮食物、冶鍊工具、燒製陶土、照明、取暖……等。在占卜的過程中更是重要的一環；《大戴禮・曾子天圓》：「龜非火不兆。」透過火的灼燒，龜甲才能夠成爲天人溝通的媒介，也才能知吉凶、下決策。

2. 水火併濟的世界

關於火的本質；毀壞物體之外，火也是天地間自然界的組成要素之一，不可或缺；《易・說卦傳》：「火水相逮，雷風不相悖，山澤通氣，然後能變化，既成萬物也。」與火性質相對，經常相提並論的，便是水《書・洪範》：「水曰潤下，火曰炎上。」兩者所呈顯的樣貌一者向上一者往下，正好說明屬性的對比。若以陰陽的概念來解讀；《淮南子・天文訓》：「積陽之熱氣生火，火氣之精者爲日；積陰之寒氣爲水，水氣之精者爲月。日月之淫爲精者爲星辰。天受日月星辰，地受水潦塵埃。」陽氣生火而爲日，陰氣積水爲月，天上的日月星辰與地上的雨水塵土皆爲陰陽二氣幻化而成。

3. 火與天人相應

《春秋繁露・五行五事》：「王者視不明，則火不炎上，而秋多電。電者，火氣也，其音徵也。」火所附帶的災異示警功能，對於君王有相當的警惕作用；不能明察，則民意不能上達，因此火焰不上騰，聚積火氣的結果是閃電的增加。

以君王的作爲解釋自然界的反常現象，不僅是先民將此現象合理化的思考，也連結了自然現象與人世間的關係。

四、天文文化概念

對於天文的認知，除了藉以占測吉凶、制定曆法的應用功能，實質上也是中國文化中普遍而廣泛的一個部分；從一般人民生活作息乃至於政治施行、帝王決策……等，都能發現深遠地影響。雖然人類的居住與活動都是在地面上進行，對於天上日月風雲的關注與理解，並沒有因爲可望而不可及而忽略或輕視。天象運行，天氣變化，在老祖先的認知世界中，都是與「天」這個有主宰能力的超越性主體溝通的媒介。

第二節　地　理

地理分類的內容是陸地地形、河水樣貌以及礦物的三組字群。透過文字的整理可以發現先民對於自然環境觀察的重心，以及對於自然產物運用、認知的情況。森林、土地、礦產，都是經濟發展的重要因素，人類加以經營、開發與利用，將大自然的寶藏轉化爲供人使用的財富。其中所包含關於大地的豐富知識，是地理學早期發展的概況與水準，也是古代科學文化的樣貌。不僅是地理描述，更是各種因素總合與分析的地理科學。地理學的運用對於生活、經濟層面有深刻的影響；《淮南子・泰族訓》:「俯視地理，以制度量，察陵陸水澤肥墽高下之宜，立事生財，以除飢寒之患。」先民很早便注意到地理環境對於經濟生產的重要性，靈活應對不同的地理環境，以使物產豐富，人民免除飢寒之苦。

<table>
<tr><td rowspan="4">地理</td><td>陸地</td><td colspan="2">丘、嵬、山、屾、屵、厂、石、谷、氐、土、垚、𠂤、阜、𨺅</td></tr>
<tr><td rowspan="2">河水</td><td>名稱</td><td>水、沝、𡿨、巜、川、泉、灥、瀕</td></tr>
<tr><td>型態</td><td>永、𠂢、仌</td></tr>
<tr><td>礦物</td><td colspan="2">玉、珏、丹、鹵、鹽、堇、金</td></tr>
</table>

一、陸　地

在遠古的蠻荒時代，廣大的陸地和遙遠的天際一樣神秘莫測。在盤古開天的神話中，巨人盤古劈開了天地，宇宙渾沌之間輕者上升爲天，重者下降爲地，之後他的四肢軀幹化成大地，血液變成流貫期間的江河。大自然的鬼斧神工之下雕鑿出土地上的各種地形地貌，以今日的地理知識而言，中國大陸位於亞洲大陸東側，以西北方的大戈壁與西南方的青康藏高原與亞洲內陸相接，東以平原地形瀕鄰太平洋，擁有緜長的海岸線。整體地勢走向由西向東緩降，河川流向也大多爲東流入海。《淮南子‧原道訓》：「昔共工之力，觸不周之山，使地東南傾。」先民已經認識到整體地形的概略情況，並且對於此現象給予解釋。

除了生產經濟之外，認識地理的重要性甚至也反映在戰事上《孫子‧軍爭》：「不知山林、險阻、沮澤之形者，不能行軍，不能鄉導者，不能得地利。」又《孫子‧地形》：「夫地形者，兵之助也。料敵制勝，計險阨遠近，上將之道也。知此而用戰者，必勝；不知此而用戰者必敗。」軍隊爭戰克敵制勝；時間是一項重要的因素；與移動速度、時間計算相關的行軍條件，受路徑地形、交通難易或危險程度影響。而這些條件又決定了兵力活動、補給以及體力的消耗程度。因此，善用兵者，亦善於利用地理之優勢，以避免危險、保持兵力、充足補給，獲得最後勝利。

（一）丘：土之高也，非人所為也，从北从一。一，地也。人居在丘南故从北，中邦之居在昆侖東南。一曰四方高中央下為丘，象形。

篆文作「丠」，積土而成，高於平地的地形，稱之爲丘。《孟子‧離婁上》：「爲高必因丘陵，爲下必因川澤。」所謂的「丘」，指的就是由土壤堆積而成，自地面隆起的高地地形。許慎特別說明的是；這個「丘」的地形不是人力所造成的。這項特質在《爾雅‧釋丘》中已經有提到：「絕高爲之京，非人爲之丘。」郭璞注：「地自然生。」邢昺疏引李巡云：「謂非人力所爲，自然生者。」區別了人爲或是自然形成的此項特質，表示這兩者並存，才有區別的必要，也就是說，上古的先民擁有積土成（人爲之）丘的能力與需要。柳宗元有〈鈷鉧潭西小丘記〉，所說的丘爲自然形成的土丘。

1. 丘——墳冢

然而在先秦的古籍中已經發現到「丘」忽略了「非人所爲之」此特質的用法。《淮南子‧說林訓》：「跬步不休，跛鱉千里；累積不輟，可成丘阜」。特別是用於墳冢，墓冢當然是人力所爲的土丘：《周禮‧春官‧冢人》：「以爵等爲丘封之度，與其樹數。」鄭玄注：「王公曰丘，諸臣曰封。漢律曰：『列侯墳高四丈，關內侯以下至庶人各有差。』」當時的用法是王公貴族墓冢所用的專名，表示不同的等級，有身分地位的區別。《墨子‧節葬下》:「此存乎王公大人有喪者，曰棺槨必重，葬埋必厚，衣衾必多，文繡必繁，丘隴必巨。」此則爲普遍的通稱，泛指墳墓的整體結構。

中國的墓葬形式爲高起的土堆，從上古時代一直到今日都還保存著類似的格局；以丘隴作爲墓地的說法也有著悠久的歷史，在司馬遷〈報任少卿書〉中即有「丘墓」:「亦何面目復上父母丘墓乎？」。

2. 丘——大

「丘」的形狀是隆起的地形，它的規模必定具有一定的醒目程度，才能引起古人的注意而加以辨識。《孫子‧作戰》:「丘牛大車，十去其六。」李筌注:「丘，大也。」《漢書‧楚元王傳》:「高祖微時，常避事，時時與賓客過其丘嫂食。」顏師古注引張晏曰:「丘，大也，長嫂稱也。」秦漢時期的古籍依賴後人加注，彰明其「大」之意，到了《廣韻‧尤韻》則直接標明:「丘，大也。」

（二）嵬:山石崔嵬高而不平也。从山，鬼聲。

篆文作「嵬」，高低不平崎嶇的山，亦泛指高山。《爾雅‧釋山》:「石載土謂之崔嵬。」。《詩‧周南‧卷耳》:「陟彼崔嵬，我馬虺隤。」山勢不平，則不利交通，使人馬困乏。李白〈蜀道難〉:「劍閣崢嶸而崔嵬，一夫當關，萬夫莫開。」形容的正是高險、突出的樣子。

1. 山之高比於人品之高

聳立而崎嶇，則顯得高峻陡峭，因此用以形容人品極高。《淮南子‧詮言訓》:「至德道者，若丘山之嵬然不動，行者以爲期也。」崇高的德行，令人景仰；山勢高峻聳立，則須仰望之，因此可爲表率，成爲學習的對象。

2. 嵬與怪之文化概念

若將形容山勢陡峭的描寫，運用在人所表現的特質上，則所形容的是膽大妄爲、猖狂放肆的行徑。《荀子‧非十二子》:「譎宇嵬瑣。」王先謙集解:「嵬謂爲狂險之行者也。」再加以延伸至敘述的言論道理，所形容的則是荒誕奇異。《荀子‧正論》:「今世俗之爲說者，不怪朱象而非堯舜，豈不過甚矣，夫是之謂嵬說。」在《說文通訓定聲》中云:「嵬假借爲怪。」無論描寫的對象是山、人或言論，同樣都具有突出、怪奇的性質。

（三）山：宣也，謂能宣散氣，生萬物。有石而高，象形。

（四）屾：二山也。

山篆文作「山」，所謂的「山」，即高地地形，《國語・周語》：「夫山，土之聚也。」〔註4〕古人以爲大地聚積而成山，聚積之處則提供了豐富的資源可供利用。因此《釋名・釋山》云：「山，產也，產生物也。」山出雲雨，被視爲宣散地氣。山林有木材資源可砍伐，有飛禽走獸可狩獵，有礦產可開採，有溪泉可爲取水。山地並不僅僅是高聳而起的地形，它蘊藏的重要資源與古人的生活及民生財用息息相關。

1. 山崇拜之文化概念

山地的體積龐大，佔地遼闊，高聳入雲；崇高、巨大令人仰望而產生敬畏之心《詩・小雅・車舝》：「高山仰止，景行行止。」以高山比喻崇高的德行，令人景仰。山脈巨大的形體，也成爲比喻時的好材料《史記・項羽本紀》：「力拔山兮氣蓋世，時不利兮騅不逝。」力可拔山，這是多麼驚人的能力！我們可以清楚地感受到它所傳達之優越而淩駕他人的概念意義。范仲淹〈桐廬郡嚴先生祠堂記〉：「先生之風，山高水長。」如山一樣的高聳，似水一樣的長流。此比喻人品高潔，垂範久遠。

2. 壽比南山之文化概念

山嶺的形成需要久遠的時間累積，它的存在也有著漫長的歲月。《詩・小雅・天保》：「如月之恆，如日之升，如南山之壽。」壽命如終南山那樣長久，今日仍以「壽比南山」來祝人長壽。原來祝賀長命百歲的詞語，本身也擁有南山之壽的悠遠歷史。

3. 山盟海哲之文化概念

宋趙長卿〈賀新郎・負你千行淚〉：「終待說、山盟海誓，這恩情、到此非容易。」堅定不移與長久存在，正是誓言所被期待的約束效力。「山盟海誓」的使用，也經歷了長久的時間而且沒有變化。

〔註4〕夫山，土之聚也；藪，物之歸也；川，氣之導也；澤，水之鍾也。夫天地成而聚於高，歸物於下。疏爲川谷，以導其氣；陂塘汙庳，以鍾其美。是故聚不陁崩，而物有所歸；氣不沈滯，而亦不散越。是以民生有財用，而死有所葬。然則無夭、昏、札、瘥之憂，而無飢、寒、乏、匱之患。

（五）屵：岸高也。从山厂，厂亦聲。

從屬字「岸」，水厓而高者。是屵、岸皆高地，或以屵於陸地，岸於水濱。

（六）厂：山石之厓巖，人可居，象形。

厓，山邊也。巖，厓也。即人可居住的岩洞。上象巖，下象穴，直則象山崖之形。

（七）石：山石也，在厂之下，▢ 象形。

篆文作「[illegible]」，由礦物質集結而成，堅硬成塊的物體就是所謂的「石頭」。它普遍存在而容易取得，但是並不因此而減低其重要性；先民運用智慧，累積經驗，將隨手可得的石頭加工，製造各種生活用具、生產工具、房舍建材……等，是非常重要的資源。

1. 石之普遍性

《書經・胤征》:「火炎崑岡，玉石俱焚。」此句義爲不論優劣、好壞，同時受害，盡皆毀滅。其間的差異對比範圍引申而至賢愚、善惡等抽象性質。相對於美玉（所謂石之美者）的質地佳而數量稀少，石塊是普遍而容易取得，並且數量龐大。因此與美玉對舉，用以涵蓋所有的價值概念。

2. 海枯石爛之文化概念

石塊的質地堅硬，不易毀壞，因此用以表示意志堅定，永久不變的盟誓之詞。《三國演義・第四十七回》:「汝要說我降，除非海枯石爛！」在觀察與利用的過程中，了解了石塊的性質，並轉化爲語言上的運用。這正是文化與認知反映在語言上的一個好例子。

3. 石器時代

考古學上指人類文化最早的一個階段爲「石器時代」。大約始於兩百萬年前，持續至一萬二千年前，以狩獵、捕魚和採集方式維生，而以使用打製石器爲其特徵。根據石器粗糙和精細的不同，可劃分爲舊石器時代、中石器時代、新石器時代。石器時代的後期。爲人類史前時代最晚的一個階段。主要特點包括使用經過琢磨的燧石和精製石器、飼養家畜、播種農作、製作陶器、建造石墓等。

《淮南子・覽冥訓》:「女媧鍊五色石以補蒼天。」經由這段記載，雖不可盡信其爲史實，但亦由此可了解先人對於石頭的高度利用以及石頭之於古人的重要性。

4. 石與打擊樂

石磬爲古樂器名，八音之一。《周禮・春官・大師》:「皆播之以八音：金、石、土、革、絲、木、匏、竹。」鄭玄注:「石，磬也。」在生產用途之外，先民也將岩石用於音樂、宗教。這是以大小不同的石塊組合成的打擊樂器，也是樂舞活動及祭祀典禮中不可或缺的禮器。今日在寺廟中仍可見僧人使用的爲中空狀，敲擊之以發聲。在《書・舜典》中有相關的彈奏記載:「予擊石拊石，百獸率舞。」孔傳:「石，磬也。」;在南朝齊謝朓〈鈞天曲〉中有:「笙鏞禮百神，鐘石動雲漢。」正是描述「磬」用於樂舞場合的情形。單獨使用磬的演奏在今日已不多見，但是它的存在與運用，延續了很長的一段時間。

5. 石與醫藥文化

古代的醫療用具。在石器時代，人們爲解除疾病的痛苦，常以石塊磨成尖石或片狀，用以破開膿包及放血等。亦稱爲「砭鍼」、「石針」在《戰國策・秦策》有:「扁鵲怒而投其石。」高誘注:「石，砭。所以砭彈人臃腫也。」古人將石塊磨製加工，成爲醫療用途的工具。這項技術一直到魏晉南北朝仍然可見於記載枚乘〈七發〉:「今太子之病，可無藥石針刺炙療而已。」而因其治病的功能性質，可比喻勸諫、規勸;《左傳・襄公二十三年》:「季孫之愛我，疾疢也；孟孫之惡我，藥石也，美疢不如惡石。」孔穎達疏:「治病藥分用石，《本草》所云鍾乳、礬石、磁石之類多矣。」

隨著醫療技術與知識的進展，礦物也運用於中藥當中。柳宗元〈答周君巢餌藥久壽書〉:「掘草烹石，以私其筋骨而日以益愚。」在《本草綱目》中可見的礦石有金、銀、赤銅、鐵、雄黃、雲母、石英、石膏、桃花石等。〔註5〕

(八)谷：泉出通川為谷，从水半見出於口。

篆文作「谷」，兩山之間的水道或低地，河流下切沖蝕作用或地形構造抬

〔註5〕《本草綱目・卷八金石部》:「李時珍曰：『石者氣之核，土之骨也。大則爲岩巖，細則爲砂塵。其精爲金爲玉，其毒爲礜爲砒。氣之凝也則結而爲丹青，氣之化也，則液而爲礬汞。……雖若頑物而造化無窮焉，身家攸賴財劑衛養，金石雖曰死瑤而利用無窮焉。是以禹貢周官列其土產，農經軒典詳其性功，亦良相良醫之所當注意者也。』」

升作用所造成。《淮南子・氾論訓》:「古者大川名谷，衝絕道路，不通往來也，乃爲窬木方版，以爲舟航。」兩山相依，便產生了谷地地形。

1. 谷之侷限

《詩・大雅・桑柔》:「人亦有言，進退維谷。」形容進退兩難的處境，山谷的兩邊山壁相近，平面地形狹窄而窘迫，出口僅前後兩處，而旁阻於山壁，因此產生包圍而困阻的感覺。

2. 谷之開闊——虛懷若谷

《清史稿・柴潮生傳》:「此誠我皇上虛懷若谷，從諫弗咈之盛心也。」形容爲人謙虛而心胸寬廣，能接納他人的意見，如山谷能容納萬物。若以立體空間來看待山谷地形，則爲縱深而長的區域。如此則空間深廣可納物，而無窮困窘迫之感，同樣的地形特質，依據不同的觀察角度，則有全然不同的感受。

（九）氏：巴蜀名山，岸脅之自，旁箸欲落墮著曰氏。氏崩，聲聞數百里，象形，乀聲。楊雄〈解嘲〉賦：「響若氏隤。」

「自」，小阜也。「阜」，大陸也。段玉裁注：「巴蜀方語也。……旁箸於山岸脅而狀欲落墜者曰氏。」即依傍於山邊的一種地形。

姓氏之文化概念

段注又曰：「古經傳氏與是多通用《大戴禮》『昆吾者衛氏也……』以下六氏字皆是之假借。而漢書漢碑假氏爲是不可枚數，故知姓氏之字本當作是假借氏字爲之。」家族相傳而下，代表血緣宗親關係的固定文字，今皆通稱爲「姓氏」，然而在上古時代，姓與氏有所分別。

《白虎通・姓名》:「所以有氏者何？所以貴功德賤伎力，或氏其事，聞其氏即可知其所以勉人爲善也。」姓本起於女系，氏起於男系，《詩・小雅・何人斯》:「伯氏吹壎，仲氏吹篪。」古時專家之學藝皆爲世業，因即以業名官。《周禮・地官・司徒》:「師氏……保氏……媒氏……保章氏……挈壺氏……射鳥氏……羅氏……」爲表明個人所出身之家族的代表符號，多以遠祖食邑的地名表明之。其後社會漸以男子爲主體，故姓亦改從男系，氏則有時反爲表女子家族之用；姓氏合稱，仍指姓而言。

（十）土：地之吐生萬物者也。二象地之上、地之中；丨，物出形也。

（十一）垚：土高皃，从三土。

篆文作「垚」，大地提供萬物滋長所需，化育萬物，古人也認爲是宇宙元素五行之一。《易・離》：「百穀草木麗乎土。」《釋名・釋天》：「土，吐也，能吐萬物也。」

1. 上古地質學

《書・禹貢》分別九州土壤，對於色澤、黏性、肥脊、高下皆有記載，別其名，別其物。《管子・地員》：「凡草土之道，各有谷造，或高或下，各有草土。」記載了植物生態分布與土質的關係，可說是中國最早的土地分類專篇；其論述將天下九州土壤區分爲十八種分類，記載辨識土壤的知識，判斷土壤情況、特性、區域，依據不同生長條件栽種適宜的作物。植物自土壤中發芽萌生而成長，螞蟻、地鼠等許多生物也蘊藏在土壤當中。土地所提供的資源豐富，成爲人類所倚賴的生存要素。

2. 土與音樂文化

《周禮・考工記》：「凝土以爲器。」除了提供萬物滋長的養分，先民還懂得加以雕塑，加工作成生活用器。《周禮・春官・大師》：「皆播之以八音：金、石、土、革、絲、木、匏、竹。」鄭玄注：「土，塤也。」古代八音之一，指土製樂器類。此爲燒土而成之樂器。古人運用工藝技術，將土壤靈活運用，製成樂器。由此可見古人的巧思與思考的多元性，同時工藝技術亦達到相當的水準。

3. 土與平原

《周禮・地官・掌節》：「凡邦國之使節，山國用虎節，土國用人節，澤國用龍節。」鄭玄注：「土，平地也。」區域發展擁有各自的特質。中國幅員遼闊，咸俱各種地形，平原乃爲主要地形之一。

4. 土田之間

田地也就是劃分之後種植農作物的土地。《爾雅・釋言》：「土，田也。」郝懿行義疏：「土爲田之大名，田爲已耕之土。對文則別，散則通也。」無論是否經過人爲畫分區隔；土地與田地同樣提供生物養分；田地經過人爲的經營整理，生長人類所需要的作物，一般的土地則順其自然，叢生雜物。《詩・小雅・大田》有：「雨我公田，遂及我私。」先秦時代已有公田、私田區分的農耕制度。有完整的管理機制，表示農地的範圍已經相當廣大，政府需要制度化的掌握，土地與田地的語詞也產生了融合。

5. 國土之文化概念

《詩・小雅・北山》:「溥天之下，莫非王土。」《左傳・隱公十年》:「以王命討不庭，不貪其土。」國家的領土、所統轄的土地。在自然界的土地上附加了人為的政治劃分概念，以區別不同的統治區域，這是人類所獨有的社會化活動。

6. 鄉土之文化概念

《論語・里仁》:「君子懷德，小人懷土。」《列子・天瑞》:「有人去鄉土，離六親。」各人原本生長的地方叫做家鄉，而人與萬物同樣依賴土地滋養，家鄉的土地也就扮演著重要的角色。《左傳・成公九年》:「樂操土風，不忘舊也。」《後漢書・竇融傳》:「累世在河西，知其土俗。」各地有其風俗民情，是故鄉的一部分，也是區域文化的一部分。

7. 水土不服問題多

一地方的，民情、風氣、禮節、習俗……等風俗習慣，經過時間的累積，在同一地區相沿而成，並延續傳播。相對於人類在歷史發展過程中創造的成果；一地的自然環境也對人類生活產生了很大的影響。《晏子春秋・內篇・雜下》:「橘生淮南，則為橘；生于淮北，則為枳。葉徒相似，其實味不同，所以然者何，水土異也。」今以「南橘北枳」比喻同樣的東西會因環境的不同而引起變化。

自然環境涵蓋水質、土質、氣候等條件。氣候則又包括了溫度高低、雨量多寡、日照長短……等因素。《三國演義・第四十四回》:「驅中國士卒，遠涉江湖，不服水土，多生疾病。」指的就是因生活環境的變遷所造成的不適應，引發了生理上的不舒服的現象。今日我們將自小至大都在當地成長，稱為土生土長。一地所特有的出產的物品，稱為土產。這些語詞都可以看出對於土地的依賴與感情。

8. 皇天后土之文化概念

《書・武成》:「告於皇天后土，所過名山大川。」《禮記・月令》:「中央土，其日戊己，其帝皇帝，其神后土。」古人敬畏天地，以天地皆為神祇而敬仰崇拜之。《左傳・僖公十五年》:「皇天后土，實聞君之言。」民間普遍信仰的守護地方之神即為土地神。種種語言反映的文化現象，都顯示了人與土地之間的關係親密而不可分割。

（十二）𠂤小阜也，象形。

（十三）阜大陸也，山無石者。象形。

（十四）𨸏兩阜之間也，从兩阜。

阜篆文作「𨸏」，段玉裁注曰：「土地獨高大名曰阜，阜最大名爲陵。引申之爲凡厚凡大凡多之稱。」《爾雅・釋地》曰：「大陸曰阜。」又《釋名・釋山》：「土山曰阜。阜，厚也。言高厚也。」所謂的阜就是大塊的陸地。而山陵積土而成，即是豐厚而大量的土地。由高厚的土山引申，強調其概念而取高、厚、大之義。

1. 阜與肥大

《詩・秦風・駟鐵》：「駟鐵孔阜。」毛亨傳曰：「阜，大也。」將高厚的概念用於生物之上，也就是描述強壯肥大的形象。

2. 阜與富的文化概念

《周禮・地官・司徒》：「大司徒之職……以阜人民，以蕃鳥獸。以毓草木，以任土事。」《國語・周語》：「不義則利不阜，不祥則福不降。」張衡〈西京賦〉：「百物殷阜。」政府對人民的照顧，使其繁衍眾多，發展昌盛。興旺發達則可孕育養成豐厚盛大，自然界的高厚概念移轉至人文世界，所表達的是豐富充實的思維。

二、河　水

（一）名　稱

1. 水：準也，北方之行，象眾水竝流，中有微陽之氣也。

篆文作「巛」，《白虎通・五行》：「水，太陰也。」段玉裁注曰：「火外陽內陰，水外陰內陽，中畫象其陽。云微陽者，陽在內也，微猶隱也。」此以五形陰陽之概念釋字。

2. 沝：二水也。

篆文作「沝」，《集韻》：「閩人謂水曰沝。」

3. 𡿨：水小流也。

周禮匠人爲溝洫，相廣五寸，二相爲耦。一耦之伐廣尺，深尺謂之𡿨，倍く謂之遂，倍遂曰溝，倍溝曰洫，倍洫曰巜。

段玉裁注：「水流涓涓然曰く，滔滔然則曰巜，巜大於く矣。」

4. 巜：水流澮澮也。方百里為巜，廣二尋，深二仞。

段玉裁注曰：「澮澮，當作活活。毛傳曰：活活，流也。」《說文・水部》：「活，流聲也。」

蘊含於大地之中的水分，其存在具有各種形式；河川、湖泊、自然泉水、人工鑿井、冰山雪水、地下岩洞……等等。古人的觀念；《管子・水地》：「水者，地之血氣。」在盤古開天的神話中，盤古垂死而化身為四極五嶽、日月星辰；其血脈則化為河川流水。水的性質為液態透明，因湧流或風力振盪會產生的起伏現象，水波反應出閃動的光影。

（1）上古水利觀

《莊子・德充符》：「人莫鑑於流水，而鑑於止水。」古人對於水的利用是經過觀察其特性之後，再針對不同的性質加以運用。《周禮・考工記》：「匠人為溝洫，耜廣五寸，二耜為耦。一耦之伐・廣尺深尺謂之甽。田首倍之，廣二尺深二尺謂之遂。九夫為井，井間廣四尺，深四尺，謂之溝。方十里為成，成間廣八尺，深八尺，謂之洫。方百里為同，同間廣二尋，深二仞，謂之澮。」《史記・河渠書》：「自是以來，用事者爭言水利。」水利資源的運用，也就是透過疏濬水道、修築隄防等方法，將可供利用的天然水流資源發揮其經濟價值，以便利灌溉，消除水災禍患。一方面可增加農業生產，一方面防止災難為害人民。對於統治者而言，自然是相當重要的責任與工作。

（2）上古水文觀察

《詩・衛風・竹竿》：「淇水滺滺，檜楫松舟。」河流是重要的地理指標，可區判方位。也可作為交通往來、通行運輸的憑藉，以及湖泊或海洋之外，漁獲的來源。河水之於人類生活，無疑是維持生命的重要因素。先民早已對於水流來源、流向、流勢加以觀察、注意。《爾雅・釋水》記載：「水注川曰溪、注溪曰谷、注谷曰溝、注溝曰澮、注澮曰瀆。」區分愈細膩，表示對於水文的認識愈深刻，顯示出先民對於河川資源的運用已經達到相當高的程度。《管子・度地》：「水之性，行至曲，必留退，滿則後推前。地下則平行，地高即控。杜曲則擣毀，杜曲瞪則躍。躍則倚，倚則環，環則中，中則涵，涵則塞，塞則移，移則控，控則水妄行。水妄行則傷人。」水性流動，受地形而變化，但是它也變化地形，改變地貌。這些水文記載，需要長時間觀察的累積，蘊含了先民的知識與智慧，也讓我們了解古人對於河川地理的認識。

（3）洪水之禍

《禮記・禮運》:「故無水旱昆虫之災，民無凶饑妖孽之疾。」《穀梁傳・莊公七年》:「秋大水，高下有水災，曰大水。」遠古時代，面對自然界的各種災害，不若今日有現代科技的輔助，經常是無法預測而難以控制。久雨、河水氾濫、融雪或山洪暴發等因素皆可能帶來水災，對人民造成生命與財產上的危害。《孟子・滕文公下》朱熹集注：「邪說橫流，壞人心術，甚於洪水猛獸之災。」後世用以比喻巨烈的禍害，其來有自。

（4）水平的文化概念

水有一定體積，卻無一定形狀；可隨容器改變形體。但是靜止時的水面，無論高度如何，固定維持平行的狀態。段玉裁注曰：「天下莫平於水，故匠人建國必水地。」這段話來自於《周禮・考工記》:「匠人建國・水地以縣・」鄭玄注曰：「於四角立植而縣以水，望其高下。高下既定，乃爲位而平地。」賈公彥疏曰:「欲置國城，當先以水平地。欲高下四方皆平，乃始營造城郭也。」建築物的基礎不能傾側偏斜，否則不隱固的根底，將影響整座建築的穩固性。

《釋名・釋天》:「水，準也。準平物也。」欲使其地平準確無偏差，古人利用水的特性來完成這項工作，可見古人的智慧；直到今日，用以測量平準的工具就命名爲水平儀。

水的平準特性除了用於具體的測量，也將此概念引申至抽象的思考層面；《說文・廌部》:「灋，刑也。平之如水，从水。廌所以觸不直者去之，从廌、去。」「灋」即爲今之「法」字。法律判決訴訟，所要求的便是公平公正。廌獸據《說文》的解釋爲：「似牛一角，古者決訟，令觸不直者。」這型體像牛，生有一角的動物被認爲具有分辨是非的能力，於是古人將「廌」以及「去」結合了平準的「水」，造出了「灋」（法）字。又《漢書・賈誼傳》:「盤水加劍，造請室而請罪耳。」古代臣子以盤盛水，上置劍而請罪。水盛於盤中的意象所欲表達的；是公正的制裁，如水一樣公平。可見水平的觀念已經深入了中國的文化內涵之中。

（5）車水馬龍之文化概念

《後漢書・皇后紀上・明德馬皇后紀》:「見外家問起居者，車如流水，馬如游龍。」車輛馬匹在街道上往來行走，就如同水道中流動的河水。古人觀察自然界的景象，並運用在描寫人世間交通的繁華熱鬧，成語「車水馬龍」便是這麼產生的。

（6）水火不容之文化概念

與水性相對，兩不相容，不能共存的，便是火了。兩者同樣也是生活中不可或缺之物，但是若造成災害，其對於人民生命財產的威脅以及破壞，十分令人可畏。《孟子・梁惠王》有:「如水益深，如火益熱。」又《孟子・滕文公》:「救民於水火之中。」水深火熱所描述的，也就是艱困痛苦的環境，以及艱險惡劣的處境。若要強調奮不顧身，不避艱險，也可藉由水火之詞來凸顯其意願。《史記・孫子吳起傳》:「兵既整齊，王可試下觀之，唯王所欲用之，雖赴水火猶可也。」

5. 川：貫穿通流水也。虞書曰：濬く巜距川，言深く巜之水會為川也。穿，通也。

篆文作「巛」，段玉裁注曰:「姦則毋穿通流，又大於巜矣。」《釋名・釋水》:「川，穿也，穿地而流也。」

（1）川流不息之文化概念

河川，也就是貫穿陸地而流通的河水。古人崇拜自然，視爲祭祀的對象;《禮記・王制》:「天子祭天下名山大川。」其寬闊廣大，也會造成交通的阻絕;《周禮・考工記》:「兩山之間・必有川焉・大川之上・必有涂焉・」《墨子・節用中》「爲大川廣谷之不可濟，於是利爲舟楫。」然而自然的限制引發古人的智慧，創造出工具克服。簡明地敘述了河川的烈態。而河川流動的形象，轉化爲人身行動的連綿不絕、往返不斷，也就出現了「川流不息」的說法。

（2）四川省名之文化概念

「四川」位於長江上游，爲一行政區劃分，東界湖北，南界貴州、雲南，西界西康，北界陝西、甘肅，東南界湖南，西北界青海。其境內有岷江、沱江、嘉陵江、長江四大川流貫期間，因此名爲四川。

6. 泉：水源也，象水流出成川形。

7. 灥：三泉也。

篆文作「[illegible]」，字形如水從洞穴中湧出。《詩・小雅・四月》：「相彼泉水，載清載濁。」地下水流出之處，湧出的流水，成爲河川的源頭。泉水湧出源源不絕，形容人的才思敏捷豐富，也借用水泉的性質，稱之爲文思泉湧。

（1）泉與錢

《說文解字・貝部》：「貝，……周而有泉，至秦廢貝行錢。」泉爲古代錢制之一；《管子・輕重丁》有：「凡稱貸之家，出泉參千萬，出粟參數千萬鍾。」又《漢書・食貨志》記載：「私鑄作泉布者，與妻子沒入爲官奴婢。」皆以「泉」等同「錢」字，意義相同。錢的流通就像泉水一樣，故稱爲泉。

（2）黃泉之文化概念

古代認爲天地玄黃，而泉在地下，所以稱爲黃泉。《左傳・隱公元年》：「不及黃泉無相見也。」地中之泉，故曰黃泉。

8. 瀕：水厓，人所賓附也，顰蹙不前而止，从頁从涉。

篆文作「[illegible]」，《詩・大雅・召旻》：「池之竭矣，不云自瀕。」《墨子・尚賢下》「是故昔者舜耕於歷山，陶於河瀕。」水邊，鄰近於河川、湖泊的岸邊，也就是河畔、湖畔。這樣的地理取水方便、可漁獵，或藉水路交通往來，對於古人而言，無疑是相當重要的。

瀕與鄰

《漢書・成帝紀》有：「瀕河之郡。」又《漢書・賈山傳》：「瀕每之觀畢至。」水邊的地形有可能是平緩的灘地，也有可能是岩石堆疊，然而都因爲鄰近於水，而有了相同的稱呼。因此擷取其「連接迫近」的意義，在表達水邊的位置之外，也形容緊接、鄰近。《漢書・地理志》：「故秦地於《禹貢》時跨雍、梁二州……瀕南山，近夏陽。」

（二）型　態

1. 永：水長也。象水經理之長永也。詩曰：江之水矣。

篆文作「[illegible]」，段玉裁注曰：「本謂水長，引申之，凡長皆曰永。」

2. 𠂢：水之衺流別也，從反永。

段玉裁注曰：「流別者，一水岐分之謂。」

（1）永久之文化概念

永即爲水長流的樣子。《詩・周南・漢廣》：「江之永矣，不可方思。」《書・

君奭》:「我亦不敢寧于上帝命,弗永遠念天威。」《論語・堯曰》:「天祿永終。」這些永字,皆爲久遠、深長的意思。《爾雅・釋詁》:「永,遠也,遐也,長也。」甘美而意義深長、耐人尋味稱爲雋永。原本空間上的長久,再引申而至時間上的長久。永久、永恆……等語詞,都意味著時間上的長期恆久。

(2)永與詠

《詩・魏風・碩鼠》:「誰之永號。」《詩・周南・關雎序》:「嗟嘆之不足,故永歌之。」慢聲長吟,緩慢誦唱稱之爲歌詠。拉長了的歌聲,強調其發聲具有久遠的特性。

3. 仌:凍也,象水冰之形。

《論衡・論死》:「水凝爲冰。」水冰凍凝結。《玉篇》:「冫,冬寒水結也。或从水,亦書作冫。」即今之「冰」字。《說文通訓定聲》:「冫,經史皆以冰爲之。」

(1)冰釋之文化概念

在低溫之下,水凝結而成的固體稱爲冰。結冰的水由液態轉變爲堅硬的固態,只要溫度回升,又融化銷解,還原爲液狀而流散。《老子・十五》:「儼若客,渙若冰之將釋。」冰之消融渙散,泯然無跡。因此以冰釋形容困惑疑難或誤會障礙的完全消除。

(2)勢如冰炭之文化概念

《楚辭・七諫・自悲》:「冰炭不可以相並兮。」《韓非子・顯學》:「夫冰炭不同器而久,寒暑不兼時而至。」冰冷炭熱,性質相異,不能置於同一器皿。因此以冰炭比喻對立的雙方無法調和或不能相互容忍。

(3)膚若冰雪之文化概念

《莊子・逍遙遊》:「藐姑射之山,有神人居焉,肌膚若冰雪,綽約若處子。」冰雪顏色清透,質地純潔,因此形容美人的體膚潔白晶瑩爲冰肌。

三、礦　物

(一)玉:石之美有五德者。潤澤以溫,仁之方也。

鰓理自外可以知中,義之方也。其聲舒揚專以遠聞,智之方也。不撓而折,勇之方也。銳廉而不忮,絜之方也。象三玉之連,丨其貫也。

(二)玨:二玉相合為一玨。

篆文作「王王」，細密、溫潤而有光澤的美石稱為玉。玉石的雕琢與使用，在中國的文化概念中有著重要的意義。色澤光潤，質地細密，外觀與質地上的美好使得它被喜好、欣賞，雕琢而加以佩帶。並且賦予了精神上的崇高道德意義。

1. 玉器文化

《周禮・考工記》有：「玉人之事……。」專職工匠造出各種尺寸的玉器以供天子、諸侯不同身分階級在不同場合之用。除了在用玉方面已經制度化，保管與整理諸多的玉器，政付也設立了府吏處理；《周禮・天官・玉府》：「玉府，掌王之金玉、玩好、兵器。……共王之服玉、佩玉、珠玉。」《書・舜典》：「修五禮，五玉、三帛、二生、一死，贄。」《論語・陽貨》：「禮云禮云，玉帛云乎哉？」玉器和絲織品。都是古代名貴的物品，用以為諸侯會盟朝聘所執之禮。或是嫁娶行聘、祭祀禮制……等儀式所需要的物品。

2. 玉之德

《荀子・勸學》：「玉在山而草木潤，淵生珠而崖不枯。」古人相信玉石蘊藏山中，則草木溫潤茂美；這股神奇的能量，用以比喻君子具有良好德性，即能風化萬物。以玉石代表君子的德行，所以佩帶玉石也就成為君子的表徵。在身上佩帶玉製飾物的行為，在詩經中可見；《詩・秦風・渭陽》：「何以贈之？瓊瑰玉佩。」

3. 玉崇拜之文化概念

玉石的價值高，本身即為精美珍貴的物品；將其用以比喻他物，則該物之細緻美好與貴重，十分清楚明白。《書・洪範》：「臣無有作福作威玉食。」這樣的修辭方式非僅限於先秦時代，而是延用於後世。潘岳〈藉田賦〉：「天子乃御玉輦蔭華蓋。」關漢卿〈蝴蝶夢・第三折〉：「你不想堂食玉酒瓊林宴。」

精巧寶貴的特質若用在人的特質上，指的就是精細雅致，心思周密。《楚辭・王逸・離騷章句序》：「所謂金相玉質，百世無匹。」《南史・謝晦傳》：「時謝混風華為江左第一，嘗與晦俱在武帝前。帝目之曰：『一時頓有兩玉人。』」兩者時代差異，然而所說的，都是資質優秀之人。

4. 玉與美人

白皙美人肌膚潔白，潤澤如玉，《楚辭・惜誓》：「建日月以為蓋兮，載玉女於後車。」溫庭筠〈楊柳詩〉:「正是玉人斷腸處。」美麗的女子，丰姿溫潤秀美，從外貌的相似作爲連結，令人產生美好的想像。以玉石極言容貌之美的文學作品屢見不鮮;《文選・宋玉・神女賦》:「苞溫潤之玉顏。」《文選・陸機・擬古詩》:「玉容誰能顧，傾城再一彈。」韋莊〈傷灼灼詩〉:「桃臉曼長橫綠水，玉肌香膩透紅紗。」美女面貌晶瑩剔透，膚色潔白光潤，皎好的容顏就如同美玉一般動人，如此美好，使文人一再寫於作品之中。

5. 以玉為敬稱之文化概念

由於對於玉石的寶貴與重視，在恭敬地稱呼他人的時候，在語詞當中加上了「玉」字。《左傳・昭公七年》:「今君若步玉跡。」《公羊傳・宣公十二年》:「得見君之玉面。」《戰國策・趙策》:「恐太后玉體之有所郄也。」此說法並非先秦時代獨用;《三國演義・第七十八回》:「大王善保玉體，不日定當霍然。」敬辭乃表示對人的尊敬，但是從中同時也能感受到對於玉石的重視以及特殊的情感。

（三）丹:巴越之赤石也，象丹形。

赤色的礦石，可製成顏料。《書・禹貢》:「杶幹栝柏，礪砥砮丹。」孔穎達疏:「丹者，丹砂。」《周禮・秋官・職金》:「職金掌凡金玉、錫石、丹青之戒令。」丹青乃丹砂和青臒，指的是繪畫時所用的顏料。

1. 丹——赤色

丹石最重要的特質，也是先民加以取用的原因，便是它赤紅的顏色。因此以「丹」字代表紅色用以描述，形容潤澤鮮豔的紅色。《詩・秦風・終南》:「顏色渥丹，其君也哉。」《廣雅・釋器》:「丹，赤也。」《水經・丹水注》:「丹水南有丹崖山，山悉赭壁，霞舉若紅雲透天。」

2. 丹——丹藥

段玉裁注曰:「丹者石之精，故凡藥物之精者曰丹。」漢書的記載:《漢書・郊祀志》:「致物而丹沙可化爲黃金，黃金成以爲飲食器則益壽。」道家煉藥多用朱砂，故稱道家所柬藥爲丹。朱砂即是水銀與硫黃的天然化合物，呈赤褐色或深紅色。成分爲硫化汞，成爲礦脈或浸染礦體，可供煉水銀及製硃汁。爲道家煉藥的重要成分。《抱朴子・金丹》:「凡草木燒之即燼，而丹砂燒之成水銀，積變又還成丹砂，故能令人長生。」道士將等礦石藥物置於爐火中燒煉成藥丸，傳說服之可治病強身且長生不老。《晉書・葛洪傳》：「（葛洪）以其鍊丹祕術授弟子鄭隱。」此種以藥方精製的成藥，通常爲顆粒狀或粉末狀，便稱爲丹藥。

（四）鹵：西方鹹地也。从西省，象鹽形。安定有鹵縣，東方謂之㡿，西方謂之鹵。

（五）鹽：鹵也，天生曰鹵，人生曰鹽。从鹵監聲。古者夙沙初作，煮海鹽。

篆文作「鹵鹽」，生鹽之地，稱爲鹵。爲自然生成之鹽地。《史記・河渠書》：「穿洛以溉重泉以東萬餘頃故鹵地。誠得水，可令畝十石。」其土鹼性，不適宜耕種。《廣韻》：「鹵，鹽澤也。天生曰鹵，人造曰鹽。」

1. 鹵莽之文化概念

直率、粗魯、莽撞的行爲，稱爲魯莽；《莊子・則陽》：「君爲政焉，勿鹵莽。」反應遲鈍，粗心愚笨而不伶俐，稱爲鹵鈍；《抱朴子・外篇・勖學》：「經術深則高才者洞達，鹵鈍者醒悟。」鹵、莽原本指的是生鹽之地與草莽之區；《文選・揚雄・長楊賦》：「夷阬谷，拔鹵莽。」蠻荒地帶的偏遠而未開發，相對於繁華熱鬧地區的先進文明，則顯得落後，發展程度停留在較低的水準。將地理情況轉爲行爲概念，便是相對於精細、深思熟慮、聰明、穎悟等正面評價的負面描述。

2. 上古鹽業

《周禮・天官・鹽人》：「掌鹽之政令，以共百事之鹽。祭祀，共其苦鹽、散鹽。」鹽人的執掌包含祭祀、王之膳食、后及世子之用，以及鹽的買賣。由職務繁多可見鹽的利用非常普遍。鹽的來源大該有三個種類；海鹽：《史記・貨殖列傳》：「人民謠俗，山東食海鹽，山西食鹽鹵。」池鹽；《漢書・平當傳》：「渤海鹽池，可且勿禁，以救民急。」井鹽；《漢書・貨殖・程鄭傳》：「擅鹽井之利，期年所得自倍。」這三種來源，先民皆已曉得開發利用之，時至今日，這仍是取得鹽類的主要來源。

鹽之於人類，爲民生必需品；掌握開採與買賣資源者，獲利可觀，富可敵國。《漢書・貨殖・猗頓傳》：「猗頓用盬鹽起，邯鄲郭縱以鑄冶成業，與王者埒富。」在西漢時立法專賣《漢書・食貨志》：「敢私鑄鐵器煮鹽者，釱左趾，沒入其器物。」

3. 鹽與醃製飲食文化

鹽為重要的調味料，也提供人體所需的礦物質。此外，古人也研發出以鹽醃漬食物的調理方法;《禮記·內則》:「布牛肉焉，屑桂與薑，以洒諸上而鹽之。」利用鹽的防腐、吸收水分、增加風味等特性，變化飲食，並可延長保存時間，古人靈活變通的生活智慧實在令人敬佩。

（六）堇：黏土也。从黃省，从土。

篆文作「𡋬」，段玉裁注曰：「从黃者，黃土多黏也。」今黃土高原可見居民住於窯洞之中，即因黃土層之黏性，可壁立而不崩。

（七）金五色金也，黃為之長，久薶不生衣，百鍊不輕，從革不韋。

西方之行，生於土，从土，左右注象金在土中形，今聲。篆文作「金」，泛稱金屬類，有等級之分；以黃金為貴。

1. 上古冶金術

古人依照顏色不同，區別金、銀、鉛、銅、鐵各種金屬。《書·禹貢》:「厥貢，惟金三品。」傳曰：「金銀銅。」《漢書·食貨志》:「金有三等，黃金為上，白金為中，赤金為下。」金屬的利用是人類文明進步的一大功臣，它的堅硬與長久耐用，遠勝於木質或骨製工具。無論用於農耕工具或戰爭武器，都發揮了強大的力量。如此重要的資源，政府設立單位專職管理;《周禮·秋官·職金》:「職金掌凡金、玉、錫、石、丹、青之戒令，受其入征者。辨其物之媺惡，與其數量。」隨著鑄造技術的進步，先民已經能夠掌握金屬的性質而加以利用；由單純採集礦物、岩石進步到有目的的搜尋礦產和利用礦物。《周禮·考工記》:「攻金之工：築、冶、鳧、栗、段、桃。」從古籍的記載當中，可以發現；金屬工匠依照鑄造器物的不同而加以分工，可見早在先秦時代，冶金技術已經達到精緻化的程度。先民從礦物中提煉金屬，再依照需要，調配比例重新鑄造熔合。〔註6〕除了工藝技術精良，也必須對於金屬的性質有精確認識。

〔註 6〕《周禮·考工記》:「攻金之工，築氏執下齊，冶氏執上齊，鳧氏為聲，栗氏為量，段氏為鎛器，桃氏為刃。金有六齊；六分其金而錫居一，謂之鍾鼎之齊。五分其金而錫居一，謂之斧斤之齊。四分其金而錫居一，謂之戈戟之齊。參分其金而錫居一，謂之大刃之齊。五分其金而錫居二，謂之削殺矢之齊，金錫半，謂之鑒燧之齊。」

2. 金屬與器用文化

《周禮・春官・大師》：「皆播之以八音：金、石、土、革、絲、木、匏、竹。」鄭玄注：「金，鐘鎛也。」古樂裡有金屬製成的打擊樂器，稱爲金。《周禮・地官・鼓人》中有各種金樂的記載：「以晉鼓鼓金奏，以金錞和鼓，以金鐲節鼓，以金鐃止鼓，以金鐸通鼓。」除了各種金屬樂器的發明，也有其音樂的製作；《周禮・春官・鍾師》：「鍾師掌金奏，凡樂事，以鍾鼓奏九夏。」在《墨子・兼愛中》有：「越王擊金而退之。」所記載的金乃是用於軍中的一種響器，用以指揮停止。

《周禮・考工記》：「爍金以爲刃。」《列子・仲尼》：「有善治金革者。」《禮記・曾子問》：「三年之喪，金革之事無辟也。」岑參〈走馬川行奉送出師西征詩〉：「將軍金甲夜不脫，半夜軍行戈相撥。」金屬普遍地運用在刀、劍、箭等兵器以及盔甲護具上，武器精良與否對於戰爭的勝敗有決定性的影響，「金」也成爲武器戰事相關事物的代稱。

金屬的利用範圍十分廣泛，《漢書・百官公卿表上》：「相國、丞相，皆秦官，金印紫綬，掌丞天子助理萬機。」黃金鑄成的印章，只有公卿貴人才能佩帶。後以帶金印佩紫綬表示顯貴的地位。除了政治上的用途，生活上的民生用品也有金屬製作的，南朝梁江淹〈悼室人詩十首之一〉：「寶燭夜無華，金鏡晝恆微。」這裡所說的金鏡，就是銅鏡。白居易〈長恨歌〉：「雲鬢花顏金步搖，芙蓉帳暖度春宵。」金步搖爲女子的首飾，用金絲屈成花枝，綴珠玉以垂下，插於髻下，隨步而搖動。

3. 金與鐘鼎彝器

《呂氏春秋・求人》：「故功績銘乎金石。」高誘注：「金，鍾鼎也。」這裡的「金」指的是鐘鼎彝器；「石」爲碑碣石刻。商周秦漢時代，用以頌揚功德的箴銘鑄刻在鐘鼎、碑碣上。《史記・秦始皇本紀》：「群臣相與誦皇帝功德，刻于金石，以爲表經。」這些鑄刻在青銅器上的文字就稱爲金文。

4. 黃金貨幣之文化概念

黃金是一種貴重金屬，因具美麗奪目的金黃色光澤而得名。質地柔軟，延展性極強，多用來製造貨幣，裝飾器物等。《韓非子・內儲說上》：「荊南之地，麗水之中生金，人多竊采金。」

黃金價值貴重，早已爲貨幣之用，《史記・卷一二九・貨殖傳》：「江淮以南，無凍餓之人，亦無千金之家。」《漢書・食貨志》：「金刀龜貝，所以通有無也。」

《老子・第九章》：「金玉滿堂，莫之能守。」所擁有的黃金也成爲富有的表徵《戰國策・秦策一》：「嫂曰：『以季子之位尊而多金。』」；朝代遞嬗，所鑄官幣各有不同，卻不減黃金的價值。唐李白〈自漢陽病酒歸寄王明府詩〉：「莫惜連船沽美酒，千金一擲買春芳。」

5. 金與寶貨之文化概念

《禮記・儒行》：「儒者有不寶金玉而忠信以爲寶。」黃金的價值高，令人愛惜而寶貴之，因此成爲貴重之物的代表，用以比喻珍貴之物。《三國演義・第二十九回》：「今何因一時之忿，自輕萬金之軀。」從語詞的使用上，可以發現對於黃金的重視並未隨著時間減低。

6. 金石之堅

《荀子・勸學》：「鍥而不捨，金石可鏤。」此句比喻堅持到底，奮勉不懈，則可完成困難的工作。雕鏤金石之不易，即在於其堅硬。《漢書・蒯通傳》：「皆爲金城湯池，不可攻也。」顏師古注：「金以喻堅。」金屬打造的城牆、滾水般的護城河，比喻防守嚴密，銅牆鐵壁般無懈可擊的堅固城牆。

將結實穩固的概念，從具體的事物延伸至抽象的思維認知；所形容的是完善嚴密的法律條文。《文選・揚雄・劇秦美新》：「金科玉條，神卦靈兆。」《舊五代史・晉書・高祖本紀四》：「莫不悉稽前典，垂範後昆，述自聖賢，歷於朝代，得金科玉條之號。」貴重法令條款牢固而不可改變，後世將形容的對象開放，比喻不可變更的信條。

四、地理文化概念

自然之存在，相較於人類的生命，更爲永恆久遠，除了生活中具體有形的關聯，也衍伸出許多精神意義上的崇拜，投射人類的希冀於其中；對於長命百歲的祈求、崇高道德品行的追求，反映在「山」的意義中。對於皇天后土，大地之母吐生萬物的尊敬與感謝，表現了農耕文化與大地之間的深厚情感，以及對於家國土地的安土重遷的緊密聯繫。

以「石之美者，有五德。」來說明什麼是「玉」，這是中華民族推崇道德人品，注重個人修爲的具體表現，玉文化的內涵除了藝術審美之外，在久遠的漢朝，已經揭示了老祖先對於玉石的喜好所帶有的精神意義。

在漢語當中，可以發現「將物質特性借用於抽象概念，衍伸其意義，運用於物質本身以外」的情形；許愼釋水，準也。水利工程爲生活所需，由專業工匠從事。但是水面平整的特性，在語言當中還引申於品質高低與公平性。對於物質特性的觀察，是了解與認識的基礎，而連結類似的概念，給予統一的語言作爲指稱，則是進一步對於「所用以指稱之名」與「被指稱之事物」之間的具體事物及抽象概念有了邏輯性的關聯。作爲共通的語言，也表示此概念已具有普遍性而爲共同認知的一部分。

第三節　植物文化概念

植物分類的內容是經濟作物、一般植物以及植物的型態與部分的枝葉形體。從文字整理過程可以了解先民認識植物的重心與偏向，對於可食用、可利用的經濟作物投注較多的觀察，對於其他一般的植物則區別較粗略，沒有細膩的劃分。另一方面，植物的各種生長型態以及形體枝葉的各個部分，也是先民觀察的重點。在農耕社會的背景下在栽種作物的過程中，必然要注意作物生長情形，也因此成爲先民觀察紀錄的一個中心。在植物文化概念當中，農業可說是一大重點，具有相當重要的地位；辨識不同作物，而後能正確分類其屬性，區別所需之土壤、氣候、溼度等生長條件；比較與鑑別之後，懂得選擇高經濟作物來栽培。《詩．大雅．生民》：「荏菽旆旆，禾役穟穟，麻麥幪幪，瓜瓞唪唪。」先秦時代已經有規模地栽種作物，透過《說文》亦可一窺早期農業的樣貌也增進對於中國上古主食作物的了解。

<table>
<tr><td rowspan="8">植物</td><td rowspan="4">經濟植物</td><td>禾穀</td><td>來、麥、禾、黍、米</td></tr>
<tr><td>蔬果</td><td>尗、韭、瓜、瓠</td></tr>
<tr><td>纖維</td><td>𣏟、麻</td></tr>
<tr><td>樹木</td><td>竹、木、林</td></tr>
<tr><td rowspan="2">一般植物</td><td>草本</td><td>艸、茻、丵、舜</td></tr>
<tr><td>木本</td><td>叒</td></tr>
<tr><td>生長型態</td><td colspan="2">屮、蓐、丰、才、之、𣎵、𠂹、𥝌、㔾、𣗥、卤、齊、耑、朩</td></tr>
<tr><td>各部分</td><td colspan="2">支、乇、𠌶、華、桼、束、片</td></tr>
</table>

一、經濟植物

《詩・豳風・七月》:「九月築場圃,十月納禾稼。黍稷重穋,禾麻菽麥。」詩句中描述了穀物收成,各種作物豐盈的景象;禾黍麥類皆爲農耕社會的主要作物,也是《說文》當中的部首,串聯起有關穀物耕作生產的文字。配合蔬果類的文字以及提供紡紗或織布的農家副業:纖維作物,農業文化也就在文字的積累當中建構出來。具有經濟價值的植物,除了可人爲栽種的農作物,還有自然生長的林木、竹類。嚴格地說,竹類乃區別於草本或木本之外,自成一類,在此則合併於樹木類中一併討論。

(一)禾穀類

1. 來:來,周所受瑞麥來麰。二麥一峰象其芒朿之形。天所來也,故為行來之來。詩曰「詒我來麰」。

篆文作「𠈞」,依許慎之解釋;所謂的「來」,其本義爲一種穀類作物,字體即正視全株麥桿芒穗之形。在古人的觀念中乃自天而降,因此凡物之至者亦曰來。《詩・周頌・思文》:「貽我來麰,帝命率育。」朱熹注:「其貽我民以來牟之種,乃上帝之命,以此徧養下民。來,小麥;牟,大麥也。」《廣雅・釋草》:「大麥,麰也。小麥,麳來也。」《天工開物・乃粒・麥》:「凡麥有數種,小麥曰來,麥之長也;大麥曰牟、曰穬。」在這些注解當中,更明確地說明了「來」類就是麥的品種之一。

來與至

民生之要件首重「食」,先民對於主食作物之重視由植物本身延伸至產生來源所代表的概念;由彼至此、由遠到近。《爾雅・釋詁》:「來,至也。」《論語・學而》:「有朋自遠方來。」《玉篇・來部》:「來,歸也。」以「來」表示與「去」、「往」相對的意義,此用法早已普遍存在廣泛使用,並且較來麥之意義強勢,時至今日,僅存來至之義。

2. 麥:麥,芒穀。秋穜厚薶,故謂之麥。麥,金也。金王而生,火王而死。从來有穗者也。从夊。

篆文作「麥」,麥爲有芒刺的穀物,于秋季種植。許慎並以五行之屬性配其生長季節。依段玉裁注;加「夊」有行來之意,乃上天賜與而來。《說文・禾部》「秾,齊謂麥秾也。」

(1)上古耕種技術

《禮記・月令》:「仲秋之月……乃勸種麥,毋或失時。其有失時,行罪無疑。」《淮南子・墜形訓》:「麥秋生夏死。」《玉篇・麥部》:「麥,有芒之穀。秋種夏熟。」作物之生長必須配合季節氣候,因此耕種宜時,以免錯過生長季節,如此則對於生產收成影響甚巨。《天工開物・乃粒・麥》:「凡麥有數種。小麥日來,麥之長也;大麥曰牟,曰穬;雜麥曰雀,曰蕎。皆以播種同時,花形相似,粉食同功,而得麥名也。」同屬於麥類的作物有許多,因其生長週期之相同與外型之相近。隨著時代演變,品種愈多,也愈能細微分辨。《說文》非僅供查檢字義之字書,除了字形字義的說明,也附帶了古人對於作物的認知以及農耕技術之發展狀況,這正是值得加以發掘與發揚的文化概念意義。

（2）菽麥之為物

《左傳・成公十八年》:「周子有兄而無慧,不能辨菽麥,故不可立。」以菽、麥代表易於分辨之物,無法分辨則顯示其人愚昧無知。「不辨菽麥」即比喻缺乏常識或判斷能力。此概念之形成,透露了一個重要的訊息;菽麥之易於分辨,必然建立在二者皆已普遍存在,廣爲民眾所知,也就是說生產的數量已經達到一定的水準,成爲飲食主體之一。這個資料能夠幫助後人增進對於古代作物栽培以及飲食型態的認識。

3. 禾:**嘉穀也,㠯二月始生,八月而孰,得之中和,故為之禾。禾,木也。木王而生,金王而死。从木,象其穗。**

篆文作「ᛘ」,美好優良的糧食作物稱爲禾。依許慎的說法生長週期爲二月至八月,五行屬性爲木。字形上特別強調其末端成串聚生的小花或果實。從甲文也可以看出描繪穀穗下垂的特質。

（1）禾與糧食作物

《詩・豳風・七月》:「十月納禾稼。」《儀禮・聘禮》:「門外米禾皆二十車,薪芻倍禾。」清程瑤田《九穀考・粱》:「《聘禮》米禾皆兼黍稷稻粱言之,以他穀連高稭,不別立名。」禾在古籍中出現時,所代表的意義多不是單一種穀物的專名,而是泛稱糧食作物。

（2）禾的附加價值

《說文・禾部》:「稼,禾之秀實爲稼,莖節爲禾。」段玉裁注:「全體爲禾,渾言之也……莖節爲禾,別於采而言,析言之也,下文之稭、稈也。」《儀禮・

聘禮》:「積唯芻禾，介皆有餼。」鄭玄注:「禾以秣馬。」指莊稼的莖桿，人食穀子，莖桿可用於飼馬，充分加以利用。

（3）年之文化概念

春耕夏耘秋收冬藏，《說文・禾部》:「年（秊），穀熟也。」古代以秋季穀物收成為一年，週而復始。農田收成富足，穀物豐收，即為「豐年」。甲骨文字之「年」作：

也就是「禾」下加「人」作聲符。將其形象化為文字便呈現出人上加禾的字形，字體變化至隸書後即是「年」字。

4. 黍：禾屬而黏者也。以大暑而種故謂之黍。从禾雨省聲，孔子曰黍可為酒，故从禾入水也。

篆文作「黍」，依許慎說法，黍為優質穀物之類，種黍以夏至，〔註7〕蓋暑之極時也。篆書黍从雨與今隸書不同。

（1）黍與主食文化

神農教耕生穀，老祖先進入了農業時代；以穀類作物為主要食物。《儀禮》之中可見「少牢」、丈夫、士之祭禮須備黍，於祭祀與筵席宴饗所用，可見黍於上古時代之重要性，乃食中所貴者。《管子・輕重己》:「黍者穀之美者也。」《詩・唐風・鴇羽》:「不能蓺黍稷，父母何食？」《論語・微子》:「止子路宿，殺雞為黍而食之。」作為主食的穀類非僅一種，而「黍」無疑是其中相當主要而具有代表性的；孟浩然詩〈過故人莊〉:「古人具雞黍，邀我至田家。」此乃主人特地準備，充滿誠意與溫情，用以款待客人。《幼學瓊林・卷二・朋友賓主類》:「雞黍之約，元伯之與巨卿。」說的是漢代范式與張劭二人遠隔千里而訂期相約，張劭堅信不疑請其母備雞黍以待范式，范式亦信守承諾如期赴約。

（2）黍與酒文化

許多古籍中可以發現關於黍用以釀酒之記載:《詩・小雅・楚》:「我黍與與，

〔註7〕《大戴禮記・夏小正》:「五月……初昏大火中。大火者，心也。心中，種黍、菽、糜時也。」《說苑・辨物》:「主夏者大火，昏而中，可以種黍菽。」

我稷翼翼。我倉既盈，我庾維億。以爲酒食，以享以祀。」《詩・小雅・信南山》：「疆場翼翼，黍稷彧彧。曾孫之穡，以爲酒食。」又《詩・周頌・豐年》：「豐年多黍多稌。亦有高廩，萬億及秭。爲酒爲醴，烝畀祖妣。」可見「黍」不僅在早期中國的主食中扮演重要角色，更有釀酒以祭祀天地、祖先的神聖使命。古人對於黍的栽種必然也是技術成熟而產量充足，乃可供釀造之用。趙孟頫〈題耕織圖二十四首奉懿旨撰〉：「黑黍可釀酒，在牢羊豕肥。」《本草綱目・穀部・黍》：「稷與黍一類二種也，黏者爲黍，不黏者爲稷。稷可做飯，黍可釀酒。」後世文獻中仍可見以黍釀酒的技術。

5. 米：粟實也。象禾黍之形。

篆文作「[illegible]」，《說文・鹵部》：「粟，嘉穀實也。」米也就是去皮的穀物種子。甲文米作[illegible]字形演化而成今「米」。羅振玉以爲「象米粒瑣碎縱橫之狀。」〔註8〕

（1）米——穀物的核心

段玉裁注：「嘉穀者，禾黍也。實當作人。粟舉連秠者言之，米則秠中之人，如果實之有人也。……其去秠存人曰米，因以爲凡穀人之名」部分糧食作物的果實有一層外皮，剝落外皮之後的穀粒即爲米。泛指脫去皮殼後的籽粒。

《周禮・地官・舍人》：「掌米粟之出入，辨其物。」鄭玄注：「九穀六米別爲書。」賈公彥疏：「九穀之中，黍、稷、稻、粱、苽、大豆六者皆有米，麻與小豆、小麥三者無米。」孫詒讓正義：「已舂者爲米，未舂者爲粟。」對於具有經濟價值之植物，古人觀察細微並具有分類的觀念，上古植物學已萌芽。食用穀物是取糧食作物去皮後的子實，單「米」一字現多指稱米，其他果核內的種子則加上本株植物名，如：薏米；花生米。此外亦用以形容成粒似米的東西，如：蝦米。

（2）魚米之鄉

近水而盛產魚、米的地帶。泛指物產富庶之地。《舊唐書・王晙傳》：「望至秋冬之際，令朔方軍盛陳兵馬，告其禍福，啗以繒帛之利，示以麋鹿之饒，說其魚米之鄉，陳其畜牧之地。」

〔註 8〕《增訂殷虛書契考釋・卷中》，頁 34 下（，頁 124）。而馬敘倫《說文解字六書疏證・卷十三》則以爲「非去稃之米，而爲在梗之米實。」，頁 1845。

（二）蔬果類

1. 尗：豆也，尗象豆生之形也。

尗即今之大豆（或稱黃豆），象形字之字形包含了尗地下根的部分。

（1）尗與豆

《戰國策・韓策》：「韓地險惡，山居，五穀所生，非麥而豆；民之所食，大抵豆飯藿羹。」姚本續云：古語只稱菽，漢以後方呼豆。段玉裁注：「尗豆古今語，亦古今字。此以漢時語釋古語也。今字做菽。」

《詩・豳風・七月》：「七月食瓜，八月斷壺，九月叔苴。」《說文・又部》：「叔，拾也。」後假借爲叔伯之意，又造「菽」以明本義。雖然文字的演變隨時代而不同，「尗」、「豆」、「菽」所指的皆爲大豆，蔓生草本，有扁平莢果。〔註 9〕

（2）尗與飲食文化

古代中國飲食中提供動物性蛋白質的漁獲、牲蓄來源並不如今日充足，日常生活中並沒有充裕的肉類，在蔬菜之中能提供營養的植物性蛋白質，最主要的就是大豆了，此外，亦含有礦物質與維生素供應人體所需。古籍中有許多食用豆類的記載《詩・豳風・七月》：「六月食鬱及薁，七月烹葵及菽。」《詩・小雅・小宛》：「中原有菽，庶民采之。」《孟子・盡心上》：「聖人治天下，使有菽粟如水火。」《列子・力命》：「進其茙菽，有稻粱之味。」可見穀物之外，豆類在先民的飲食中亦具有重要地位；除了口味的因素之外，是否也有營養學上的考量呢！

2. 韭：韭菜也。一穜而久生者也，故謂之韭。象形，在一之上。一，地也，此與耑同意。

篆文作「韭」，韭菜之名稱沿用至今未有變異，爲多年生草本植物，葉片扁長線形。《詩・豳風・七月》：「四之日其蚤，獻羔祭韭。」可見在當時是用以祭祀天地、祖先的貢品。

韭與飲食文化

李時珍《本草綱目・菜部・韭》：「韭之莖名韭白，根名韭黃，花名韭菁。……

〔註 9〕《呂氏春秋・審時》：「得時之菽，長莖而短足，其莢二七以爲族，多枝數節，競葉蕃實，大菽則圓，小菽則摶以芳，稱重，食之息以香。」

韭之美在黃，黃乃未出土者。」從古至今皆有食用之記載。據耿煊說法；大蒜、洋蔥等氣味濃厚可爲辛香調味料之「蔥屬」植物中，僅韭菜與薤原產於中國北方，其餘大多數皆爲漢唐以後由外地傳入。〔註 10〕

「一月蔥，二月韭」，由經驗的累積，老祖先們留下了時令蔬果的俗諺，〔註 11〕教導子孫依循大自然的規律食用當令蔬菜，便能夠享用到最美味的農產品，兼以養生。韭菜是多年生的蔬菜，新春時節，由於日照溫度皆宜，韭菜最爲鮮嫩可口。之後天氣轉熱，日照增強，韭菜的纖維素增加，口感便轉爲粗糙堅韌；這都是來自大地的生活智慧。

3. 瓜：蓏也。象形。

篆文作「𤓰」，簡言之，蓏爲草本植物的果實。〔註 12〕外爲其藤蔓，中爲其果實之形。

（1）瓜與飲食文化

瓜類所結果實多肉多汁，可生食亦可作爲蔬菜。早在詩經時代，食用瓜類已成爲先民當令飲食的一部分；《詩・豳風・七月》：「七月食瓜，八月斷壺。」

瓜類的成熟除了提供飲食之外，尚具有記時的附加作用；《左傳・莊公八年》：「齊侯使連稱、管至父戍葵丘。瓜時而往，曰：『及瓜而代。』」意指瓜熟之時赴邊疆駐守，來年瓜又熟之時再派他人替換。後比喻工作期滿，換人接替。唐李白〈送外甥鄭灌從軍三首〉之三：「月蝕西方破敵時，及瓜歸日未應遲。」語言用以溝通、表達；若語辭過於專業而罕用，則無法順利溝通。因此，瓜類的栽種必然普遍而廣泛，才有此語言的使用。

（2）瓜類生長型態之文化概念

A. 瓜瓞綿綿

《詩・大雅・綿》：「綿綿瓜瓞，民之初生，自土沮漆。」由於瓜類爲草質藤本，莖部爲捲曲之藤蔓，可延伸附著於他物。瓜果依時生長，將熟者大，出生者小，連接於莖蔓之上；因此用以比喻子孫繁盛、傳世久遠。

〔註 10〕參見《詩經中的經濟植物》，頁 27。

〔註 11〕全句應爲：正月蔥，二月韭，三月莧，四月蕹，五月匏，六月瓜，七月筍，八月芋，九芥藍，十芹菜，十一蒜，十二白。

〔註 12〕《說文・艸部》：「蓏，在木曰果，在草曰蓏。」

瓜類的生長型態是藉由莖蔓的延伸不斷擴展，實際上瓜類在語言中表現的文化意義也有了食用價值之外的延伸。

B. 瓜田李下

漢樂府〈君子行〉:「君子防未然，不處嫌疑間。瓜田不納履，李下不整冠。」不在瓜田中彎腰穿鞋，不在李樹下舉手整理帽冠；比喻在容易引起懷疑的場合中，避免做產生誤會的舉動來招惹嫌疑。今作「瓜田李下」。

C. 瓜熟蒂落

《隋唐演義・第十一回》:「況吉人天相，自然瓜熟蒂落，何須過慮？」瓜類成熟之後，瓜蒂由原本的緊密連接而脫落。用以比喻時機成熟條件完備，事情自然成功。

D. 滾瓜爛熟

《儒林外史・第十一回》:「十一、二歲就講書、讀文章，先把一部王守溪的稿子讀的滾瓜爛熟。」瓜熟透之後滾落在地上，比喻極爲純熟流利。

古人熟悉瓜類的生長型態，並用以比喻爲人處世、抽象概念，可見瓜類不僅是中國飲食的一份子，更成爲文化基底融入生活當中。

(3) 瓜類形象之文化概念

日常生活中，能發現與瓜有關的具體形象，用以形容或指稱。

《戰國策・趙策》:「天下將因秦之怒，乘趙之敝，而瓜分之。」《漢書・賈誼傳》:「高帝瓜分天下，以王功臣。」因分裂土地如同切瓜，因此以「瓜分」言切割疆土。

《文明小史・第四十回》:「瞧了一會，忽然瓜子臉上含著微笑。」指面龐微長而窄，上圓而小尖瓜子是以西瓜的種子，加調味品烘炒、焙製成的休閒零食，藉其形狀來描述女子臉形之美。

傳統服飾中有種小帽，以六瓣布料縫合，頂有小結，下綴有筒狀帽簷，因其形正如半個西瓜，故稱之爲瓜皮帽或西瓜帽。

4. 瓠：匏也。从瓜，夸聲。

篆文作「瓠」，瓠也就是今日所說的葫蘆、葫蘆瓜。王筠句讀：「今人以細長者爲瓠，圓而大者爲壺盧。古無此別也。」

《詩・小雅・南有嘉魚》:「南有樛木，甘瓠纍之。」毛傳:「纍，蔓也。」

葫蘆也是草質藤本的植物，莖部的捲鬚如藤蔓一般可附著於他物。《詩・小雅・瓠葉》:「幡幡瓠葉，采之享之。」除了嫩果可食，上古時代的葫蘆葉亦提供爲蔬菜。

瓠與器用文化

食用之外，過熟而乾枯的瓠可盛水；以爲飲器或瓢。《詩・大雅・公劉》:「執豕于牢，酌之用匏。」《莊子・逍遙遊》:「魏王貽我大瓠之種，我樹之成而實五石，以盛水漿，其堅不能自舉也。」以乾匏製成的酒器，後泛指一般酒器；蘇軾〈赤壁賦〉:「駕一葉之扁舟，舉匏樽以相屬。」《宋史・樂志八》:「匏爵斯陳，百味旨酒。」

（三）纖維類

1. 林：葩之總名也，林之為言微也，微纖為功，象形。

依段玉裁注:「治葩枲之總名。」《說文・艸部》:「葩，枲實也。」木部:「枲，麻也。」許慎的解釋，林乃細絲，質地強韌可供編織之用。段玉裁則進一步認爲林麻古蓋同字，絲起於糸，麻縷起於林。

2. 麻：枲也。从林从广。林人所治也，在屋下。

篆文作「𦬁」,「麻」爲草本植物，其莖部的韌皮纖維長而堅韌，可供紡織用。

段玉裁注:「麻，未治謂之枲，治之謂之麻。」《爾雅・釋草》:「枲，麻。」郝懿行義疏:「麻、枲一耳。」又《說文・木部》:「枲，麻也。」段玉裁注:「麻與枲互訓，皆兼苴麻、牡麻言之。」合言之，皆爲提供纖維之植物。分言之；則枲爲植物整體，而麻單指其莖皮纖維。《說文通訓定聲》:「枲已緝績曰麻。古無木棉，凡言布皆麻爲之。」提供纖維之外，其種子亦可食用；《禮記・月令》:「孟秋之月……天子居總章左個，乘戎路，駕白駱，載白旂，衣白衣，服白玉，食麻與犬，其器廉以深。」

（1）麻與服飾文化

《說苑・辨物》:「麻也者，何也？曰：所以爲衣也。」《禮記・雜記下》:「麻者不紳，執玉不麻，麻不加於采。」鄭玄注:「麻謂絰也。……謂弁絰者，必服弔服是也。」孔穎達疏:「麻謂絰，紳謂大帶。言著要絰而不得復著大帶也。執玉不麻者，謂平常手執玉行禮不得服衰麻也。」麻可製衣，然而其質地粗糙，非精美之良品，因此以粗麻布衣作居喪之服裝，表示內心的哀痛，無心裝扮。披麻帶孝這樣的禮俗一直相沿至今，作爲喪事之孝服。

（2）麻與農業文化

種麻、織麻屬於農業生產活動《詩・齊風・南山》：「蓺麻如之何？衡從其畝。」《詩・陳風・東門之枌》：「不績其麻，市也婆娑。」麻的利用爲中國傳統文化之一，也就長久存在於土地當中，成爲農家生活的一部份；唐孟浩然詩〈詩故人莊〉：「古人具雞黍，邀我至田家。綠樹村邊合，青山郭外斜。開軒面場圃，把酒話桑麻。」

（3）麻花之文化概念

由於麻的運用普遍，製作麻繩所旋扭的花式也衍伸於其他方面的應用。把數股條狀的麵團旋扭在一起，用油炸熟之麵製油炸的食品稱爲麻花捲。而分股編成長條的頭髮，稱作麻花辮。

（四）樹木類

1. 竹：冬生艸也，象形。下垂者箁箬也。

篆文作「𥫗」，段玉裁注：「云『冬生』者，謂竹胎生於冬，且枝葉不凋也。」竹類植物有地下莖於土中延伸而繁殖。元稹〈有酒十章〉：「筍牙成竹冒霜雪，榴花落地還銷歇。」《說文・竹部》：「箁，竹箬也。箬，楚謂竹皮曰箬。」《說文部首訂》：「竹爲艸類，淩冬不凋，故云冬生艸，象竹兩旁對枝葉形。」字形即其形體的描繪。

（1）竹與飲食文化

《爾雅・釋草》「筍，竹萌。」竹類地下莖所萌生之嫩芽即爲筍，可食而味鮮美。《詩・大雅・韓奕》：「其殽維何，炰鱉鮮魚，其蔌維何，維筍及蒲。」有竹之處便可採筍，無須勞費心力於其生長照顧，又可加工醃製長期保存，因此是爲中國普遍之家常時蔬。劉長卿〈過鸚鵡洲王處士別業〉：「問人尋野筍，留客饋家蔬。」蘇軾〈初到黃州詩〉：「長江遶郭知魚美，好竹連山覺筍香。」

（2）書簡

上古時代，老祖先書寫於竹片上。《詩・小雅・出車》：「豈不懷歸，畏此簡書。」孔穎達正達：「古者無紙，有事書之於簡，謂之簡書。」《說文・竹部》：「簡，牒也。」段玉裁注：「簡，竹爲之。」

相傳「紙」的發明爲東漢蔡倫所造，在此之前，以竹片或縑帛記載文字《後漢書・宦者傳・蔡倫傳》:「自古書契多編以竹簡，其用縑帛者謂之爲紙。」;《墨子・魯問》:「書之竹帛，以爲銘於席豆，以遺後世子孫。」《史記・孝文本紀》:「然后祖宗之功德著於竹帛，施于萬世，永永無窮，朕甚嘉之。」因此「竹帛」亦引申爲史料典籍。

《呂氏春秋・季夏紀》:「此皆亂國之所生也，不能勝數，盡荆越之竹猶不能書。」又《舊唐書・李密傳》:「罄南山之竹，書罪未窮；決東海之波，流惡難盡。」將該地之竹林盡皆劈爲竹片，用以書寫，尚未足夠，仍不能寫盡。比喻罪狀之多；此即爲「罄竹難書」一語之由來。

（3）橫笛能令孤客愁

《周禮・春官・大師》:「皆播之以八音：金、石、土、革、絲、木、匏、竹。」鄭玄注:「竹，管簫也。」指的是簫笛一類竹製樂器。《詩・周頌・有瞽》:「簫管備舉。」《說文・竹部》:「管，如篪六孔，十二月之音。」《說文・竹部》:「簫，參差，管樂。象鳳之翼。」鄭玄箋:「簫，編小竹管。」早期的蕭，是由數根長短不齊的竹管按音律編排而成。竹製樂器的種類與形式有很多；《周禮・春官》:「笙師掌教竽、笙、塤、籥、簫、篪、篴、管、舂牘、應、雅，以教祴樂，凡祭祀饗射，共其鍾笙之樂，燕樂亦如之。」演奏方式皆爲口吹之樂器。《釋名・釋樂器》:「竹，曰吹。吹，推也，以氣推發其聲也。」

唐朝以前，笛子被稱爲「橫吹」；橫放於嘴邊吹奏。隋、唐以後，羌胡音樂傳入中國，才被更名爲「笛」。左思〈招隱二首〉之一:「非必絲與竹，山水有清音。」王羲之〈三月三日蘭亭詩序〉:「雖無絲竹管絃之盛，一觴一詠，亦足以暢敘幽情。」直至今日，竹笛仍爲中國民族樂團演奏之主奏樂器之一。

（4）青梅竹馬之文化概念

現在我們把兒時玩伴，或從小結識的伴侶稱作「青梅竹馬」。所謂的「竹馬」便是於竹竿前端裝上木製的馬頭，供小孩夾在胯下充作馬騎的一種童玩。《後漢書・郭伋傳》:「到西河美稷，有童兒數百，各騎竹馬，道次迎拜。」李白〈長干行二首之一〉:「郎騎竹馬來，遶床弄青梅。」形容小孩結伴嬉戲，天眞無邪的模樣。竹馬童玩不僅有著傳統文化的相連性，更反映於語辭的應用之上。

（5）竹之傳說

湖南一帶產竹，其上有紫黑色的斑點。劉長卿〈斑竹〉:「蒼梧千載後，斑竹對湘沅。欲識湘妃怨，枝枝滿淚痕。」相傳舜南巡而崩，娥皇、女英二妃因思念傷痛，淚滴湘江畔上的竹子，使竹盡成斑，故稱爲斑竹或湘妃竹。

元郭居敬輯《二十四孝》孟宗之母重病而思筍，然非當令時節無筍可取，孟宗入竹林悲嘆哭泣，筍竟爲之而生。〔註 13〕於是後人以「孟宗哭竹」形容人子事親盡孝，至誠感動天。中國傳統哲學中「萬物有情」的宇宙觀反映在與竹子有關的傳說之中，透過竹子的變化來呈現。

2. 木：冒也，冒地而生。東方之行，从屮，下象其根。

篆文作「木」，「木」即爲木本植物通稱，「冒」有透出之意。此疊韻爲訓。《釋名．釋天》：「木，冒也。華葉自覆冒也。」五行之一，《白虎通．五行》：「木之爲言觸也。陽氣動躍，觸地而出也。」屮爲朝上枝條之形，其下爲根部在土地中延伸之形。早期木頭原料的應用在日常生活中佔有重要地位；舉凡炊事、取暖、冶鍊燃料、製造棺槨、車船、弓柄等等器物都有賴木材資源。

（1）木與建築工藝之文化概念

木材廣泛地用於製作器物，爲重要的製造資源。老祖先很早便曉得利用木材製作各種工具、器具。《周禮．考工記》：「攻木之工，輪、輿、弓、廬、匠、車、梓。」《荀子．勸學》：「木受繩則直。」此以「木」代稱可供製造的木材原料。

中國式的建築物需使用大量的木材爲樑柱支架。《抱朴子．外篇．詰鮑》：「起土木於凌霄，構丹綠於棼橑。」《後漢書．郎顗傳》：「又西苑之設，禽畜是處，離房別觀，本不常居，而皆務精土木，營建無已。」「土木」原本單指木材木料，後泛指土石木造的工程，如修建房屋、鋪設道路、搭蓋橋梁等，自然地貌以外，經由人爲所營造出的工程建設皆屬之。

（2）木與棺

木材可製作各種器物，而有一物古人特以「木」稱之。《左傳．僖公二十三年》：「我二十五年矣，又如是而嫁，則就木焉。」貴族厚葬風俗觀念下，殮葬往往需要大量木材。《後漢書．耿純傳》：「老病者皆載木自隨，奉迎於育。」李

〔註 13〕第二十三則〈哭竹生筍三國孟宗〉：「三國。孟宗。字恭武。少孤。母老病篤。冬月思筍煮羹食。宗無計可得。乃往竹林中。抱竹而泣。孝感天地。須臾地裂。出筍數莖。歸持。作羹奉母。食畢疾愈。有詩爲頌。詩曰：淚滴朔風寒。蕭蕭竹數竿。須臾冬筍出。天意報平安。」

賢注：「木謂棺也。」此即棺材之簡稱，今有言壽木者，亦棺木之別稱。棺木用以停放屍體，爲不吉祥之物。古人避諱言之，今人亦如是。

（3）木之於人

《宋書・吳喜傳》：「人非木石，何能不感。」木、石非有神經、感覺，並具運動能力的「動物」；比喻沒有知覺、感情的東西。取其樸素、質樸之意用以形容遲鈍，沒有口才；《論語・子路》：「子曰：『剛毅木訥近仁。』」何晏注：「王曰：『木，質樸也。』」《後漢書・韋彪傳》：「深思絳侯木訥之功也。」引申之，則比喻愚蠢或不靈活的人爲木頭人。若用於人之身軀；身體失去感覺，知覺完全喪失，稱之爲麻木。在引申於此喻對事物漠不關心或反應遲鈍，譏諷其覺魯鈍，不能振作，即是麻木不仁。

3. 林：平土有叢木曰林。从二木。

篆文作「林」，平原上有樹木叢聚，稱爲林。《說文・丵部》：「叢，聚也。」段玉裁注：《周禮・林衡》注曰：「竹木生平地曰林。」

（1）林業文化

森林中可供作爲林業產物的資源有許多；包括木材，林木的根、莖、葉、果實、樹脂等及草類、菌類。其中最爲大宗者，應該就是木材的砍伐。《詩・大雅・生民》：「誕寘之平林，會伐平林。」森林資源之重要與必須，上古時代的統治者已經有所認識。在《周禮・地官》中有專屬官府負責關於林業資源的限制與管理：「山虞掌山林之政令。物爲之厲，而爲之守禁。仲冬斬陽木，仲夏斬陰木。凡服耜，斬季材，以時入之。令萬民時斬材，有期日。凡邦工入山林而掄材，不禁。春秋之斬木不入禁。凡竊木者有刑罰，若祭山林，則爲主而脩除，且蹕。若大田獵，則萊山田之野，及弊田，植虞旗于中，致禽而珥焉。」又「林衡掌巡林麓之禁令而平其守，以時計林麓而賞罰之。若斬木材，則受法于山虞，而掌其政令。」老祖先配合大自然生長的規律，依春夏秋冬不同的時節採伐不同的林種，並且規範劃分具有採發資格之有無，如此則森林有生長與恢復的時間。非放任式開採，取用有節，並定訂刑罰以懲偷盜者。一方面維護生態的平衡，亦可提供人類所需。《淮南子・主術訓》亦曰：「草木未落，斤斧不得入山林。」老祖先與大自然共存共榮的生活方式，除了提供後人對於林業發展概況的了解，無形中蘊含了深刻的生態保育觀念，這也是現代人應加以學習仿效之處。

《漢書・地理志》:「楚有江漢川澤山林之饒;江南地廣,或火耕水耨。民食魚稻,以漁獵山伐為業。」顏師古注:「山伐,謂伐山取竹木。」山澤林業具有物產指標性,包含果林、經濟林。江南地區木材重要性與開發、《淮南子・人間訓》提到:「以冬伐木而積之,於春浮之河而鬻之。」木材利用知識及採伐技術。

(2)林與區域概念

《爾雅・釋地》:「邑外謂之牧,牧外謂之野,野外謂之林,林外謂之坰。」先秦時代,邦國與邦國之間仍有未開發的地帶,故人加以階段性的劃分。簡單地說,「林」也就是現在所謂的野外。有足夠的空間生長大片的樹林,自然不會是在人口稠密的都市區域,而是土地利用率較低的郊區。區域的劃分除了是古人空間概念的呈現,也是土地利用與管理的基礎。

(3)林與匯聚概念

《廣雅・釋詁三》:「林,聚也。」足以構成「林」的重要因素便是聚合、集結的概念;少了這項條件便不成林。《後漢書・崔駰傳》:「蓋高樹靡陰,獨木不林,隨時之宜,道貴從凡。」因此「獨木不林」用以比喻力量單薄,無法成事。

由樹木或竹子叢生一處的本義引申之,凡物材所聚積,皆曰林。蕭統〈文選序〉:「歷觀文囿,泛覽辭林。」指文人、文詞彙集的地方。其他如:「碑林」、「儒林」、「藝林」皆泛指同類的人或事物會聚之處。

事物聚集的結果自然是數量上的豐富;《文明小史・第七回》:「看見門外刀槍林立,人馬紛紛,不覺嚇了一跳。」「林立」指像林木密集直立著,用以比喻數量之眾多。原來森林提供的不僅是木材資源,還有語言中呈現的概念意義。

二、一般植物

自然界植物種類眾多,除了人類加以利用的經濟植物之外,當然還有其他的植物。

(一)草　木

1. 艸:百艸也,从二屮。

篆文作「艸」,草本植物的總稱,生物類別劃分的一個種類。草質莖植物,屬於開花植物。體型通常矮小,莖部柔軟而脆弱,生長期短。《玉篇・艸部》:「草,同艸。」

2. 茻：眾艸也，从四屮。

篆文作「茻」，多草之意。茻部從屬字有莫（今暮字）、莽、葬。「葬」，臧也。从死在茻中，一其所吕荐之。人死而埋之，沒於草中。

3. 丵：叢生艸也，象丵嶽相並出也。叢聚而生的草，相與並出的樣子。指並生成簇，非單株獨枝的草本植物，筆劃如同叢生之貌。

（二）木　本

叒：日出東方湯谷所登榑桑，叒木也。象形。

傳說世界的盡頭；東方日出之處，爲湯谷，有叒木。關於這棵神木的記載有很多；《楚辭・離騷》:「飲余馬於咸池兮，總余轡乎扶桑。折若木以拂日兮，聊逍遙以相羊。」段玉裁注以爲「若」即「叒」。

扶桑木之文化概念

《楚辭・九歌・東君》:「暾將出兮東方，照吾檻兮扶桑。」王逸注:「日出，下浴於湯谷，上拂其扶桑。」《山海經・海外東經》:「湯谷上有扶桑，十日所浴，在黑齒北。」郭璞注:「扶桑，木也。」《說文・木部》:「榑，榑桑，神木，日所出也。」此神木的形貌，據《太平御覽・卷九五五》引舊題晉郭璞《玄中記》:「天下之高者，扶桑供枝木焉，上至天，盤蜿而下屈，通三泉。」這是高大直通於天的扶桑木，日出於東方。後以扶桑國稱日本，即因日本位於中國東方。

三、生長型態

植物發育成長的過程中，有許多形貌上的不同與變化。表現在外的形式，代表植物本身不同的生長階段，也反應出生長狀況。對於植物生長型態的注意，無疑是植物學研究其構造、機能、生長、進化、分類等課題之基礎。

（一）屮：艸木初生也，象丨出形，有枝莖也。古文或以為艸字。

篆文作「屮」，剛發芽的植物，段玉裁注「才」曰:「凡艸木之字；才者，初生而枝葉未見也。屮者，生而有莖有枝也。之者，枝莖益大也。出者，益茲上進也。」「屮」字甲骨文爲：𠂤。正是嫩芽萌發生長的樣貌，與今日寫法差別不大。

（二）蓐：陳草復生也，从艸辱聲。

一曰蔟也。本義即老葉發新芽。《爾雅・釋器》:「蓐謂之茲。」郭璞注:「茲者，蓐席也。」蓐席也就是草薦草墊，亦指床上的墊褥，《後漢書・趙岐傳》:「有重疾，臥蓐七年。」。段玉裁注:「引申爲薦席之蓐，故蠶蔟亦呼蓐。」

《說文・艸部〉:「蔟,行蠶蓐,从艸族聲。」《玉篇・艸部》:「蔟,蠶蓐也。」蔟即供蠶吐絲結繭的用具。通常以稻草疊架製成,上尖下寬,形略似山。蠶吐絲作繭於其上,如同蠶之席墊。

(三)丰:艸蔡也,象草生之散亂也。

《說文・艸部》:「蔡,丰也」兩字互訓。段玉裁注曰:「凡言艸芥者,皆丰之假借;芥行而丰廢矣。」「芥」,菜也。「菜」,草之可食者。

(四)才:草木之初也,從丨上貫一,將生枝葉也。一,地也。

篆文作「𠂉」,草木剛剛開始生長;從土壤中冒出,枝葉將要萌發,尚未俱全。

1. 才與切之文化概念

段玉裁注:「引申爲凡始之偁。」王筠句讀:「凡始義,《說文》作才,亦借材、財、裁,今人借纔。」取其「初」之意,表示「甫」、「不久之前」、「剛剛發生」。以植物生長連結與時間的關係《晉書・謝安傳附謝混》:「才小富貴,便豫人家事。」王安石〈雨過偶書〉:「誰似浮雲知進退,才成霖雨便歸山。」直至今口語中的「剛才」;皆用以爲表示短暫時間的副詞。

2. 人才之文化概念

「才」作爲天賦的能力、稟性。《詩・魯頌・駉》:「思無期,思馬斯才。」

段玉裁注:「有莖出地而枝葉未出。故曰將艸木之初,而枝葉畢寓焉。生人之初,而萬善畢具焉。故人之能曰才,言人之所蘊也。」植物的生長初期,枝葉尚未萌發但已蘊蓄其中;引申於人,能力本蘊含內藏,經由發揮而外顯,稱爲才能。《孟子・告子》:「富歲子弟多賴,凶歲子弟多暴,非天之降才爾殊也。」

清徐灝《說文解字注箋・才部》引李陽冰說:「凡木陰陽、剛柔、長短、小大、曲直,其才不同而用各有宜,謂之才。其不中用者謂之不才。引之則凡人物之才質皆謂之才。」由物之本質引申而言人的品貌、才學。人之資質互異,力量、智慧各有不同;然而皆有其天賦之能力。《論衡・累害》:「人才高下,不能鈞同。」

(1)英才

《禮記・文王世子》:「凡語于郊者,必取賢斂才焉。」《孟子・離婁下》:「中也養不中,才也養不才。」「才」之言天賦能力之外,可進一步指稱有才能、智慧而出眾的人。《孟子・盡心上》:「君子有三樂，……得天下英才而教育之，三樂也。」此英才即才能特出者。

(2) 才華

《淮南子・主術訓》:「任人之才。」又《淮南子・兵略》:「若乃人盡其才，悉用其力，以少勝眾者，自古及今，未嘗聞也。」人盡其才指每個人都能充分發揮自己的能力。才幹、才氣、才智亦就人之能力而言。表現於外的能力可稱爲才華;江淹〈知己賦〉:「既含道潤，亦發才華。」

(3) 才藝

《列子・周穆王》:「萬物滋殖，才藝多方。」才華與技巧性的能力可稱爲才藝;具多方面的才能和技藝稱爲「多才多藝。」《後漢書・列女傳》「聰敏有才藝。」今有教授音樂、藝術、電腦等才能技藝的「才藝班」。

(4) 才思

《南史・褚裕之傳》:「少孤貧，篤志好學，有才思。」才思可解釋爲才氣與情思;多指文學的創作能力。才思敏捷指的便是爲文構思迅速。

(5) 才與材

清徐灝《說文解字注箋・才部》:「才、材古今字。因才爲才能所專，故又加木作材也。」依徐灝之說法;「材」字出現於「才」字之後;關於「才」之解釋;《說文・木部》:「材，木梃也。」徐鍇繫傳:「木之勁直堪入於用者。」即樹幹可供人利用者。本質爲木，但必須能爲人所用。段玉裁注:「引伸之義，凡可用之具皆曰材。」《禮記・中庸》:「故天之生物，必因其材而篤焉。」鄭玄注:「材，謂其質性也。」物有其質性，人亦有其質性;李白〈將進酒〉:「天生我材必有用，千金散盡還復來。」歐陽修〈又論館閣取士劄子〉:「臣竊以館閣之職，號爲育材之地。」依照學生個別差異而施以不同指導的教育觀念，即「因材施教」，此皆爲針對人之資質而言。

3. 才子佳人之文化概念

天資聰穎之文士稱爲才子。《左傳・文公十八年》:「昔高陽氏有才子八人，謂之八愷，高辛氏有才子八人，謂之八元。」潘岳〈西征賦〉:「終童山東之英妙，賈生洛陽之才子。」漢代賈誼文采出眾，號稱爲「洛陽才子」。言才子者，皆才德俊秀的文士。

《儒林外史・第十一回》:「此番招贅進蘧公孫來，門戶又相稱，才貌又相當，眞個是才子佳人，一雙兩好。」容貌美麗具有姿色的女子和才華出眾的男子，才貌相當，彼此適合，十分匹配。

4. 秀才之文化概念

《史記・屈原賈生傳》:「吳廷尉爲河南守，聞其秀才，召置門下。」顏師古正義注:「秀，美也。」美才即傑出優秀之士。科舉時代有科目名「秀才」，始於漢，後避光武諱改稱茂才。《後漢書・左雄傳》:「察孝廉秀才。」漢世取士，有孝廉秀才二等。唐與明經、進士並設科目爲秀才科，不久停廢。宋則凡應舉者皆稱秀才，明清稱入府州縣學的生員爲秀才。《唐書・選舉志》:「其科之目有秀才，自後士人通稱。」亦爲古時讀書人的通稱。

（五）之：出也，象艸過屮，枝莖漸益大，有所之也。一者地也。

篆文作「㞢」，植物的生長過了屮之枝葉莖條始生的階段，漸漸茁壯而伸展。段玉裁注「才」曰:「凡艸木之字；才者，初生而枝葉未見也。屮者，生而有莖有枝也。之者，枝莖益大也。出者，益茲上進也。」段玉裁以爲才、屮、之、出四字乃由草木植物生長之不同階段而來。

1. 之與出

《禮記・祭義》:「容貌必溫，身必詘，如語焉而未之然。」「之」之言「出」，未之即未出。

2. 之與往

《爾雅・釋詁》:「之，往也。」由草木伸展引申而有「往」之意。《楚辭・九章・惜誦》:「欲高飛而遠集兮，君罔謂汝何之？」曹植〈雜詩六首之五〉:「遠遊欲何之，吳國爲我仇。」何之指往那裡去，之即往也。

（六）𣎳：艸木盛𣎳𣎳然。象形，八聲。枝葉茂盛，因風舒散，隨風搖曳之貌。

（七）𠂹：艸木華葉𠂹。象形。植物花葉下垂的樣子。

段玉裁注:「引申爲凡下垂之稱，今字垂行而𠂹廢也。」

（八）禾：木之曲頭止不能上也。樹木生長受到阻礙而不能向上伸展之貌。

（九）𢎘：嘾也，艸木之𠌶未發函然。象形。

花朵含苞未放，字形乃花苞與莖的摹寫。《說文・口部》：「嘾，含深也。」

（十）𣎵：艸木垂𠌶實也，從木、𢎘，𢎘亦聲。

植物開花結果實而下垂貌。

（十一）卤：艸木實垂卤卤然。象形。植物結實累累，垂掛枝頭貌。

（十二）齊：禾麥吐穗上平也。象形。禾麥吐穗表示已成熟，此時的每株高度相當，引申為凡齊等之意。

1. 齊等之文化概念

《論語・里仁》：「見賢思齊焉。」見到賢能的人，則起效法之心，此欲與之同也。《後漢書・黨錮傳・范滂傳》：「汝今得與李杜齊名，死亦何恨？」齊名指聲名相當，不分高下。《後漢書・逸民傳・梁鴻》：「妻爲具食，不敢於鴻前仰視，舉案齊眉。」齊眉爲與眉齊平，言其妻孟光舉案與眉同高，後以「舉案齊眉」形容夫妻相敬如賓。宋郭若虛《圖畫見聞志・卷五・張璪》記載唐代張璪善畫松，能手握雙管，一管畫生枝，一管畫枯幹。後比喻兩件事同時進行，或同時採用兩種辦法爲「雙管齊下」。

《論語・爲政》：「道之以政，齊之以刑。」馬融注：「齊整之刑罰。」《白虎通・禮樂》：「行列得正焉，進退得齊焉。」統一整齊而有次序、有條理。《廣雅・釋言》：「齊，整也。」現象的整齊有條理可轉爲動作；《禮記・大學》：「欲治其國者，先齊其家。」此指整治家政，治理國事而言。

「齊」謂外在的形式的統一、相當，亦可言抽象的意志；《荀子・議兵》：「民齊者強，民不齊者弱。」楊倞注：「齊，謂同力。」此爲團結心志與力量，共同努力。今有「齊心協力」之詞。

《荀子・王霸》：「天下爲一，諸侯爲臣，通達之屬，莫不從服，無它故焉，四者齊也。」楊倞注：「齊，謂無所闕也。」一致等同，則不逾不缺，就無短少的概念而言，即是完備、齊全。

2. 齊——劑量

分量、劑量。通「劑」。《周禮・天官・亨人》：「亨人掌共鼎鑊，以給水火之齊。」鄭玄注：「齊，多少之量。」調配合金的比例。《周禮・考工記》：「金有六齊：六分其金而錫居一，謂之鐘鼎之齊；五分其金而錫居一，謂之斧斤之齊。」配、調製。《韓非子・定法》：「夫匠者，手巧也；而醫者，齊藥也。」調配用之份量必依據統一之標準，每單位的質量等齊均一。

（十三）耑：物初生之題也，上象生形，下象根也。

篆文作「耑」，《說文・頁部》：「題，額也。」額頭爲人體最高的部分，段玉裁注曰：「物之初見即其額也。」事物最初可見即其發端。端行而耑廢。

（十四）未：味也，六月滋味也。五行木老於未，象木重枝葉也。

篆文作「未」，味即滋味。「未」爲地支第八位，歲時屬六月。時辰屬木，〔註14〕字形乃枝葉重疊貌。《史記・律書》：「未者，言萬物皆成，有滋味也。」以其時萬物滋長，而言有滋味也。

1. 意猶未盡之文化概念

「未」作爲否定助動詞在許多典籍當中多見；今以「未雨綢繆」比喻事先預備，防患未然。語出《詩・豳風・鴟鴞》：「迨天之未陰雨，徹彼桑土，綢繆牖戶。」其原意爲鴟鴞鳥在還沒有下雨之前，便已修補窩巢。《詩・小雅・庭燎》：「夜如何其？夜未央。」《文選・謝朓・觀朝雨》：「平明振衣坐，重門猶未開。」此「未」之意皆代表「還沒」。

《論語・季氏》：「學詩乎？對曰：『未也。』。」此之「未」乃表示與「已」、「完成」相對之意義。

《論語・陽貨》「未得之也。」《孟子・梁惠王上》：「臣未之聞。」《左傳・宣公十二年》：「未有貳心。」皆以「未」爲否定之「無」、「不」之意。

2. 將來之文化概念

《荀子・正論》：「凡刑人之本，禁暴惡惡，且懲其未也。」《戰國策・趙策》：「愚者闇於成事，智者見於未萌。」「未」可表示未來、將來之意，還沒有發生而將會發生。

四、植物各部分

1. 支：去竹之枝也，從手持半竹。

篆文作「支」，去掉竹子的旁枝，字形即竹之半在手上。段玉裁注：「於字

〔註14〕《淮南子・天文訓》：「木生于亥，壯于卯，死于未。」

形得其義。」

（1）枝條

《詩・衛風・芄蘭》:「芄蘭之支，童子佩觿。」草木枝條，由竹子引申，泛稱植物的支條。

（2）支離碎碎的分散概念

去掉旁枝，也就是將主體與旁枝分開，兩者分離。《莊子・人間世》:「夫支離其形者，猶足以養其身，終其天年。」支離其形即外表殘缺不全。《荀子・富國》:「其候徼支繚，其竟關之政盡察，是亂國已。」楊倞注:「支繚，支分繚繞，言委曲巡警也。」支作爲分、分散。《集韻・支韻》:「支，分也。」《文選・王延壽・魯靈光殿賦》:「捷獵鱗集，支離分赴。」亦言分散的概念。

（3）支流旁系的文化概念

《詩・大雅・文王》:「文王孫子，本支百世。」毛傳:「本，本宗也。支，支子也。」本、支皆爲宗族脈絡，即嫡系與支系。《禮記・曲禮下》:「支子不祭，祭必告于宗子。」孔穎達疏:「支子，庶子也。」庶子即嫡子以外的眾子或妾所生的兒子，以其旁出而爲支。

朱熹〈大學章句序〉:「若曲禮、少儀、內則、弟子職諸篇，固小學之支流餘裔。」支流原指由主流分出來的小河流，又引申於體系中別出的、由總體分出來的分支、支派。由總店分立而出的分店稱爲「支店」。

（4）支撐的文化概念

《國語・周語下》:「天之所支，不可壞也。」《玉篇》:「支，持也。」《廣韻・支韻》:「支，支持也。」支持即支撐、支拄、維持。蘇舜欽〈遊山詩〉:「竹木互支撐，小閣架險梯。」亦言撐持。

《國語・越語下》:「其君臣上下，皆知其資財之不足以支長久也。」韋昭注:「支，猶堪也。」堪即承受，可作爲撐持、維持。《三國演義・第四十五回》:「船頭上一員大將，橫矛而立，乃張飛也，因恐玄德有失，雲長獨力難支，特來接應。」獨力難支指個人的單獨力量難以支撐。

（5）如何左支右絀

《戰國策・西周策》:「秦去周，必復攻魏，魏不能支。」高誘注:「支，猶拒。」拒即抵抗、抗拒，抵禦對立的敵方。《戰國策・西周策二》:「我不能教子支左屈右。」將對立、抵擋的概念用於撐開弓身的動作；原文指射箭時以左臂將弓撐直，彎曲右臂而扣弦。後用以形容顧此失彼，窮於應付的窘況。

（6）支出與供給

《漢書・趙充國傳》：「今大司農所轉穀至者，足支萬人一歲食。」意爲足以負擔一萬人一年的糧食。支即負擔、供給。《老殘遊記・第十八回》：「白公將這一千銀票交給書吏到該錢莊將銀子取來，憑本府公文支付。」支出交付該款項。

今有金融票據名爲「支票」，發票人簽發一定的金額，受款人或執票人可持票向金融業者要求支付票面所載金額。

（7）支與計算

《大戴禮・保傅》：「燕支地計眾，不與齊均也。」此爲計算、統計數目或數量。古代有天干〔註15〕地支〔註16〕作爲計數的符號，干支即主幹、分枝之義。

2. 乇：艸葉也，垂穗，上毌一，下有根。象形字。

段玉裁注以爲葉當爲華，因下言垂穗，而花有穗，葉則無穗。

3. 𠌶：艸木華也，從𠂹亏聲。

即「花」字，段玉裁注曰：「今字花行而𠌶廢矣。」

4. 華：榮也。

篆文作「𦾓」，言花朵也，今多爲「花」字。

（1）華與花

《爾雅・釋草》：「華，荂也。華、荂，榮也。木謂之華，草謂之榮。」《詩・周南・桃夭》：「桃之夭夭，灼灼其華。」《淮南子・原道》：「羽者嫗伏，毛者孕育，草木榮華，鳥獸卵胎。」草木開花，美麗而爲植物繁衍後代的方法。

漢王充《論衡・書解》：「夫人有文質乃成，物有華而不實，有實而不華者。」《左傳・文公五年》：「且華而不實，怨之所聚也。」華而不實；開花而不結果。比喻虛浮而不切實際，有名無實，亦可言文辭浮誇藻麗而少內容。

（2）華夏之文化概念

自古漢民族自稱華夏之邦；《書・武成》：「華夏蠻貊，罔不率俾。」《左傳・定公十年》：「裔不謀夏，夷不亂華。」孔穎達疏：「中國有禮義之大，故稱夏；

〔註15〕天干十數爲甲、乙、丙、丁、戊、己、庚、辛、壬、癸。

〔註16〕地支十二數子、丑、寅、卯、辰、巳、午、未、申、酉、戌、亥。

有服章之美，故謂之華。」《正字通》：「華，中夏曰華，言禮樂明備也。」「華」代表著典章制度完備，服儀有定制，禮樂大行，文物鼎盛，也是民族文明與智慧的表徵。

（3）菁華所在

韓愈〈進學解〉：「含英咀華。」《晉書・文苑傳・序》：「翰林總其菁華，典論詳其藻絢。」花朵之於植物乃是其精華所在，最爲美麗而重要的部分。引申至事物最精粹、精美的部分亦曰華。

（4）華美之物

花朵之外形美好，引申於形容其他事物之美麗。《史記・滑稽列傳》：「楚莊王之時，有所愛馬，衣以文繡，置之華屋之下。」指華麗之宮室。《三國志・魏志・夏侯玄傳》：「市不鬻華麗之色，商不通難得之貨。」形容光彩艷麗。南朝梁皇侃《論語義疏》：「祭祀之服，大華美也。」爲盛大富麗。

（5）富貴榮華

《潛夫論・論榮》：「所謂賢人君子者，非必高位厚祿，富貴榮華之謂也。」《史記・外戚世家》：「丈夫當時富貴，百惡滅除，光耀榮華。」指顯耀通達，富貴興旺。以花的繁盛比喻人世之繁盛。

5. 桼：木汁可以髹物。从木象形，桼如水滴而下也。

木汁可作爲塗料，從漆樹而來的液體漆汁。段玉裁注：「木汁名桼，因名其木曰桼。今字作漆。」

（1）桼與漆

老祖先很早便擁有利用漆汁作爲塗料的技術，製作精美的日常用品；西周初年技術已成熟至可爲貢品的高水準。《書・顧命》：「西夾南嚮，敷重筍席，玄紛純，漆仍几。」《書・禹貢》：「（豫州）厥貢漆、枲、絺、紵。」又《韓非子・十過》：「堯禪天下，虞舜受之，作爲食器，斬山木而財之，削鋸修之迹，流漆墨其上，輸之於宮，以爲食器。」

《詩・鄘風・定之方中》：「樹之榛栗，椅桐梓漆。」《詩・唐風・山有樞》：「山有漆，隰有栗。」漆器的製作，從漆樹枝幹切口上收集漆液，塗刷用具、家具可經久耐用，增加美觀。漆樹上採集下來的爲「生漆」，白色偏黃或紅褐色，是有黏稠度的液體，暴露於空氣中會變成黑色、深褐色。將生漆加熱，去其水分，變成半透明的棕色，色澤與亮度都更加提升。以植物油調置成各種顏色的色漆，用以彩繪。複合油與漆材料製成，今日仍然稱爲「油漆」。

《史記・貨殖列傳》:「山東多魚、鹽、漆、絲、聲色。」因爲漆的使用普遍，可製作各種漆器，被重視而成爲重要產業之一。製作漆器的技術也一直流傳至後代；白居易〈新秋早起有懷元少尹詩〉:「漆匣鏡明頭盡白，銅缸水冷齒先知。」

（2）如膠似漆之文化概念

《韓非子・安危》:「堯無膠漆之約於當世而道行，舜無置錐之地於後世而德結。」《文選・鄒陽・獄中上書自明》:「感於心，合於意，堅如膠漆。」膠與漆具有黏稠的特性，形容事物的結合非常牢固，難以分割。比喻情感親密、情誼深厚。志趣相契合。《幼學瓊林・卷二・朋友賓主類》:「膠漆相投，陳重之與雷義。」

6. 朿：木芒也，象形。

木芒，樹木枝葉上最尖銳的部位。

7. 片：判木也，從半木。

篆文作「片」，段玉裁注曰：「一分爲二之木片，判以疊韻爲訓。」

引申有單一的、單方面之義。《論語・顏淵》:「片言可以折獄者，其由也與？」

五、植物文化概念

《周禮・職方氏》:「穀宜五種。」鄭玄注：「五種：黍稷菽麥稻。」《孟子・滕文公》:「樹藝五穀。」趙歧注：「五穀謂稻黍稷麥菽。」《管子・輕重戊》:「神農作樹五穀淇山之陽，九州之民，乃知穀食，而天下化之。」黍指黃米之黏粘者，稷約爲今之小米。菽，爲大豆。麥，今小麥類。稻，即水稻。中國傳統主食爲米、麥，除此之外還有多種穀物，五穀雜糧之主食文化構成中國飲食文化之基礎。

瓜類植物以藤蔓綿延繁衍的生長形式讓老祖先聯想到人類兒孫後代，其中透顯出對於子孫繁盛的期待，其實也就是「多子多孫多福氣」的傳統觀念。

中國爲禮義之邦，典章制度齊備。以麻衣作爲喪事之孝服，不僅是形式上的禮俗，也是以外在的粗操簡略，表達內心深沉的哀思。強調長有序的家庭倫常觀念，形成民族特質，是中國文化中深厚內蘊的一部分，在語言文字的使用當中，便可得到具體的應證。

第四節　動物文化概念

《書・泰誓上》言：「惟天地萬物父母，惟人萬物之靈。」長久以來，總是以「萬物之靈」說明人類具有高度智慧，創造文化，因此較萬物更爲優越，是天地間最爲尊貴的。《荀子・王制》：「力不若牛，走不若馬，而牛馬爲用，何也？」身爲萬物之靈長，老祖先對於其他動物也有高度的觀察與了解，並且能夠針對其專長而爲人所用。此外，也發展出獨特的信仰，崇拜動物的特殊力量，認爲動物所擁有的特殊力量可以轉移，或成爲象徵、代表。雖然同爲天地間的一份子，各種動物卻被賦予了不同的價值意義，而成爲中國文化的內涵與表現。

《禮記・內則》有：「凡祭宗廟之禮，牛曰一元大武，豕曰剛鬣，豚曰腯肥，羊曰柔毛，雞曰翰音，犬曰羹獻，雉曰疏趾，兔曰明視，脯曰尹祭，槁魚曰商祭，鮮魚曰脡祭。」這段文字記載了老祖先對於種類多樣的動物最基本的利用目的——民生飲食，除此之外，之所以成爲祭祀之禮，這表示牠們也都具有精神上的意義。同時對於各體的特色有清楚的認識；比如牛蹄厚實、豬鬃剛硬、小豬肥美、羊毛柔軟、雞啼高亢等。了解特殊的本質加以利用，能夠發揮最大的價值。

動物	名稱	飛鳥	隹、雔、雥、萑、鳥、烏、燕、乙
		走獸	牛、犛、羊、虎、豕、㣇、豚、𤉡、象、馬、廌、鹿、㲋、兔、萈、犬、鼠、能、熊、䍜
		爬蟲	易、龍、虫、䖵、蟲、它、巳、龜、黽、巴
		魚貝	貝、魚、鱻
		其他	卵
	身軀		羽、毛、毳、卝、角、彑、血、肉、韋
	動作		西、几、奞、飛、卂、習、不、至、告、豸、虤、犾、麤
	特徵		瞿、羴、虍
	產物		巢、釆、禸

一、名　稱

（一）飛鳥類

《說文》部首中屬於鳥類的羽禽名稱有八種。不全爲種類的總稱，也有以專名爲部首的。

1. 隹：鳥之短尾總名也。

2. 雔：雙鳥也。从二隹。

3. 雥：群鳥也。从三隹。

篆文作「隹雔雥」，外形上的差異，是分別物種的一項依據。以短尾、長尾分別鳥禽的種類，是大略的區別。

4. 萑：雖屬，从隹从𦫳有毛角，所鳴其民有旤。

篆文作「萑」，萑屬於鴟類，頭上有羽毛簇生形成的「角」。牠也就是今日俗稱的貓頭鷹，又稱角鴞，今日動物學分類屬於鴟鴞科。夜行猛禽的特性〔註 17〕使牠在民俗中具有不祥的神秘色彩，認爲見到牠的蹤影或聽到牠的鳴叫都是不祥的預兆。

5. 鳥：長尾禽總名也。象形，鳥之足佀匕，从匕。

篆文作「鳥」，在許愼的解釋中，長尾的飛禽才是屬於「鳥類」；而之後的《玉篇・鳥部》：「鳥，飛禽總名也。」對於「鳥」的定義擴大至所有的飛禽，與現代的認知較爲接近。

6. 烏：孝鳥也。象形。孔子曰烏亏呼也，取其助气故目為烏呼。

篆文作「烏」，《詩・邶風・北風》：「莫赤匪狐，莫墨匪烏。」烏鳥遍體漆黑，全身的羽毛都爲黑色，所以眼睛的部分不明顯，字形只有外形輪廓。

（1）烏與孝道文化概念

中國自古注重人倫概念，講求孝道，爲人子女盡心侍奉父母乃是天經地義的事。除了人世間的倫常禮教之外，當發現到一向被視爲比人類還低一等的動物也出現了養育雙親這樣的反哺行爲，著實令人驚訝，並且加以褒揚，給了牠「孝鳥」的稱號。此外，也有「慈烏」的說法。孟郊有〈遠遊〉詩：「慈烏不遠飛，孝子念先歸。」白居易〈慈烏夜啼〉：「昔有吳起者，母歿喪不臨。嗟哉斯徒輩，其心不如禽。」〔註 18〕除了用以比喻，也是警惕不肖子弟的大自然範本。

〔註 17〕貓頭鷹是夜行性的猛禽，在夜間活動，兇猛肉食性的鳥類，以捕食鼠類爲主，大型貓頭鷹亦捕食其他鳥類。大大的圓眼睛可以在夜晚仍具有良好視力，飛翔時無聲無息，又具有保護色，爲夜晚的掠食者。

〔註 18〕全詩：「慈烏失其母，啞啞吐哀音。晝夜不飛去，經年守故林。夜夜夜半啼，聞者爲霑襟。聲中如告訴，未盡反哺心。百鳥豈無母，爾獨哀怨深。應是母慈重，使爾悲不任。昔有吳起者，母歿喪不臨。嗟哉斯徒輩，其心不如禽。慈烏復慈烏，

《本草綱目・禽部》記載：「慈烏：此鳥初生，母哺六十日，長則反哺六十日。」生物的天性正是孝道的具體實踐，動物尚且如此，更何況身爲萬物之靈並且接受教育的人類！

（2）烏與太陽傳說之文化概念

在后羿射日的神話中，那十個同時並出的太陽，其實是三隻腳的烏鴉；《山海經・大荒東經》:「一日方至，一日方出，皆載於烏。」郭璞注曰：「中有三足烏。」馬王堆帛畫也繪有太陽中的烏。〔註 19〕於是「金烏」成爲太陽的代表；賈島〈遊仙〉詩：「借得孤鶴騎，高近金烏飛。」韋莊〈秋日早行〉詩：「行人自是心如火。兔走烏飛不覺長。」

7. 燕：燕燕元鳥也。籋口布翅，枝尾，象形。

8. 乙：燕燕乙鳥也。齊魯謂之乙，取其鳴自謼，象形也。

燕篆文作「燕」，乙指的也是燕子，據段玉裁注：「既得其聲而像其形，則爲乙。」燕子的鳴叫聲如「乙」；飛翔時，大角度翻飛的習性亦與字形相合。燕字篆文是爲整體形象，乙字篆文乃其于飛之形。

燕鳥在背部及羽翼有黑藍色的光澤。嘴如箝，飛時展翅，尾羽分岔；因此字形以廿、北、火（隸變，與魚字同）象其形。

（1）燕與生育神話概念

傳說殷商之祖——契的誕生，來自於玄鳥；《史記・殷本紀》:「殷契，母曰簡狄，有娀氏之女，爲帝嚳次妃。三人行浴，見玄鳥墮其卵，簡狄取吞之，因孕生契。」《史記・秦本紀》:「秦之先，帝顓頊之苗裔孫曰女脩。女脩織，玄鳥隕卵，女脩吞之，生子大業。」認同這段神話，也就是認同殷商爲玄鳥之後。由於燕鳥帶有神聖的繁衍象徵意義，發展成爲祭祀對象，有固定的祭祀儀式；《禮記・月令》:「是月也（仲春之月），玄鳥至。至之日，以大牢祠于高禖。天子親往，后妃帥九嬪御。」鄭玄注曰：「玄鳥，燕也。燕以施生時來巢人堂宇而孳乳，

鳥中之曾參。」

〔註 19〕大陸湖南省馬王堆漢墓出土文物中，一號墓（墓主爲利蒼夫人辛追）覆蓋在內棺之上的 T 形帛畫中，依天上、人間、地下做分界，太陽裡的金烏即在帛畫的右上方。

嫁娶之象也。媒氏之官以爲候。」今仍有「新婚燕爾」之詞，正是上古時代對於燕鳥具有嫁娶象徵的文化遺痕。

（2）燕歸巢之文化概念

燕子群居，營泥巢於石壁或屋樑上。劉禹錫〈烏衣巷〉：「舊時王謝堂前燕，飛入尋常百姓家。」牠們與人和平相處，生活習性也容易觀察。由於燕子春向北來，秋復南返的特性，所以也被認爲具有「歸返」、「來去」的代表意義。喬知之雜曲歌辭〈定情篇〉：「故歲雕梁燕，雙去今來隻。」李德裕〈秋日美晴郡樓閒眺寄荆南張書記〉：「霄外鴻初返，簷間燕已歸。」以燕子代表歸返的意義，一直到近代依然可見；1999 年澳門地區主權回歸中國大陸，創作吉祥物的作者就運用了這樣的文化概念：「選用燕子作爲吉祥物是取其含有燕歸巢的寓意。」〔註 20〕在生活週遭即可發現其蹤跡的小動物，以平易近人的方式融入於文化概念之中，所呈現的面貌是如此多采多姿。

（二）走獸類

1. 牛：事也，理也。象角頭三，封尾之形也。

牛隻體型碩大，具有蠻力，老祖先便用以從事耕耘犁田等農事。許慎因此以牛具有事件、紋理的意義。

（1）牛與農業文化

人類仰賴體大力強的牛隻提供勞力，做爲農業生產、交通等等方面的運用，幫助文明進步，社會發展。《山海經・海內經》：「稷之孫曰叔均，是始作牛耕。」漢民族以農立國，牛隻的貢獻具有不可或缺的重要地位。傳說中農耕與醫藥的發明者：神農氏；根據古籍的記載，他的長相是「人身牛首」，頭上長有兩角。〔註21〕雖然這是神話傳說，但爲什麼不是羊首、

〔註20〕「本吉祥物以一隻燕子口含祥雲，與高采烈地飛往「九九澳門回歸」標誌中。象徵我國對澳門恢復行使主權，實行一國兩制，澳人治澳，翻開歷史新的一，頁。」摘自澳門回歸吉祥物作者陳炳豪〈我的心，我的情、我的成長路〉一文。來源 http://home.macau.ctm.net/~mcainfo/19999/big5/ccs/dsngr.htm

〔註21〕《史記・三皇紀》：「炎帝神農氏，姜姓。正義帝王世紀云：「神農氏，姜姓也。母曰任姒，有蟜氏女，登爲少典紀，遊華陽，有神龍首，感生炎帝。人身牛首，長

鹿首？這應該是與中國在農業方面依賴牛隻的耕作技術有很大的關聯。

（2）牛與飲食文化

《儀禮・聘禮》:「牛羊豕魚腊腸胃同鼎。」老祖先對於牛這樣體型碩大卻溫馴的動物，除了善用牠力大、能走的專長外，也當作食物來源的一部分；古籍的記載中即有醃製、熬煮、風乾……等等料理方式。〔註 22〕藏族喝酥油茶、吃風乾牛肉條，回族烹煮其內臟、雜碎鍋，也都是相當普遍的食物。依據今日的營養學觀點，牛肉營養價值高，〔註 23〕具有高蛋白質，也有豐富鐵質，經常食用能補氣健身。如此具有高價值的食物，其意義不僅僅是食材之一，也用於嘉獎賞賜、〔註 24〕餽贈〔註 25〕與慰勞。〔註 26〕

（3）牛與祭祀文化中

古籍的記載中；有《周禮・地官・大司徒》:「祀五帝，奉牛牲。」又《禮記・曲禮下》:「天子以犧牛，諸侯以肥牛，大夫以索牛，士以羊豕。」牛隻是有重要地位的牲口，成爲生活中的必須。平日借重牠的力量，祭祀時也當作獻給祖先神明的寶貴物品，並且依照地位不同也有所區別。還設立有專人執掌負責相關業務。〔註 27〕在《漢書・五行志中之上》:「牛，大畜，祭天尊物也。」更是明白地說出牛隻這樣的龐然大物，是祭祀天地時所用的尊貴獻禮。

（4）寧為雞口，不為牛後

意指寧可只領導小眾，而不願身爲大眾的追隨者，見於《戰國策・韓策》。〔註 28〕因爲牛爲大物，與體型小的雞成爲強烈對比，因此有了如此的比喻方式，

於姜水，因以爲姓。」

〔註 22〕《禮記・內則》:「清取牛肉，必新殺者。薄切之，必絕其理，湛諸美酒，期朝而食之，以醢若醯醷。」又有:「爲熬，捶之，去其皾，編萑，布牛肉焉。屑桂與薑，以洒諸上而鹽之，乾而食之。施羊亦如之。施麋、施鹿、施麇，皆如牛羊。」

〔註 23〕牛肉含有蛋白質（其中有多種人體所需的氨基酸）、脂肪、維生素 B1、維生素 B2 及鈣、磷，鐵等。

〔註 24〕如《戰國策・齊策》:「乃賜單（田單）牛酒，嘉其行。」

〔註 25〕《史記・司馬相如傳》:「卓王孫臨邛諸公皆因門下，獻牛酒以交驩。」

〔註 26〕《後漢書・臧宮傳》:「越人以漢兵大至，其渠帥乃奉牛酒以勞軍。」

〔註 27〕《周禮・地官・牛人》:「牛人掌養國之公牛，以待國之政令。凡祭祀共其享牛求牛以授職，人而芻之。」

〔註 28〕《戰國策・韓策》:「臣聞鄙語曰:『寧爲雞口，無爲牛後』。今大王西面交臂而臣

成爲固定語詞而流傳下來。

（5）**殺雞用牛刀**

《論語・陽貨》有：「割雞焉用牛刀？」言治小者何須用大道。牛既爲大物，其所用之刀必堅。同樣也是藉由體積上的對比，衍申出具有寓意的詞語。

（6）**汗牛充棟**

此極言書籍數量之龐大眾多。《漢書・五行志下之上》：「牛以力爲人用，足所以行也。」牛具有強大的力量可運載物品，而負載運送書籍時仍然累得出汗，可見數量之龐大。合併「堆滿屋子，充塞棟梁之間」的形容，強調書籍極多。柳宗元〈唐故給事中皇太子侍讀陸文通先生墓表〉：「其爲書，處則充棟宇，出則汗牛馬。」

（7）**九牛一毛**

牛毛細微而極多，杜甫有〈述古詩〉用以形容：「秦時任商鞅，法令如牛毛。」若僅爲其一，那是微乎其微，極言卑微渺小，沒有任何影響。此用以比喻微不足道。司馬遷〈報任安書〉：「假令僕伏法受誅，若九牛亡一毛，與螻蟻何以異？」又《三國志・魏書・明帝紀》裴松之注引魏略曰：「臣知言出必死，而臣自比於牛之一毛，生既無益，死亦何損？」

2. 犛：**西南夷長髦牛也。从牛𠩺聲。**

篆文作「犛」，依段玉裁注，中國西南產牛，體有長毛，小角，全身純黑。在《國語・楚語上》：「巴浦之犀、犛、兕、象，其可盡乎！」巴浦大約在今四川一帶。《玉篇・犛部》：「犛，獸如牛而尾長，名曰犛牛。」《廣韻》：「犛，關西有長尾牛。」《集韻》：「犛，牛名，黑色。」現在青康藏高原還能見到馴養或野生的犛牛。

3. 羊：**祥也。从𦍌象四足尾之形。孔子曰牛羊之字以形舉也。**

篆文作「羊」，羊有「善」、「吉祥」之意，爲象形字。

（1）**羊與吉祥之文化概念**

《墨子・明鬼下》：「有恐後世子孫，不能敬莙以取羊。」孫詒讓閒詁：「《說文》云：『羊，祥也。』秦、漢金石多以羊爲祥。」古時羊字除了指動物之羊，也如同吉祥之祥。羊隻具有經濟價值，獲羊則爲美善事，引申有吉祥義。後又

事秦，何以異於牛後乎？」

加偏旁「示」爲「祥」。於是一般人乃不知羊與祥之關係。《釋名・釋車》：「羊車，羊，祥也。祥，善也。」祭祀、禮儀之間都少不了羊。

羊的性情溫順，外表柔弱，膽小易受驚嚇。在古人的眼裡，具有多種美德；《十三經注・毛詩正義》〔註29〕云：「召南之國，化文王之政，故在位之卿大夫，皆居身節儉，爲行正直，德如羔羊。……何休云羔取其贄之不鳴，殺之不號，乳必跪而受之，死義生者此羔羊之德也。」有仁德，赴死如就義，知養育之恩，都是在羊身上具有的美德。

（2）三陽開泰之文化觀念

一年之中，冬至是日照最短的一天，過了這天以後，日照時間又慢慢加長；陰氣漸去而陽氣漸生，接著時序就進入溫暖的春天。所以冬至稱爲一陽生，臘月稱二陽生，正月就是「三陽開泰」！由於「羊」與「陽」諧音，因此又有「三羊開泰」的吉祥賀詞。剛好遇上十二生肖的羊年開春，以三隻羊爲主題的畫作、雕塑……等等藝術品或民俗創作，更加受到歡迎，作爲新年活動的主題。〔註30〕

4. 虎：山獸之君，从虍从儿，虎足象人足也。

篆文作「[illegible]」，在動物的世界中，擁有力量就如同擁有權力。老虎所具有的天賦能力；性情兇猛體格強健，令其他小動物畏懼走避，彷彿統治的霸主。《玉篇》：「虎，惡獸。」更是直接點明對於老虎凶惡特性的認知。

（1）虎與禍之文化概念

老虎是具有攻擊性的肉食動物，接近牠當然是十分危險的舉動；因此用來比喻涉險的行爲。《書・君牙》：「心之憂危若蹈虎尾、涉於春冰。」《戰國策・楚策》：「今秦四塞之國，譬如虎口而君入之，則臣不知所出矣。」這樣的比喻生動鮮明，易於了解。除了心理層面、處境等抽象概念的表達，老虎居住的巢穴更成爲險境實際地點的代表；《三國志・吳書・呂蒙傳》：「不探虎穴，安得虎

〔註29〕1815年阮元刻本。

〔註30〕「在台北北投關渡宮的花燈，一向是元宵節地方上的盛事，今年的元宵主燈「三羊開泰」在中午正式點燈，吸引了大批民眾前往欣賞！鞭炮聲羊年的元宵節，關渡宮的主燈打出了「三羊開泰」，中間的錢幣象徵著新年財運旺旺來！已經有三百四十多年歷史的關渡宮，是台灣三大媽祖廟之一，香火鼎盛，元宵燈節將展開，更是吸引大批民眾！」來源：新浪新聞——台視 92/02/08 星期六，10:36PMhttp://news.sina.com.tw/sinaNews/ttv/others/2003/0208/10915302.html

子。」李白〈送羽林陶將軍詩〉:「萬里橫戈探虎穴，三杯拔劍舞龍泉。」古代拘禁死刑犯的牢房又俗稱爲「虎牢」，進得去出不來的意味，不言可喻。

（2）虎與強勇之文化概念

《史記・春申君傳》:「天下莫彊於秦、楚。今聞大王欲伐楚，此猶兩虎相與鬥。」以兩虎相爭比喻兩方彼此爭鬥，除了表示爭奪高下的行爲，還隱含著兩方皆有深厚實力的意義，而非強凌弱或單純地實力相當而已。《文選・班固・答賓戲》:「於是七雄虓闞，分裂諸夏，龍戰虎爭。」

李白〈古風〉詩云:「秦皇掃六合，虎視何雄哉。」以老虎瞻視，形容秦始皇破滅六國合縱的氣勢與威風，表現出無人能匹敵的霸氣。

凶猛的老虎也具有指稱勇猛威風武將的概念;《詩・大雅・常武》:「進厥虎臣，闞如虓虎。」《詩・魯頌・泮水》:「矯矯虎臣，在泮獻馘。」代表指定單一的武將之外，也比喻勇猛善戰的團體軍隊。《後漢書・班梁傳附班勇》:「乃命虎臣出征西域。」《三國志・魏書・武帝紀》:「戰良久，乃縱虎騎夾擊大破之。」《三國演義・第五回》:「父親勿慮:關外諸侯，布視之如草芥。願提虎狼之師，盡斬其首，懸於都門。」

《後漢書・袁紹傳》:「雷震虎步，並集虜廷。」老虎的形象結合了威武與勇猛的陽剛氣概，符合軍事攻略上的期待;因此成爲代表動物。在盔甲上的裝飾或旗幟圖樣都能發現藉老虎形象以助威。

（3）虎圖騰崇拜之文化概念

老虎不僅兇猛，還具有威儀；牠擁有美麗的毛皮，步伐沉穩，吼聲震天；其地位是具有力量的代表，也是尊貴的。自先秦時代，便作爲諸侯派遣使者所用的憑證。《周禮・地官・掌節》:「凡邦國之使節；山國用虎節，土國用人節，澤國用龍節，皆金也。」一直到漢代，調兵遣將、通過守關所需要的信物，治理該地官員所持有的大印，還保有這樣的制度。《史記・孝文帝紀》:「初與郡國守相，爲銅虎符，竹使符。」《後漢書・陳球傳》:「太守分國虎符，受任一邦。」

（4）虎與闢邪之文化概念

《淮南子・天文訓》:「虎嘯而谷風至。」虎爲威猛之獸，風爲震動之物；以其性質接近而相互結合，產生了「雲從龍，風從虎」的概念。現代可見寺廟建築物上的牆堵有龍虎並出的裝飾，其中便隱含著「風調雨順」的祈求。

老虎又有「山君」的稱號，動物都害怕牠，人類也如此，但是從懼怕而產生崇拜，認爲老虎具有鎮邪辟煞的神奇威力；應邵《風俗通義・畫虎》:「虎能執搏挫鋭、噬食鬼魅，繫其爪，亦能辟惡。」也與鍾馗傳說結合。〔註31〕

傳統習俗中，在端午節懸掛艾草菖蒲，佩帶艾草香包；因爲氣候逐漸溼熱，毒蟲出沒，在此「毒月」以艾草菖蒲辟邪保平安。而虎造型的香包就稱爲艾虎。

除了端午節以外，小孩周歲時穿上虎頭鞋，戴虎頭帽，睡虎頭枕，有討吉利，避邪氣的意涵。早期這些民俗工藝品都是母親或女性長輩親手縫製，充滿關愛與期許；希望小孩子能夠平平安安長大。

陝西地區在婚禮、小兒新生、滿月，掃墓祭祖等傳統民俗節慶時，以麵粉製作老虎造型的「麵虎」，造型有站有跑有坐，還有加上花鳥瓜果、小動物作爲裝飾。〔註32〕希望藉著老虎的神威保佑，趕走邪氣，招來吉利。

台灣民間信仰中，有「虎爺」的祭祀與崇拜。「虎爺」的形象就是一隻泥塑或木雕的老虎。體型不大，通常就安置在神龕底下或牆邊的凹洞中。傳說其職責爲鎮廟、巡境，也是土地公福德正神的坐騎。還有另一說法，是保生大帝的坐騎。〔註33〕虎爺的高度與小孩子接近，也被視爲兒童的守護神。並相信摸摸虎爺身上同樣的部位，小孩該處的身體不適，可以得到加速痊癒的神奇功效！

老虎凶惡危險而令人懼怕，但是依附其下，則將其力量由傷害轉而爲保護。這是老祖先觀念轉換的特殊之處。

（5）虎視眈眈

《易・頤卦》象曰:「虎視眈眈，其欲逐逐。」意指貪狠注目的眼光如同老虎緊盯著獵物般凶惡。老虎獵取食物當然是不懷好意的，由觀察老虎的行爲，引申而形容人類的態度或從事的活動。

（6）如虎添翼

形容增益其能，強者獲得助力更爲厲害，稱做「如虎添翼」。《漢書・賈誼傳》:「所謂假賊兵，爲虎添翼者也。」《後漢書・翟酺傳》:「虎翼一奮，卒不可制。」猛虎稱霸於陸地上，加上翼翅可凌空飛躍，如此則天上地下皆爲其宰制，

〔註31〕傳説伏鬼大師鍾馗把守在鬼門關，在鬼月結束時一一檢視這些回到人間享受祭祀供養的鬼，如果有做了壞事的，就抓起來給一旁的老虎吃掉。

〔註32〕參見《虎文化——論述篇》，頁37-51。

〔註33〕傳説是老虎吃了人之後喉嚨被哽住，尋求保生大帝的協助，脱困之後感念恩德，便不再食人，並願爲其坐騎。隨之修行，後亦爲神。

無人能敵。

（7）龍蟠虎踞

李白〈永王東巡歌〉：「龍蟠虎踞帝王州，帝子金陵訪古丘。」地勢如龍盤繞，似虎蹲踞；形容地勢的宏偉險要。雖爲聞風不動的土地，卻如有龍虎盤據，其險阻而成爲重要據點的意涵，藉由動物形象襯托。

（8）虎父無犬子

將門之後或是表現優異出的子女往往會被稱讚爲「虎父無犬子」。這不僅表示年輕一代具有才能，同時也褒揚父母的養育教導以及本身的優秀。以虎犬之間的差異性強調其傑出與不凡，簡單明瞭卻又深刻。

（9）秋老虎

時令進入秋季，氣候便漸漸轉涼，但是又有某些時候氣溫居高不下，襖熱的高溫讓人不舒服，就稱做「秋老虎」。以現代的氣象科學分析，這是因爲高氣壓籠罩，所以天氣穩定，晴朗少雨。氣候乾燥，草木漸枯，人體的水分喪失較快，容易有些口乾咳嗽等病症出現。歸咎於天氣的變化而產生的不適，甚至有具體化的描述來表達「秋老虎」類型的天氣。〔註 34〕生動而強烈地表達自然環境的變化對於人類生活影響的深遠程度。

5. **豕：彘也。竭其尾故謂之豕。象毛足而後有尾。讀與豨同。按今世字誤目豕為彖，以彖為豕，何以明之？為啄琢从豕，蠡从彖，皆取其聲，目是明之。**

篆文作「㒸」，豕、彘都是今日所謂的豬。《爾雅・釋畜》：「豕，子豬。」《方言・第八》：「豬，北燕朝鮮之間謂之豭，關東西或謂之彘，或謂之豕。南楚謂之豨。其子或謂之豚，或謂之貕，吳揚之間謂之豬子。」

（1）豕與家之文化概念

〔註 34〕1.「預防『秋老虎』傷人必須做到：1『爭秋奪暑』時，太陽仍很猛，要注意少曬太陽，盡量在陰涼處作業。2 要多飲水，每天至少飲 1000 毫昇以上；常喝稀飯、淡茶、菜湯、豆漿、果汁等。3 每天吃 1～2 個梨（雪梨或沙梨）、西瓜、蕉類、山竹等涼性水果。」節錄自廣州日報 2003-08-1407:43 來源：http://health.big5.enorth.com.cn/system/2003/08/14/000614228.shtml　2.「新華社重慶 8 月 23 日電（記者　李勍）涼爽了一周多的重慶近幾天“秋老虎”橫行，日最高氣溫已連續 3 天超過 35 攝氏度。」來源：http://www7.chinesenewsnet.com/MainNews/SinoNews/Mainland/080.00030411L:442496574.htm

由移動性較高的漁獵生產型態進入農耕時代之後，老祖先也開始了定居的生活，耕種之於，也豢養牲畜。中國很早便開始了豬隻的畜養，在浙江餘姚河姆渡遺址〔註 35〕就發現了家豬骨骸。到了漢代，豬隻的飼養情形可以從考古出土的陶器來印證；養豬的房舍，人居上層，豬舍就在下層。「家」字便是由代表房子的「宀」和代表豬的「豕」兩個形符合併而成。牠圓滾滾的肚子充實飽滿，象徵著富足。在農業社會中，豬是重要的家畜，農產附屬品，也是財富的來源與保障，具有高度的經濟價值。

《韓非子・外儲說左上》：「明主表信，如曾子殺彘也。」曾子殺彘〔註 36〕的故事成爲後世勉人守信的典範，豬隻在一般百姓的生活中被視爲貴重的家畜，是不會隨便宰殺的。實際換算的物質，《鹽鐵論・散不足》云：「夫一豕之肉，得中年之收，十五斗粟，當丁男半月之食。」相當於一個男丁半個月的食糧，可是具有很高的價值。

（2）豕與祭祀文化

豬隻既然被視爲具有高度的價值，那麼在表現恭敬與禮儀的場合也成爲必需品；《儀禮・聘禮》：「牛羊豕魚腊腸胃同鼎。」又〈有司徹〉：「乃升羊豕魚三鼎。無腊與膚。」有關先秦的祭祀制度之中，有用豕、羊二牲禮的，稱爲「少牢」。這是古代的祭祀之禮，但是到了現代，豬牲依然在祭品中扮演著重要腳色；台灣道教信仰中，設壇祈福、諸神誕辰、年節拜拜，都有「大豬公」的祭祀，舉辦比賽，以重量最高的豬公獲勝，有高達千餘台斤者。其主人視爲無上榮譽，並且獲得來年的好運，分食這頭的人豬公也能沾得吉利與喜氣。

（3）豕與飲食文化

豬肉料理方法有很多種，先秦已有豕炙（燒烤）、豕胾（切大塊）、田豕脯（肉乾）等方法；《禮記・內則》還有一詳細的食譜：「糝取牛羊豕之肉，三如一小切之，與稻米。稻米二，肉一，合以爲餌煎之。」

此外，宋代的蘇東坡對於豬肉烹調也頗有心得；周紫芝《竹坡詩話》載有蘇東坡之戲作：「黃州好豬肉，價錢等糞土。富者不肯吃，貧者不解煮。慢著火，

〔註 35〕此遺址所發掘之文物年代爲距今約七千多年前的新石器時代。

〔註 36〕曾子之妻將往市場，其子哭鬧欲跟隨。妻勸慰而言歸返則殺豬以與。子遂不泣。後妻歸，曾子果殺豬以與。

少著水，火候足時他自美。每日起來打一碗，飽得自家君莫管。」今日餐館名菜還有這道小火慢燉，軟香滑嫩的「東坡肉」呢！

台灣民間的習俗；祈求長壽，或是碰上了倒楣的事情、運氣不佳，通常會吃碗「豬腳麵線」來去霉運。麵線即是細麵條。但爲什麼一定要豬腳呢？這是因爲含有把霉運踢走的象徵。

（4）貪婪的代表

《左傳・昭公二十八年》:「實有豕心，貪惏無饜，忿戾無期。」豬的形體四肢肥短，大肚便便。體態臃腫，又行動粗莽，所以給人貪吃貪睡的印象，貪心、肥胖、遲鈍等種種負面的概念也因爲其外貌而加之於其身。

6. 㣇：修豪獸，一曰河內名豕也。从彑，下象毛足。

段玉裁注曰:「豪彑鬣如筆管，因此凡髦鬣皆曰豪。」豪豬身上有棘刺般的長毛，因此動物身上有長毛的皆稱爲「豪」。又曰:「彑象頭銳，刀象其髦，巾象足。」是從頭到腳全體象形的文字。

7. 豚（㹠）：小豕也，从古文豕，从又持肉以給祠祀也。篆文从肉豕。

篆文作「豚」，豚就是小豬。《小爾雅・廣獸》:「彘，豬也。其子曰豚。」在許慎的解釋中，提供了小豬作爲祭祀犧牲的訊息。

（1）豚與祭祀文化中

《禮記・內則》:「凡祭宗廟之禮，……豕曰剛鬣，豚曰腯肥。」依據《禮記》的記載，小豬當時是爲祭祀宗廟的祭禮之一，小豬的概念就是肥美，〔註37〕在古人的眼裡，這便是牠最大的特徵。今日仍以「烤乳豬」爲一大美食。

（2）豚與飲食文化

《孟子・梁惠王上》:「雞豚狗彘之畜，無失其時，七十者可以食肉矣。」如果在適當的時候飼養這些動物，老人家便有肉可吃，那麼這些家畜就可以說是食物中肉類的來源。古時候如此，到了後代，並沒有很大的改變。陸游〈遊西山村詩〉:「莫笑農家臘酒渾，豐年留客足雞豚。」豐收富足的樂歲，鄉里村人用以款待賓客的好菜，就有小豬。

8. 𤉡：如野牛，青色，其皮堅厚可制鎧。象形。𤉡頭與禽离頭同。兕古文从儿。

〔註37〕《說文・肉部》:「腯，牛羊曰肥，豕曰腯。」

《爾雅・釋獸》有：「兕似牛。」又《國語・晉語》：「昔吾先君唐叔，射兕於杜林，殪，以為大甲。」韋昭注：「兕似牛而青，善觸人。」兕即犀牛之屬，有堅硬的厚皮，可以製作防身的鎧甲護具。

9. 象：南越大獸，長鼻牙，三年一乳。象耳牙四足尾之形。

篆文作「𧰼」，《山海經・南山經》：「禱過之山，其上多金玉，其下多犀、兕，多象。」郭璞注：「象，獸之最大者。」段玉裁注曰：「獸之最大者，而出南越。」

（1）象與器用文化

《爾雅・釋地》：「南方之美者，有梁山之犀象焉。」郭璞注：「犀牛，皮、角；象，牙，骨。」邢昺疏：「犀、象二獸，皮、角、牙、骨，材之美者也。」

大象嘴邊有兩隻長長的白色象牙，由於它堅硬而美觀、耐用，所以很早便有利用象牙材質所做成的器物，自古被當作雕刻工藝的貴重材料。根據《儀禮》的記載，有象觶、象觚等盛酒的器具。《禮記・玉藻》還有：「笏，天子以球玉，諸侯以象，大夫以魚須文竹。」《戰國策・楚策》有：「黃金珠璣犀象出於楚，寡人無求於晉國。」象牙被視為珍寶財貨。《史記・宋微子世家》：「紂始為象箸，箕子歎曰：『彼為象箸，必為玉桮。』」至後代；《新唐書・車服志》：「象笏，上圓下方，六品以竹木，上挫下方。」還有象牙製的手板。其實今日仍有許多製作精美的藝術品、象牙飾品、象牙圖章、象牙筷子等等。

（2）太平有象之文化概念

太平有象意味著太平景象；在中國文化觀念中，象被視為太平盛世的象徵，因為只有在太平盛世才會有大象出現。在廟宇雕刻、裝飾藝術品、或傢俱上皆作為吉祥圖案的造型。在寺廟建築之繪畫、斗拱裝飾、牆堵雕刻花紋上均可見大象的形象。北京明朝墓陵十三陵前，大碑樓至龍鳳門的神路兩旁立有石獸，當中也包大象。〔註38〕

10. 馬：怒也，武也，象馬頭髦尾四足之形。

篆文作「𩡧」，依據《周禮・夏官・馬質》的記載，當時為了借重馬的能力，對於馬的分類、管理、照顧已經制度化，有「馬官」分掌馬的放牧、飼養、訓練、乘御、保健等等任務。〔註39〕傳說春秋戰國時期的相馬家孫陽伯樂

〔註38〕石獸二十四座為獅、獬、豸、駱駝、象、麒麟、馬各四，均二臥二立。

〔註39〕「馬量三物，一曰戎馬，二曰田馬，三曰駑馬。皆有物賈，綱惡馬。凡受馬於有

著有《相馬經》，亦有一說爲原作者已不可考。一直到西元 1973 年大陸湖南省長沙馬王堆漢墓考古挖掘，其中出土文物有《相馬經》帛書，終於證實了這個傳說，也顯現中國人用馬的專業。

《漢書・食貨志》:「造銀錫白金。以爲天用莫如龍，地用莫如馬，人用莫如龜，故白金三品。」以龍、馬、龜三物作爲錢幣鑄造的圖像，因其各爲天上、地下與人世能力最高的代表動物。錢幣爲人所用，流通廣泛而普遍，自然是希望有高度的實用性。然而，由此鑄幣圖像的考量，亦提供我們對於馬匹在陸地上爲人所使用之重要性的了解。

（1）馬與交通文化

關於利用馬匹的實際情況，首先是有關交通的部分。《管子・形勢解》:「馬者，所乘以行野也。」又《淮南子・氾論訓》:「駕馬服牛，民以致遠而不勞。」這兩則記載直接而清楚地說明馬匹在陸上交通方面的功用，可供騎乘以行遠，尤其是在長距離的運輸、往來。《論語・雍也》:「赤之適齊也，乘肥馬，衣輕裘。」有肥壯的駿馬可供騎乘，輕暖的皮衣可供穿著，這是形容物質生活的優越富裕；馬匹是財產的一部分，而且是高價値的重要資產。利用馬匹足以負擔長途路程並且行動快速的特性，可以擴大人類的行動範圍，對於文明的進步以及社群的發展與開拓有著重要的推動力量。

A. 馬與郵驛

《史記・鄭當時傳》:「每五日洗沐，常置驛馬長安諸郊。」驛馬就是在驛站間傳遞文書的馬匹。這也可算是交通功能的一部分，傳遞文書，加快溝通迅息的速度。《漢書・王溫舒傳》:「（王溫舒）令郡具私馬五十疋，爲驛自河內至長安。」王溫舒爲河內太守，召民間私馬五十匹爲驛馬，往來於河內與長安之間。

B. 馬路之文化概念

《左傳・昭公二十年》:「遇公於馬路之衢，遂從。」平坦寬闊可供車馬行

司者，書其齒毛，與其賈。……校人掌王馬之政，辨六馬之屬，種馬一物，戎馬一物，齊馬一物，道馬一物，田馬一物，駑馬一物。……巫馬掌養疾馬而乘治之，相醫而藥攻馬疾。……馬八尺以上爲龍，七尺以上爲騋，六尺以上爲馬。」據此記載，則周期時的馬有繁殖用的「種馬」、提供軍用的「戎馬」、儀仗隊伍及祭典時用的「齊馬」、傳驛用的「道馬」、狩獵用的「田馬」以及充作雜役用的「駑馬」六類。

足的道路稱爲馬路，然而後世一般人車行走的通道也稱之爲馬路。

C. 千里馬之文化概念

能夠日行千里的駿馬稱爲千里馬，爲不可多得的良駒，引申人才、賢士，有能力的人也以千里馬比喻，代表本領強，有才華有作爲。

馬奔馳快速，飛跑迅捷，因此謂立即曰馬上，乃取其快捷之義。

迎合奉承、諂媚阿諛別人的行爲叫做拍馬屁。原本是稱讚自己的馬匹好，或是讚美別人的好馬，之後引申爲稱頌他人而不分好壞，討好逢仰，專指巴結而言。

（2）馬與軍事

A. 戰馬文代概念

《左傳・成公十六年》:「蒐乘補卒，秣馬利兵。」又《左傳・昭公三年》有:「戎馬不駕，卿無軍行。」馬匹經過訓練，也用於戰爭，士兵戰馬合稱爲兵馬，也成爲軍隊、武力的代稱。西元 1974 年，位於陝西臨潼的秦始皇陵東側所掘出的人馬陶俑，爲戰馬的重要性提供了具體的實例。《韓非子・五蠹》:「棄私家之事，而必汗馬之勞，家困而上弗論，則窮矣。」指的就是作戰時，戰馬奔馳而大量出汗。其後引申比喻戰功或工作的成績與辛苦。漢武帝有〈蒲梢天馬歌〉:「天馬徠兮西析，經歷裡兮歸有德。承靈威兮障外國，涉流沙兮四夷服。」也是讚頌剽悍戰馬，馳騁西域保衛國家。

B. 馬革裹屍

《後漢書・馬援傳》援自請征擊匈奴曰:「男兒要當死於邊野，以馬革裹屍還葬耳，何能臥床上在兒女子手中邪？」所謂馬革裹屍，便源出於此。馬援精於相馬，還著有《銅馬相法》教人如何分辨良馬。後以此言英勇作戰，效命沙場。《三國演義・第五十一回》:「瑜聽罷，於床上奮然躍起，曰:『大丈夫既食君祿，當死於戰場，以馬革裹尸。』」

（3）馬與農耕文化

《鹽鐵論・未通》:「農夫以馬耕載。」又〈散不足〉篇:「古者馬行則服扼（軛），止則就犁。」此爲「馬耕」，在交通功能之外，馬匹也被農人用於耕種。

（4）馬戲之文化概念

《鹽鐵論・散不足》:「戲弄蒲人雜婦，百獸馬戲鬥虎。」古時候各種雜技表演稱爲百戲，馬戲是其中一種。《三國志・魏書・文昭甄皇后傳》魏書注曰：「年八歲，外有立騎馬戲者，家人諸姊皆上閣觀之，后獨不行。」這裡描述的馬戲表演是站在馬背上騎馬；《文選・張衡・西京賦》有「百馬同轡，騁足並馳。」的表演，則是大批馬群一同行進。原本專指馴馬和馬術的表演，現在則已經成爲各種馴獸或雜技表演的通稱。有馬術以及各種動物的技巧動作表演，還有穿插丑角演出的。

（5）馬與飲食文化

《漢書・禮樂志》：「給大官挏馬酒。」顏師古注：「馬酪味如酒，而飲之亦可醉，故呼馬酒也。」《說文解字・手部》有：「挏，推引也。漢有挏馬官，作馬酒。」製作馬酒還分派有專人司職，可見這是頗爲重要的工作。後代也有相關記載；《宋史・高昌國傳》：「馬乳釀酒飲之亦醇。」可見已知飲用馬酒的地區，不僅限於中國。

（6）塞翁失馬

《淮南子・人間訓》有一則故事，講一塞上老翁失馬復得的經過，〔註 40〕於是有「塞翁失馬，焉知非福。」之語，意指禍福相繼，非一時可定論。

（7）馬齒徒長

據《穀梁傳・僖公二年》：「荀息牽馬操璧而前曰：璧則猶是也，而馬齒加長矣。」又《史記・晉世家》：「荀息牽曩所遺虞屈產之乘馬奉之獻公，獻公笑曰：『馬則吾馬，齒亦老矣！』」因爲馬的牙齒隨著年齡而增長，而且容易觀察，〔註 41〕所以說看馬的牙齒即可知馬的年紀，引申爲表示年歲的增長。

（8）一言既出，駟馬難追

考古發掘在秦始皇陵西側的兵馬坑裡發現有兩乘銅馬車，這種由四匹馬同時牽引的馬車，就是所謂的「駟馬安車」。意指話一出口，便難以挽回的「一言

〔註 40〕「近塞上之人有善術者，馬無故亡而入胡，人皆弔之。其父曰：「此何遽不爲福乎！」居數月，其馬將胡駿馬而歸，人皆賀之。其父曰：「此何遽不能爲禍乎！」家富良馬，其子好騎，墮而折其髀，人皆弔之。其父曰：「此何遽不爲福乎！」居一年，胡人大入塞，丁壯者引弦而戰，近塞之人，死者十九，此獨以跛之故，父子相保。」

〔註 41〕馬的牙齒從出生十天之後開始生長，五至六歲時換恆齒。一直到十歲左右的期間，牙齒會不斷生長。馬的牙齒又屬於高冠齒，在牙齦以上的部分大於牙根，一張開嘴便可以清楚看見整齊排列的門齒與犬齒。

既出，駟馬難追。」成語，其中所言之「駟馬」確有其物，實品樣貌也已經重現在世人眼前。

11. 廌：解廌獸也。佀牛一角。古者決訟，令觸不直者。象形，从豸省。

篆文作「廌」，此爲古代傳說中的動物，形體像牛，有一角，能分辨是非曲直，以角觸理虧者以決斷。《龍龕手鑑》稱其爲仁獸。

12. 鹿：鹿獸也。象頭、角、四足之形。鳥鹿足相比从比。

篆文作「鹿」，此爲頭上有角的鹿，字體象形，包括頭上的犄角。《詩・大雅・靈台》:「王在靈囿，麀鹿攸伏。」性情溫馴的鹿，容易捕捉，早已馴養在帝王林苑中。

（1）鹿與飲食文化

《禮記・內則》有:「麋鹿魚爲菹。」〈少儀〉篇還有:「麋鹿爲菹。」這是指各種肉類做成的肉醬，其中包含了鹿肉。

（2）鹿與器用文化

鹿皮可製衣《禮記・檀弓上》有:「角瑱、鹿裘。」《戰國策・楚策》:「昔令尹子文，緇布之衣以朝，鹿裘以處，未明而立於朝，日晦而歸。」而《史記・太史公自序》有:「上古之人，夏日葛衣，冬日鹿裘。」可見中國老祖先穿鹿皮衣的歷史很早。

（3）鹿與吉祥文化

在傳統藝術年畫、版畫、雕塑或是廟宇裝飾等藝術品的創作題材當中，有匯集蝙蝠、梅花鹿、壽星三者同時出現的，這是以諧音代表福、祿、壽。表現了傳統文化中對於福氣、功名利祿以及長百百歲的追求與期盼。

（4）逐鹿中原之文化概念

《史記・淮陰侯傳》:「秦失其鹿，天下共逐之。於是高材疾足者先得焉。」逐鹿意指爭奪政權，鹿是爲古代狩獵的對象，用以比喻帝王之尊位。溫庭筠有〈過五丈原詩〉:「下國臥龍空主，中原逐鹿不因人。」講的也是政治上的爭鬥，追逐獵取統治權。《晉書・石勒載記》石勒曰:「朕若逢高皇，當北面而事之，與韓彭競鞭而爭先耳。脫遇光武，當並驅于中原，未知鹿死誰手。」形容勝負未分，不知最後結果，則可延伸「逐鹿」的比喻；未知該鹿死於誰手中。

13. 㲋：㲋獸也。佀兔青色而大。象形，頭與兔同，足與鹿同。

段玉裁注引郭璞注《山海經・中山經》曰：「㚟似兔而鹿腳，青色。」㲋乃㚟之俗體。㲋應爲兔類的一種。

14. 兔：兔獸也。象兔踞，後其尾形。兔頭與㲋頭同。

篆文作「兔」，「兔」字象形，象兔子蹲踞的樣子，後有尾巴。

（1）兔與飲食文化

先秦時代已經有了關於兔子料理的記載；《周禮・天官・醢人》：「兔醢。」《禮記・內則》也有「兔羹、兔醢。」等等，《釋名・釋飲食》則有：「雞纖，細擗其腊令纖，然後漬以酢也。兔纖亦如之。」所謂的兔纖，大約是兔肉鬆。做成肉鬆之後還可以再加工醃漬。

《詩・周南・兔罝》有：「肅肅兔罝，施于中林。」《爾雅・釋器》有：「兔罟，謂之罝。」這是指捕捉兔子的網羅，從使用工具有其專名，也間接說明了當時對兔子的需求以及獵捕兔子的普遍程度。

（2）兔與月亮傳說文化

《藝文類聚・天部》：「傅咸擬天問曰：『月中何有？白兔擣藥，興福降祉。』」在月亮的傳說中，有白兔居住其上，搗藥不輟。從詩人的作品中便可以發現；白居易〈勸酒詩〉：「天地迢遙自長久，白兔赤烏相趁走。」李白〈把酒問月〉詩：「白兔擣藥秋復春，嫦娥孤棲與誰鄰？」

（3）守株待兔

《韓非子・五蠹》有個小故事：「宋人有耕田者，田中有株，兔走，觸株析頸而死，因釋其耒而守株，冀復得兔，兔不可復得，而身爲宋國笑。」守株待兔的成語便是由此而來，諷刺不勞而獲的妄想，最後終至自食惡果，爲人笑柄。

（4）狡兔三窟

《戰國策・齊策》：「狡兔有三窟，僅得免其死耳。」狡兔三窟是比喻有多處藏身的地方或多種避禍的準備。

（5）動如脫兔

兔子行動敏捷，也予人機伶的印象。用以比喻行動的迅速。《孫子・九地》：「是故始如處女，敵人開戶；後如脫兔，敵不及拒。」

（6）狡兔死，走狗烹

《史記・越王句踐世家》：「狡兔死，走狗烹。」又《史記・淮陰侯傳》：「狡兔死，良狗烹；高鳥盡，良弓藏；敵國破，謀臣亡。」文意是指兔子死盡之後，用來追捕兔的獵狗失去了作用，因此而烹食之。比喻事成之後，原本有功勞的人即遭到殺害或背棄。

15. 莧：山羊細角者，从兔足从苜聲。

莧是有細角的山羊，尙有羱、羦異體。

16. 犬：狗之有縣蹏者也。象形。孔子曰視犬之字如畫狗也。

篆文作「犬」，許愼依孔子之言，則概括性的說，犬即是狗。

（1）犬與祭祀文化

《周禮・秋官・犬人》：「掌犬牲，凡祭祀共犬牲，用牷物。」而〈秋官・大司寇〉還有：「大祭祀，奉犬牲。」原來在老祖先的祭祀牲禮中，犬之也有一席之地呢！

（2）犬——臭與田獵之文化概念

狗的嗅覺靈敏，古人早就注意到了；《說文・犬部》：「臭，禽走臭而知其迹者犬也，从犬自。」「自」的本意爲鼻子，結合了犬與鼻子，就造出了嗅聞、味道的「臭」字。老祖先已經知道運用犬隻嗅覺的特性幫助畋獵；元稹有〈捕捉歌〉：「網羅布參差，鷹犬走回互。」描寫打獵時有老鷹和獵犬協助追逐野獸。因爲犬、馬等動物經由人類馴養，爲人類効勞，引申有謙稱卑微之意；《後漢書・華歆傳》：「犬馬之命將盡。」

（3）犬子之文化概念

今日稱自己的兒子呼爲犬子，乃是謙虛的說法；《幼學瓊林・卷四・鳥獸類》：「父謙子拙，謂豚犬之兒。」實例則如《紅樓夢第十五回》賈政道：「犬子豈敢謬承金獎！」

17. 鼠：穴蟲之總名也。象形。

篆文作「鼠」，鼠類動物多居於洞穴中，故許愼稱「穴蟲」。其字乃全體象形，有首有足，尾俱全。

鼠輩之文化概念

老鼠對於物質危害甚鉅，有很強的破壞力。《詩・召南・行露》：「誰謂鼠無牙，何以穿我墉。」牙齒咬嚙會穿鑿房舍，使物品毀壞，糧食減損。《漢書・五行志中之上》：「鼠，盜竊小蟲，夜出晝匿。小蟲，性盜竊，鼷又其小者也。」

《廣韻・鼠》:「小獸名，善爲盜。」因此陰險猥瑣的宵小之類也稱爲「鼠輩」，帶有鄙視意味的卑賤說法。

18. 能：熊屬，足佀鹿，从肉，㠯聲。能獸堅中，故稱賢能，而彊壯稱能傑也。

篆文作「[篆]」,「能」的本意是一種野獸，屬於熊的一種。《左傳・昭公七年》有:「今夢黃能入於寢門。」因爲體格強壯，因此把有本領有力量的稱爲能，本意遂廢而不用。

能力之文化概念

《說文・鳥部》有:「鸚，鸚䳇，能言鳥也。」《漢書・武帝紀》:「南越獻馴象、能言鳥。」此「能」指有技能，可以做得到。也有更進一步指善於此道的;《禮記・中庸》:「君子依乎中庸，遯世不見知而不悔，呈聖者能之。」《禮記・禮運》:「大道之行也，天下爲公，選賢與能，講信脩睦。」

加以引申爲廣泛的多才藝、才能，《周禮・地官・鄉大夫》:「攷其德行道藝，而興賢者、能者。」《論語・泰伯》:「以能問於不能，以多問於寡。」《荀子・王霸》:「其官職事業，足以容天下之能士矣。」

19. 熊：熊獸，佀豕山尻，冬蟄。从能炎省聲。

篆文作「[篆]」，在許愼的概念中，熊爲山居的野獸，會冬眠。《史記・司馬相如列傳》:「搏豺狼，手熊羆。」其他關於熊的記載有:《漢書・五行志中之上》:「熊，山野之獸。」《廣韻・熊》:「獸名。似豕。魏略曰:『大秦之國出玄熊。』」

（1）熊與飲食文化

《孟子・告子上》:「魚我所欲也，熊掌亦我所欲也，二者不可得兼，捨魚而取熊掌者。」這是成語「魚與熊掌不可兼得」的由來，其味肥美，乃飲食之珍貴者。《周禮・天官・塚宰》有「珍用八物」、「八珍之齊」，指得是八種珍貴食材所組成的宮廷饗宴，其中便有熊掌一味。

（2）熊與威猛之文化概念

《書・康王之誥》有:「則亦有熊羆之士，不二心之臣。」《左傳・宣公四年》:「是子也，熊虎之狀，而豺狼之聲。弗殺必滅若敖氏矣。」熊的體型巨大，勇猛有力，此乃以動物的特性比喻人的勇武，特別是比喻勇敢善戰的將士。《三國志・吳書・周瑜傳》周瑜曰:「劉備梟雄之姿，而有關張熊虎之將。」《三國志・魏書・杜畿傳》:「方今二賊未滅，戎車亟駕，此自熊虎之士展力之秋也。」

然而強壯與力量若非用於正道便有凶惡殘暴的意味；《漢書・賈山傳》：「秦以熊羆之力，虎狼之心，蠶食諸侯。」

（3）熊與夢兆文化

《詩・小雅・斯干》：「吉夢維何？維熊維羆，維虺維蛇。大人占之，維熊維羆，男子之祥。維虺維蛇，女子之祥。」這是老祖先對於夢徵的詮釋，夢熊乃是吉兆，代表生男孩。

（4）火光熊熊之文化概念

《史記・天官書》：「熊熊赤色有光。」這是光氣炎盛相輝耀之貌。《山海經・西山經》：「南望昆侖，其光熊熊，其氣魂魂。」郝懿行疏：「按熊熊猶雄雄也。魂魂猶芸芸也，皆聲之同類。」現在仍是以熊熊火光來形容火焰旺盛跳動的樣子。

20. 嘼：獸牲也。象耳頭足禸地之形。古文嘼下从禸。

家畜，《集韻》：「嘼或作畜，亦從犬。畜，養也。古作嘼。」段注以爲與「獸」通。

（三）爬蟲類

1. 易：蜥易，蝘蜓，守宮也。《祕書》說曰日月為易，象陰陽也。一曰从勿。

篆文作「𢒅」，《說文・虫部》：「蜥，易也。」又「蝘，在壁曰蝘蜓，在艸曰蜥易。」《爾雅・釋魚》曰：「蠑螈，蜥蜴。蜥蜴，蝘蜓。蝘蜓，守宮也。」

段玉裁注引《方言》曰：「守宮，秦、晉、西夏謂之守宮，或謂之蠦蝘，或謂之蜥蜴，其在澤中者謂之易蜴；南楚謂之蛇醫，或謂之蠑螈……，許舉其三者，略也。易，本蜥易。」

（1）易——改變

改變《儀禮・士冠禮》：「乃易服，服玄冠玄端爵韠。」《玉篇・日部》：「易，轉也，變也。」《廣韻・昔韻》：「易，變易也，改也。」

（2）易——《周易》

《周易》的簡稱。《論語・述而》：「五十以學《易》。」朱熹《周易本義序》：「《易》，書名也。其卦本伏羲所畫，有交易、變易之義，故謂之《易》。」

2. 龍：鱗蟲之長，能幽能明，能細能巨，能短能長。春分而登天，秋

分而潛淵。从肉，𢀚肉飛之形，童省聲。

篆文作「𪚦」，龍是一種能夠變化形體大小，具有上天下地入水能力的動物，《大戴禮・曾子天圓》曰：「鱗蟲之精者曰龍。」它擁有靈性與神力，是中國自遠古時代就崇拜的神獸。身上有角、有鬚、有鱗、有爪，伴隨著虹、雲、雨，可說是古人對於自然界中的諸多動物和天象多元結合，是神秘而強大的自然力的代表與形象化。〔註42〕

（1）龍崇拜之文化概念

《管子・水地》：「龍於水被五色，故神欲小則化爲蠶蠋，欲大則藏於天下，欲上則凌於雲氣，欲下則入於深泉，變化無日，上下無時，謂之神龜與龍，伏闇能存而能亡者也。」又《論衡・龍虛》：「龍之所以爲神者，以能屈伸其體，存亡其形。」龍具有神靈，能變化形體，神通廣大且難以捉摸。老祖先對於其擁有的神秘力量產生了崇拜的心理，用以解釋自然現象的發生，也擴及精神層面，視爲理想的實現與表徵；《淮南子・覽冥訓》：「昔者，黃帝治天下……虎狼不妄噬，鷙鳥不妄搏，鳳皇翔於庭，麒麟游於郊，青龍進駕，飛黃伏皁。」這些動物表現的行爲以及祥瑞表徵的出現，被當作吉祥的徵兆，是帝王對待百姓有德的對照與印證。

（2）真龍天子之文化概念

《史記・項羽本紀》范增言劉邦：「吾令人望其氣，皆爲龍虎，成五采，此天子氣也。急擊勿失。」又《論衡・妃妖》：「祖龍死，謂始皇也。祖，人之本；龍，人君之象也。」龍虎之氣爲古代君主或皇帝的象徵，是天子的記號。這個觀念一直延續到後代都沒有改變；《廣雅・釋詁一》：「龍，君也。」

天子爲龍的概念延伸，便是帝用器物上的龍紋；《詩・周頌・載見》：「載見辟王，曰求厥章。龍旂陽陽，和鈴央央。」《詩・魯頌・閟宮》：「周公之孫，莊公之子。龍旂承祀，六轡耳耳。」《詩・商頌・玄鳥》：「武丁孫子，武王靡不勝。龍旂十乘，大饎是承。」這些都是描寫車行環轡、禮儀杖飾隊伍，龍圖勝的旗

〔註42〕在中國古老的文化當中，「龍」不僅僅是具有神靈的概念，而是擁有具體的形象：遼寧阜新查海遺址出土龍形堆塑，由大小將近的紅褐色石塊組成，全長近二十公尺，寬度將近兩公尺。昂首張嘴，軀體彎曲，尾部較不明顯。屬於前紅山文化，距今已8000年。1987年北京濮陽出土由蚌殼排列的龍形紋與虎形紋，伴隨一個身高達一百八四公分的男性墓主，右龍左虎，距今約6500年。

幟飄揚景象。

帝王身軀稱爲龍體，後嗣爲龍種，身上穿的是龍袍，足下踏龍靴，坐龍椅。以龍的圖像裝飾有關帝王的一切，藉由對於龍的崇拜與尊敬，人們心裡產生敬畏，建立人民心中的威權地位。

龍紋是權威地位的象徵，用於祭祀、典章制度有區別地位階級的意義；《禮記・禮器》：「禮有以文爲貴者。天子龍袞，諸侯黼，大夫黻，士玄衣纁裳。」《後漢書・明帝紀》：「戊寅，東海王彊薨，遣司空馮魴持節視喪事，賜升龍旄頭、鑾輅、龍旂。」李賢注：「交龍爲旂，唯天子用之。」除了是帝王獨有的尊貴象徵，也拉大了階級之間的差距，使君王的地位更爲提升，至高無上。

（3）龍與雨神文化中

當閃電陣陣，雷聲隆隆；蒼穹中耀眼的光芒和震耳的聲響帶來狂風暴雨以及可怕的雷擊。這種不可預測而且具有強大威力的自然現象，帶給先民神異的經驗，恐懼而敬畏。認爲不可知的自然界有其主宰，掌握這一切。關於雲雨雷電的主宰，就是龍。

《易・乾卦》：「雲從龍，風從虎，聖人作而萬物覩。」龍是水畜，雲是水氣，故龍吟則景雲出，雲氣集結而成水氣，龍的出現伴隨著雲，並且被認爲是居住於水域的。《管子・形勢》：「蛟龍得水，而神可立也。」《文選・張衡・歸田賦》也有：「爾迺龍吟方澤，虎嘯山丘。」

《淮南子・地形訓》：「雷澤有神，龍身人頭，鼓其腹而熙。」以黃龍、青龍、赤龍、白龍、玄龍反覆說明龍和雲、雷、電的關係。〔註 43〕《山海經・海內東經》也有同樣的記載：「雷澤中有雷神，龍身而人頭，鼓其腹。」與雲雨雷電密切結合的龍既爲其主宰，也是老祖先祈求施雲佈雨的對象。

古籍中可以發現相關的記載；《呂氏春秋・召類》：「以龍致雨，以形逐影。」

〔註 43〕《淮南子・地形訓》：「黃龍入藏生黃泉，黃泉之埃上爲黃雲，陰陽相薄爲雷，激揚爲電，上者就下，流水就通，而合于黃海。……青龍入藏生青泉，青泉之埃上爲青雲，陰陽相薄爲雷，激揚爲電，上者就下，流水就通，而合于青海。……赤龍入藏生赤泉，赤泉之埃上爲赤雲，陰陽相薄爲雷，激揚爲電，上者就下，流水就通，而合于赤海。……白龍入藏生白泉，白泉之埃上爲白雲，陰陽相薄爲雷，激揚爲電，上者就下，流水就通，而合于白海。……玄龍入藏生玄泉，玄泉埃上爲玄雲，陰陽相薄爲雷，激揚爲電，上者就下，流水就通，而合于玄海。」

《淮南子・墬形訓》:「土龍致雨。」又〈說山訓〉說明:「聖人用物,若用朱絲約芻狗,若爲土龍以求雨。」藉土龍可以求雨,但是龍如何致雨呢?

《論衡・龍虛》:「龍與雲相招,虎與風相致,故董仲舒雩祭之法,設土龍以爲感也。……夫盛夏太陽用事,雲雨干之。太陽,火也;雲雨,水也,〔水〕〔註 44〕火激薄則鳴而爲雷。龍聞雷聲則起,起而雲至;雲至而龍乘之。雲雨感龍,龍亦起雲而升天。……世儒讀易文,見傳言,皆知龍者雲之類。……蛟龍見而雲雨至,至則雷電擊。龍起雲雨,因乘而行;雲散雨止,降復入淵。」由於龍與雲同氣,雷電及雲雨、龍之間相互感動,以類相從,故相互並生。白居易〈蝦蟆〉:「應龍能致雨,潤我百穀芽。」中國自古以農立國,風調雨順對於生產與生活有重要的意義,相信龍具有呼風喚雨的能力,向龍祈雨,希望能夠得到的庇護而有安樂的豐年。四川瀘縣、榮昌、隆昌交界的龍洞山上的雨壇鄉,自古就有設壇舞龍以求風調雨順的習俗,該鄉亦因此得名。

神話傳說中海底的主宰者是海龍王;東、南、西、北四大海中,各有其一。海龍王鎮守海域,居於水晶宮內,行雲佈雨,掌理水底的一切,包括漁獲以及航海旅程平安,還有蝦兵蟹將供其差遣。

（4）屠龍之技

《易》經爲儒家重要經典,漢代「五經」,唐代「九經」以及北宋以來的「十三經」皆以之爲首。乾卦爲《易》經六十四卦之第一卦,全部以龍說,亦稱龍卦。

《莊子・列禦寇》:「朱泙漫學屠龍於支離益,單千金之家,三年技成,而無所用其巧。」花了三年時間與家產學成屠龍的功夫,但是現實之中並無龍可屠,因此「屠龍之技」用以比喻不實用的絕技。

（5）攀龍附鳳

《漢書・敘傳下》:「舞陽鼓刀,滕公廄騶,潁陰商販,曲周庸夫,攀龍附鳳,並乘天衢。」依附龍、鳳這些尊貴吉祥的動物,指得是依託英名的君主以建立功業,引申爲結交權貴以求晉升。

（6）鯉魚躍龍門

《後漢書・黨錮傳・李膺傳》:「士有被其容接者,名爲登龍門。」龍門意

〔註 44〕依劉盼遂即解補

指顯達、具聲望的地位，這正是士人所追求的。另一傳說，是鯉魚若能躍過「龍門」，則可化身爲龍，騰飛升天。否則頭額觸破敗退而回。《三秦記》:「江海魚集龍門下，登者化龍，不登者點額暴腮。」這個關卡如同讀書人應試，一旦通過了，「十年寒窗無人問，一舉成名天下知。」李白〈與韓荊州書〉:「一登龍門，則聲價十倍。」白居易〈醉別程秀才詩〉:「五度龍門點額迴，卻緣多藝復多才。」

（7）蛟龍得水

《三國志・吳書・周瑜傳》:「聚此三人，俱在疆埸，恐蛟龍得雲雨，非終池中物也。」傳說蛟龍得水後，便能興雲作雨飛騰升天。因此以「蛟龍得水」比喻有才幹的人得到施展本領、抱負的機會。

（8）龍爭虎鬥

《文選・班固・答賓戲》:「於是七雄虓闞，分裂諸夏，龍戰虎爭。」龍、虎比喻強大的國家或出類拔萃、勇政傑出之人，「龍戰虎爭」比喻各強爭鬥。

（9）龍脈

堪輿家稱山脈的起伏爲「龍」，其主峰稱爲「來龍」；山谷中溪流稱爲「脈」，而其主流則稱爲「去脈」。這原本是術數用語，「來龍去脈」又指從頭到尾像脈絡一樣連貫之地勢。後比喻事情首尾始末條理清楚。

（10）龍鳳之文化概念

經常與龍結合或相伴出現的另一個吉祥動物就是「鳳」，除了「龍鳳呈祥」的祝賀語，也經常把成雙成對的事物冠上「龍鳳」；比如帝王后紀所乘車駕稱龍鳳輦、一男一女的雙胞胎稱爲龍鳳胎、喜餅又稱龍鳳餅、結婚證書又稱龍鳳帖。

龍是陽剛、威儀與祥瑞的代表；具有是天地間至大至剛之正氣。龍飛鳳舞、生龍活虎就是形容靈活生動，活潑有朝氣。

（11）龍與吉祥之文化概念

除了作爲尊貴帝王的象徵，龍所具有的吉祥、富貴意義也是民間極爲喜愛歡迎的，在花果菜蔬的名稱有；烏龍茶、龍鬚菜、龍眼。江湖河海城鎮鄉里之命名有；黑龍江、龍潭鄉，取爲人名更不知凡幾。中國的龍文化是中華民族的創造，從語言反應出的現象觀察，更是能發現其擁有之強大生命力。龍已經深入中國文化的各個層面，從政治、社會、信仰到藝術、美學、工藝，源遠流長，歷久不衰；浸潤了思想語言、衣食住行、休閑娛樂。在生活方式與風俗習慣中看得到它，年節的喜慶遊藝和宗教活動也看得到它。「龍」以豐富的文化傳說爲源頭，伴隨久遠的歷史文物，深印在民族心理，扎根在傳統習俗之中，是帶有精神力量的民族象徵。

3. **虫：一名蝮，博三寸，首大如擘指。象其臥形，物之微細，或行，或飛，或毛，或蠃，或介，或鱗，目虫為象。**

篆文作「𧈧」，虫爲蛇類，大頭。又形容各種微小的動物。其從屬字多爲今日節肢動物之昆蟲或蛇類。

4. **䖵：蟲之總名也。從二虫。**

䖵即昆蟲之昆，段玉裁注曰：「凡經傳曰昆蟲即䖵蟲也。」昆爲群、眾之意。

5. **蟲：有足謂之蟲，無足謂之豸，从三虫。**

篆文作「𧖧」，段玉裁注曰：「蟲者，蠕動之總名。」又曰：「人三爲眾，虫三爲蟲，蟲猶眾也。」蟲乃總稱，《大戴禮・易本命》中析言之有六；有羽之蟲、有毛之蟲、有甲之蟲、有鱗之蟲、倮蟲。〔註 45〕《集韻》：「蟲，裸毛羽鱗介之總稱。」也就是動物之通名。

6. **它：虫也。从虫而長，象冠曲垂尾形。上古艸居患它，故相問無它乎。**

篆文作「𠖠」，段玉裁注：「它，其字或叚佗爲之，又俗作他，經典多作它，猶言彼也。」「它」之字形乃蜷曲之狀，它即蛇《玉篇・它部》：「它，蛇也。」《集韻・麻韻》：「它，虺屬。」古人居野外，畏懼蛇類攻擊，彼此探問，假借爲第三人稱代詞，蛇之本義遂廢。《荀子・不苟》：「君子養心，莫善於誠。致誠，則無它事矣。」

7. **巳：巳也。四月昜气巳出，陰气巳臧。萬物見，成彣彰。故目為它象形。**

篆文作「𢀗」，《論衡・物勢》：「巳，火也。其禽，虵也。」《白虎通・五行》：「巳者物必起。」字形如蛇，爲其本意，假借以紀月。

8. **龜：舊也，外骨內肉者也。从它，龜頭與它頭同。天地之性，廣肩無雄，龜鼈之類以它為雄。䨵象足甲尾之形。**

〔註 45〕「有羽之蟲三百六十，而鳳凰爲之長；有毛之蟲三百六十，而麒麟爲之長；有甲之蟲三百六十，而神龜爲之長；有鱗之蟲三百六十，而蛟龍爲之長；倮之蟲三百六十，而聖人爲之長。」

篆文作「龜」，段玉裁注引劉向言：「龜千歲而靈，蓍百年而神。以其長久故能辨吉兇。」長壽與龜甲便是烏龜最大的特徵了。

（1）龜與卜筮文化

《書・大禹謨》：「鬼神其依，龜筮協從，卜不習古。」占卜用龜甲，筮用蓍草皆占卦之意。《書・金縢》：「無墜天之降寶命，我先王亦永有依歸，今我即命于元龜。」《禮記・禮器》：「大饗其王事與……龜爲前列，先知也。」自遠古的商朝開始，卜筮乃非常重要的活動，有關朝政、軍事、收成、營建、生育、疾病等等事務之吉凶日期與決定，都要透過貞卜來決斷。《左傳・昭公三年》有：「龜兆告吉，曰克可知也。」視燒灼龜甲，拆裂之文，以知吉凶。《史記・龜策列傳》：「王者決定諸疑，參以卜筮，斷以蓍龜，不易之道也。」占卜之重要性，由古籍的記載中可知，而龜甲乃占卜所用天人溝通的媒介，其不可或缺也可以想見。

關於卜筮的規則；《詩・小雅・小旻》：「我龜既厭，不我告猶。」《禮記・曲禮上》：「卜筮不過三。」再三爲其煩，乃不告。龜甲雖靈，並不是有求必應的。

以龜甲爲上達天聽的管道，其異於他物，《管子・水地》言：「伏闇能存而能亡者，蓍龜與龍是也。龜生於水，發之於火，於是爲萬物先，爲禍福正。」《論衡・卜筮》：「故捨人議而就卜筮，違可否而信吉凶。其意謂天地審告報，蓍龜眞神靈也。」龜甲隨年齡成長，龜殼愈大也愈珍貴。

（2）龜崇拜文化

《禮記・禮運》：「麟鳳龜龍，謂之四靈。」又《大戴禮・曾子天圓》：「介蟲之精者曰龜。」其生性耐飢，壽命可長達百年之上，所以被視爲有靈之物。曹植〈神龜賦〉：「嗟神龜之奇物，體乾坤之自然，下夷方以則地，上規隆而法天，順陰陽以呼吸，藏景曜以重泉。」能順應天地之理，調和陰陽之道，正是龜之所以爲靈的因素。

（3）龜與長生文化

《淮南子・說林訓》：「必問吉凶於龜者，以其歷歲久矣。」《抱朴子・內篇・論仙》：「謂生必死，而龜鶴長存焉。」龜能長壽，這也是人所企求的人生願望，鮑照〈傷逝賦〉：「觀龜鶴之千祀，年能富而情少。」在賀壽的場合，乃藉「龜年鶴壽」、「龜鶴同春」之詞以祝頌。

（4）**龜與寶貨文化**

《漢書・食貨志上》：「貨謂布帛可衣，及金刀龜貝，所以分財布利通有無者也。」龜甲具有珍貴的價値，所以也屬於財寶貨物，可往來流通交換商品；《玉篇》：「龜，貨之寶也。」《廣雅・釋詁四》：「龜，貨也。」不僅是有價値的財貨，還是財貨之中的寶物。

9. **黽：鼃黽也。从它，象形。黽頭與它頭同。**

篆文作「」，《爾雅・釋魚》：有「鼁䱂、蟾諸，在水者黽。」也就是今日動物學中的兩棲類，俗稱青蛙。

10. **巴：蟲也。或曰食象它。象形。**

篆文作「」，巴爲大蛇，巴蛇吞象的傳說在古籍中可見；《楚辭・天問》：「有蛇吞象，厥大何如？」《山海經・海內南經》：「巴蛇食象，三歲而出其骨。君子服之，無心腹之疾。」《元和郡縣志》：「后羿屠巴蛇於洞庭，其骨若陵，因曰巴陵。」今湖南省岳陽縣有巴陵，下臨洞庭湖。

（四）魚貝類

1. **貝：海介蟲也。居陸名猋，在水名蜬。象形。古者貨貝而寶龜，周而有泉，至秦廢貝行錢。**

篆文作「」，貝類是有殼的海生動物，古時以貝殼、龜甲爲寶貨，作爲商業流通之用，如泉水，故稱爲泉。秦代開始，廢除貝幣制度而全面用錢幣。

（1）**貝與審美文化**

《周書・異域傳》：「稽胡一曰步落稽，蓋匈奴別種，……婦人則多貫蜃貝以爲耳及項飾。」上古時代，婦女便已經會串聯貝殼作爲耳環或頸上的項鍊。考古文物中也出現過有鑽孔的貝殼。貝殼的造型特殊而多變，十分美觀，即便到了現代，仍然有許多以貝殼製作的裝飾品。

《莊子・盜跖》：「身長八尺二寸，面目有光，脣如激丹，齒如齊貝。」貝殼地堅硬，但非堅不可摧，與牙齒類似，顏色又相近，因此以貝殼形容牙之美。《文選・宋玉・登徒子好色賦》也有：「齒如含貝」李善注曰：「貝，海螺，其色白。」

（2）**貝與貨幣文化**

《史記・平準書贊》：「農工商交易之路通，而龜貝金錢刀布之幣興焉。」

古代使用龜貝當成貨幣，運往輸來，流通貨物。後來有了人工鑄造的貨幣。《鹽鐵論・錯幣》:「夏后以玄貝，周人以紫石，後世或金錢刀布。」王莽廢西漢幣制，改為金銀龜貝錢布，統稱為「寶貨」。《漢書・食貨志》有貝制的記載，一其大小有價值高低的不同，共分為五類。〔註46〕《廣雅・釋詁》:「貝，貨也。」

2. 魚：**水蟲也。象形，魚尾與燕尾相佀。**

篆文作「𩵋」，水生動物，字形即象魚形，尾部分岔，與燕子類似。

3. 𩺰：**二魚也。字形即表字義，即雙魚。**

（1）魚與飲食文化

《詩・大雅・韓奕》:「其殽維何？炰鱉鮮魚。」又《儀禮・聘禮》:「牛羊豕魚腊腸胃同鼎。」對於居住在水畔、河邊的老祖先而言，已經曉得魚類為重要的食物來源，也是禮牲之一。有多種魚類的名稱出現在古籍當中；《詩・周頌・潛》:「猗與漆沮，潛有多魚。有鱣有鮪，鰷鱨鰋鯉。以享以祀，以介景福。」食用魚的種類已經有相當多樣。

食用魚肉的料理烹飪方法也有許多；《儀禮・公食大夫》有「魚膾」，此即生魚片。陸遊〈幽居詩〉猶見之:「魚膾槎頭美，醅傾粥面渾。」《本草綱目・魚膾》有詳細做法:「釋名，魚生。時珍曰，凡諸魚之鮮活者薄切，洗淨血鮏，妖以蒜虀薑醋五味食之。」可見此實為流傳千古的佳餚。燒烤也是飲食方法之一；《國語・楚語上》:「庶人有魚炙之薦。」《史記・刺客列傳》:「置匕首于魚炙之腹中進之。」

要吃魚之前當然必須先捕魚；先民發明了獵取工具以協助《詩・邶風・谷風》:「毋逝我梁。」傳曰:「梁，魚梁。堰水為關孔以捕魚之處。」《爾雅・釋器》:「罶，謂之九罭。九罭，魚罔也。」一直到後代柳宗元〈鈷鉧潭西小丘記〉依然可見:「當湍而浚者為魚梁。」

（2）年年有魚的文化概念

過年的年夜飯桌上，總有一條烹煮好的魚擺著，但是卻不能吃，要等過年後才可以動筷子。因為魚與「餘」諧音，有魚代表有賸餘、有餘裕。這是中國

〔註46〕「大貝四寸八分以上，二枚為一朋，直二百一十六。壯貝三寸六分以上，二枚為一朋，直五十。么貝二寸四分以上，二枚為一朋，直三十。小貝寸二分以上，二枚為一朋，直十。不盈寸二分，漏度不得為朋，率枚直錢三。是為貝貨五品。」

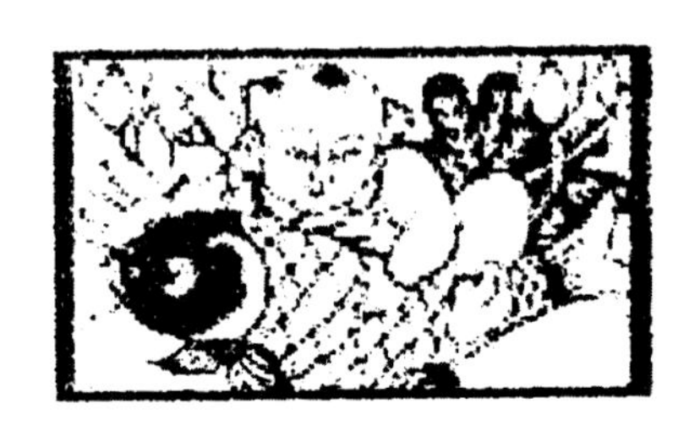

人對於生活的祈求與嚮往，尤其是過年的時候，在語言的因素配合下，藉由這樣的文化活動祈求來年豐足富饒。還有配上蓮花，代表「連年有餘」的吉祥意義。

（3）魚與經濟文化

《周禮・夏官・職方式》:「東北曰幽州，其利魚鹽。」魚與鹽均海濱之產物，以「魚鹽」指濱海地區可得之利。《舊唐書・王晙傳》:「望至秋冬之際，令朔方軍盛陳兵馬，告其禍福，啗以繒帛之利，示以麋鹿之饒，說其魚米之鄉，陳其畜牧之地。」魚、米皆具有高度經濟價値，盛產此二物的地帶，代表物產豐富，富庶丰饒之地。

（4）池魚之殃

《呂氏春秋・必己覽》:「宋桓司馬有寶珠，抵罪出亡。王使人問珠之所在，曰『投之池中』，於是竭池而求之，無得，魚死焉。」遭受無妄之災，用以比喻相當無辜。

（5）魚與水之文化概念

《管子・小問》載管仲曰:「然公使我求甯戚，甯戚應我曰疾浩乎，吾不識。」婢子曰:「詩有之，『浩浩者水，育育者魚，未有室家，而安召我居。』甯子其欲室乎。」以魚和水之契合，暗喻夫婦之情，故後世有「魚水之歡」比喻夫妻生活美滿。

《三國志・蜀書・諸葛亮傳》:「先主與諸葛亮情好日密，關羽、張飛不悅，先主解之曰『孤之有孔明，猶魚之有水也，願諸君勿復言。』」《晉書・山濤傳論》:「委以銓綜，則群情自抑，通乎魚水，則專用生疑。」李白〈讀諸葛武侯傳懷贈長安崔少府叔封昆季〉:「魚水三顧合，風雲四海生。」水之於魚，是不可或缺的，以「魚水」比喻得到和自己意氣相投的人或很適合的環境，也比喻君臣之相遇賞識任用。

（6）魚雁往返

《文選・古樂府・飲馬長城窟行》:「客從遠方來，遺我雙鯉魚；呼兒烹鯉魚，中有尺素書。」古詩中藉由魚身傳遞書信，而雁鳥固定往返南北方，故以「魚雁往返」指書信往來傳遞。

（7）魚貫而行

《三國志・魏書・鄧艾傳》:「將士皆攀木緣崖，魚貫而進。」唐李煜〈玉樓春・晚妝初了明肌雪詞〉:「晚妝初了明肌雪，春殿嬪娥魚貫列。」陳列如魚游之狀，首尾相接，一個接著一個依序排列，接續不斷，即是魚貫而行。

（五）其　他

卵：凡物無乳者卵生。象形。

篆文作「𩇨」，字形左右對稱而圓轉，段玉裁注曰:「卵未生則腹大，卵陰陽所合，天地之襍也，故象其分合之形。」

1. 卵與飲食文化

卵即是動物的未孵化之前的胚胎，可供食用，《周禮・夏官・司馬》:「掌畜掌養鳥，而阜蕃教擾之。祭祀，共卵鳥。」《禮記・內則》還有加工過的「卵醬」。

2. 危於累卵

《戰國策・秦策四》:「當是時，衛危於累卵，天下之士，相從謀。」由於卵相當脆弱需要保護，而堆積累疊的蛋，隨時有跌破的可能，故以「危於累卵」比喻情況非常危險。

3. 覆巢之下無完卵

《戰國策・趙策四》:「臣聞之，有覆巢毀卵而鳳皇不翔，刳胎焚，夭而騏驎不至。」又《史記・孔子世家》:「竭澤涸漁則蛟龍不合陰陽，覆巢毀卵，則鳳皇不翔。」孵化胚胎是動物繁衍後代的方式，「覆巢之下無完卵」即表示遭遇滅門之禍，無一倖免。

4. 以卵擊石

《荀子・議兵》:「以桀詐堯，譬之若以卵投石，以指撓沸。」以卵擊石，其結果必破碎。用以比喻自不量力或以弱攻強，其後果必然失敗。

二、身　軀

（一）羽：鳥長毛也。

篆文作「羽」，「羽」即鳥身上的羽毛。《爾雅・釋鳥》:「二足而羽謂之禽，四足而毛謂之獸。」依段玉裁注；「長毛」用以區別羽毛以及羽絨。另，古音五聲：宮、商、角、止、羽當中的「羽」，爲引申用法。《玉篇》:「羽，鳥毛羽也。」羽毛是鳥類的形體特徵，古人用以爲區別動物之分類；《周禮・考工記・梓人》:

「天下之大獸五：脂者，膏者，嬴者，羽者，鱗者。」

1. 羽與服飾文化

《禮記・王制》:「衣羽毛，穴居。」又《墨子・非樂》:「因其羽毛，以爲衣裘。」羽毛在鳥身上，提供遮蔽、保暖。取下之後用於人，同樣也具有遮蔽、保暖的功用。

2. 羽與旗飾

《孟子・梁惠王下》:「百姓聞王者車馬之音，見羽旄之美。」《文選・班固・東都賦》:「羽旄掃霓，旌旗拂天。」羽毛美觀，因此有裝飾作用，權貴的車行隊伍以之壯大聲勢，彰顯名聲與威望。

3. 羽與舞蹈

《書・大禹謨》有：「舞干羽于兩階。」《周禮・春官・樂師》:「凡舞，有帗舞，有羽舞……。」〈地官・舞師〉:「教羽舞。」老祖先在舞蹈時藉以爲道具，民俗舞蹈或少數民族的傳統舞蹈中仍然可見。今日祭孔大典之中舉行的八佾舞，佾生左手持籥，右手秉翟。翟是舞器，柄長 3 尺，龍首髹金彩，餘爲朱漆，龍口上面原爲一枝雉尾毛，後來爲了美觀，採用三枝雉尾毛。

4. 羽化登仙之文化概念

《論衡・道虛》:「能飛升之物，生有毛羽之兆。」羽毛是動物飛翔的象徵，大部分具有羽毛的動物也都擁有飛行的能力。杜甫〈大麥行〉:「安得如鳥有羽翅，託身白雲還故鄉。」古人嚮往那份自由自在的暢快，也希望自己能夠化身羽類。李白〈王右軍〉:「右軍本清眞，瀟灑在風塵。山陰遇羽客，要此好鵝賓。」除了鳥類之外，在一般概念中，仙人也有乘風翱翔，來去自如的能力，如果能登列仙班，那也可以恣意遨遊天際，因此兩者之間有了聯繫；蘇軾〈赤壁賦〉:「飄飄乎遺世獨立，羽化而登仙。」

（二）毛：眉髮之屬及獸毛也。

（三）毳：獸細毛也。从三毛。

篆文作「[illegible]」，段玉裁注曰：「眉者，目上毛也。髮者，首上毛也。而者須也，須者而也，頾下之毛也。髥者頰須也。髭口上須也。」眉毛、頭髮、鬍鬚之類，是各部位毛髮的別稱，總合而言，皆爲「毛」。《釋名・釋形體》:「毛，冒也。在表所以別形貌，且以自覆冒也。」劉熙的解釋說明了毛髮是形貌上的特徵，同時也有覆蓋、遮蔽的作用。還可以由其生長情況、顏色判斷身體的健康狀況；《史記・扁鵲倉公傳》:「毛髮而色澤，脈不衰，此亦關內之病也。」

1. 毛——動物

《周禮・地官・大司徒》:「一曰山林，其動物宜毛物。」《呂氏春秋・觀表》:「地爲大矣，而水泉、草木、毛羽、裸鱗未嘗息也。」高誘注:「(毛)，毛蟲，虎狼之屬也；(羽)，羽蟲，鳳皇、鴻鵠、鶴鶩之屬也。」毛物指的是走獸類有毛皮者，如貂、狐、貉、虎、狼之屬。《戰國策・秦策》:「毛羽不豐滿者，不可以高飛。」動物身上的獸毛、羽毛隨著長成漸漸豐滿，除了識別動物的種類，也是判斷動物年歲大小的依據。

2. 毛與服飾文化

以珍貴的動物毛皮所做成的大衣、外套稱之爲皮草大衣；貂皮、兔毛細緻柔軟而輕暖，是全球服裝時尚的代表，爲名媛淑女所喜愛。老祖先也知道可以加工爲服裝禦寒；《後漢書・輿服志》:「衣毛而冒皮。」

3. 毛與器用文化

《釋名・釋首飾》:「毳冕，毳芮也。」動物的毛皮有粗細之分，秋天時，在原本的獸毛之下會生出細細的絨毛以禦寒，準備過冬，到了來年春天之後絨毛逐漸脫落，待天氣轉涼之後再生。這種細緻的絨毛即「毳」。古人以之爲毛毯；《周禮・天官・掌皮》:「共其毳毛爲氈。」《文選・李陵・答蘇武書》:「韋韝毳幕，以禦風雨。」

4. 不毛之地

動物的皮膚上覆有毛髮，如果把這樣的概念轉借到土地上，那麼植披就如同土地上覆蓋的毛髮；不論是人爲栽種的穀物或是大自然原生的草叢皆可視爲「地之毛」！《公羊傳・宣公十二年》:「君如矜此喪人，錫之不毛之地，不生五穀。」《左傳・昭公七年》:「食土之毛。」那麼不毛之地也就是沒有植披，光禿禿的土地了。

5. 寒毛直豎

在恐懼的時候，毛細孔會收縮，皮膚上的寒毛也就因此而豎起。《韓非子・說林下》:「人見蛇則驚駭，見蠋則毛起。」說的就是人因恐懼而毛髮豎起。口語中會以「心裡毛毛的」來形容膽怯而害怕的心情，其實是與實際的生理反應有關聯的。

（四）丫：羊角也。象形。

（五）角：獸角也。象形。角與刀、魚相侶。

角篆文作「𧢲」，《玉篇》：「角，獸頭上骨外出也。」動物鼻子或頭上所生，的堅硬骨質。可爲攻擊或防禦之用・依段玉裁注；角字形與刀、魚字形相似，如同龜與蛇頭部相似。

1. 風勁角弓鳴

獸角質地堅硬，具有造型之美，可裝飾。尤其用於狩獵的工具上，更能增益威風。《詩・小雅・角弓》：「騂騂角弓，翩其反矣。」王維〈觀獵詩〉：「風勁角弓鳴，將軍獵渭城。」

2. 角與器用文化

《說文通訓定聲・角部》：「疑古酒器之始，以角爲之，故觚、觶、觴、觥等字多从角。」古籍中，以獸角作爲盛酒容器的記載；有《儀禮・特牲饋食禮》：「南順，實二爵，二觚，四觶，一角，一散。」鄭玄注：「角，四升。」又《禮記・禮器》：「宗廟之祭，尊者舉觶，卑者舉角。」因此觥、觵、觚、觶等酒器名皆從部首角。

3. 角力與角逐之文化概念

《禮記・月令》：「天子乃命將帥，講武習射御角力。」又《戰國策・趙策》：「駕犀首而驂馬服，以與秦角逐。」牛、羊、鹿、犀等頭上有角的動物在打鬥時，以角相抵，引申於人彼此較勁，比試力量之強弱、競爭時，也說「角力」、「角逐」。

（六）彑：豕之頭。象其銳而上見也。

彑字象形，從屬字皆豕名。

（七）血：祭所薦牲血也。从皿，一象血形。

篆文作「𧖧」，《詩・小雅・信南山》有：「執其鸞刀，以啓其毛，取其血膋。」「血」字原指作爲祭品的牲畜之血，而非人之血。《周禮・春官・大宗伯》：「以血祭祭社稷、五祀、五嶽。」賈公彥疏：「薦血以歆神。」又《莊子・讓王》：「與盟曰：『加富二等，就官一列。』血牲而埋之。」皆言祭祀時，所用之血。段玉裁注：「不言人血者，爲其字从皿，人血不可入於皿，故言祭所薦牲血。」後引申，亦指人的血液。

（八）肉：胾肉。象形。

篆文作「[illegible]」，段玉裁注曰：「生民初食鳥獸之肉，故肉字最古。而製人體之字用肉爲偏旁，是亦假借也。人曰肌，鳥獸曰肉，此其分別也。」從屬字「胾」，大臠也。段玉裁注曰：「謂鳥獸之肉。」《論語・述而》：「子在齊聞韶，三月不知肉味。」從屬字「肌」，肉也。从肉几。後「肉」也用於指稱人體的肌肉。

《黃帝內經素問・陰陽應象大論》：「其在天爲濕，在地爲土，在體爲肉，在藏爲脾。」王冰注：「覆裹筋骨，充其形也。」包含皮膚、肌肉構成人體。《說文・且部》：「俎，禮俎也，从半肉，在且上。」且，薦也，从几，足有二橫，一，其下地也。俎是切過的肉在砧板上，作爲禮節祭祀時的供品。

1. 肉與蔬果

鳥獸之肉可食，蔬果可食部分亦稱肉。如：果肉、瓜肉。

2. 肉與玉錢

《爾雅・釋器》：「肉倍好謂之璧，好倍肉謂之瑗。」中間有孔之玉璧或錢幣，其本體的部分亦稱「肉」；即去除中間之孔洞所剩餘的部分。《漢書・食貨志下》：「（周景王）卒鑄大錢，文曰寶貨，好皆有周郭。」顏師古注引韋昭曰：「肉，錢形也；好，孔也。」肉與好之外形，不限爲圓形。〔註47〕

（九）韋：相背也。

从舛口聲。獸皮之韋可目束物枉戾相韋背，故借目爲皮韋。韋之本意爲違背之違，借爲皮革之韋後，加辶部，本意遂廢。

韋編三絕

在《周禮・考工記・序》有：「攻皮之工，函、鮑、韗、韋、裘。」這些都是加工皮革的工匠。《儀禮・聘禮》：「君使卿韋弁。」賈公彥疏：「有毛則曰皮，

〔註47〕《史記・孝武本紀》注引《錢譜》云：「白金第一，其形圓如錢，肉好圓，文爲一龍。白銀第二，其形方小長，肉好亦小長，好上下文爲二馬。白銀第三，其形似龜，肉好小，是文爲龜甲也。」

去毛熟治則曰韋。」獸皮去毛加工之後，柔軟有韌性可作爲皮繩，串聯簡冊；《史記・孔子世家》：「讀易，韋編三絕。」《廣韻・微韻》：「韋，柔皮也。」

皮革還可加工製成皮衣；《後漢書・東夷・韓傳》：「其人短小髡頭，衣韋衣。」《晉書・魏舒傳》：「魏舒性好騎射，著韋衣入山澤，以漁獵爲事。」

三、動　作

1. 西：鳥在巢上也。象形。日在西方而鳥西，故因目為東西之西。

篆文作「**𡆼**」，段玉裁注曰：「下象巢，上象鳥，會意。上下皆非字也，故不曰會意，而曰象形。」太陽西下時倦鳥歸巢棲息，因此以字形本意爲鳥在巢上棲息之「西」表示西邊之西。在許慎著書之時，已有从木妻聲，表止息的「棲」字爲或體字。

（1）日落西山之文化概念

《禮記・月令》：「立秋之日，以迎秋於西郊。」《左傳・僖公三十年》：「夫晉何厭之有？既東封鄭，又欲肆其西封，若不闕秦，將焉取之。」《史記・曆書》：「日歸于西。」方位是地域上區別位置的概念，想要以文字形式，在方寸之間表示在廣袤的大地上所劃分的空間，自然有所困難。然而老祖先造字之時，連結了空間、時間與自然界星體移動、生物活動其間的一致性，將傍晚太陽西下，群鳥歸巢而歇的意象全部統合起來，成爲了表示西方的「西」字，這樣的智慧實在令人敬佩。

（2）西域諸國

自漢以降，稱西方諸國之地爲「西域」。《漢書・西域傳》：「西域以孝武時始通，本三十六國，其後稍分至五十餘，皆在匈奴之西，烏孫之南。南北有大山，中央有河，東西六千餘里，南北千餘里。東則接漢，阸以玉門、陽關。」西域的觀念，不是任何一處以西，而是有國家地域意識之後，以整個主權領地的立場而言，位於中國西方區域之諸國。

2. 几：鳥之短羽飛几几也。象形。

3. 奞：鳥張毛羽自奮奞也。从大隹。

4. 飛：鳥翥也。象形。

5. 卂：疾飛也。從飛而羽不見。

飛篆文作「**𩙿**」，《說文・羽部》：「翥，飛舉也。」鳥張翅列羽就是「飛」

字所摹寫的樣子。

（1）**飛與行動之文化概念**

飛行能力是鳥類的一大特徵，《漢書‧晁錯傳》：「德上及飛鳥，下至水蟲。」後引申於其他能升騰之物亦皆爲飛；《漢書‧天文志》：「彗孛飛流，日月薄蝕。」《文選‧郭璞‧遊仙詩》：「翹手攀金梯，飛步登玉闕。」行動矯捷，武藝高強而來去自如的功夫形容爲「飛簷走壁」，奔跑迅速的人稱其擁有「飛毛腿」。

（2）**飛錢**

唐代德宗、憲宗時，商人禁止攜帶銅製錢幣出於外地，因此商賈，委寄錢財於諸道，進奏院及諸軍諸使，可輕裝行走四方。合券即可取之，稱爲「飛錢」。爲中國匯兌制度之始。

6. 習：數飛也。從羽白聲。

篆文作「習」，次數頻繁，在重疊積累、反覆練習當中學會飛翔，就是「習」字之本意。

（1）**學習之文化概念**

《禮記‧月令》：「季夏之月……溫風始至，蟋蟀居壁，鷹乃學習。」人之重學，取以爲名，因此人之學亦謂之習。《禮記‧學記》：「五年視博習親師，七年視論學取友。」孔穎達疏：「博習，謂廣博學習也。」《論語‧學而》：「學而時習之，不亦說乎。」

（2）**習慣與習俗**

《書‧太甲上》：「伊尹曰：茲乃不義，習與性成。」其意指習行不義，將成其本性。《論語‧陽貨》：「性相近也，習相遠也。」凡習慣所使然而不易改變者，亦曰習。

《戰國策‧趙策》：「世俗之間，常民溺於習俗，學者沉於所聞。」《呂氏春秋‧知化論》：「夫齊之與吳也，習俗不同，言言不通，我得其地不能處，得其民不得使。」《漢書‧禮樂志》：「教化已明，習俗已成。」習俗即是一地之人民長期下來養成的習慣、風俗。包括年歲節日的慶典、婚喪喜慶的禮節等等。各地風俗民情不同，也就發展成各自互有差異的習俗。

（3）**習習祥風之文化概念**

「習」字作爲形容，有舒和、舒緩之意；《楚辭‧王逸‧九思》：「風習習兮和暖，百草萌兮華榮。」《文選‧班固‧東都賦》：「習習祥風，祁祁甘雨。」

7. 不：**鳥飛上翔不下來也。从一，一猶天也。象形。**

篆文作「𣎴」，依許慎的說法；字形爲鳥向上飛去之貌，一爲天，╱|╲即鳥之翅與尾。乃非、無、莫，禁止之義，爲否定、未定之辭。《中庸・八章》：「心誠求之，雖不中不遠矣。」《禮記・射義》：「好學不倦，好禮不變。」《史記・周紀》：「是時諸侯不期而會盟津者，八百諸侯。」

8. 至：**鳥飛從高下至地也。从一，一猶地也。象形。不上去而至下，來也。**

篆文作「𦤳」，段玉裁注曰：「不，象上升之鳥，首鄉上；至，象下集之鳥，首鄉下。」不與至兩字，字形相反，意義相違。

（1）至與到

至爲「到達」之意；《玉篇・至部》：「至，到也。」《廣韻・至韻》：「至，到也。」《禮記・大學》：「自天子以至於庶人，壹是皆以脩身爲本。」即是指從天子到一般平民；及於一般老百姓。

（2）至與極端

《史記・曆書》：「而順，至正之統也。」此指最爲公正。《史記・春申君傳》：「物至則反。」即今日所說的「物極必反」。《漢書・食貨志》：「古之治天下，至纖至悉也，故其蓄積足恃。」此言程度最高，最爲細微、清楚的。

（3）至與止息

至有「止」之意，鳥飛下地停止，休息。而表示人所以居止之處所的字，其字形也有「至」如：「屋」、「室」、「臺」。

9. 告：**牛觸人角箸橫木所吕告人也。从口从牛。《易》曰：「僮牛之告。」**

篆文作「𠳵」，「告」是傳達意念的一個動作。《禮記・曾子問》：「凡告用牲幣。」《呂氏春秋・贊能》：「孤弗敢專？敢以告知先君。」《論衡・卜筮》：「其意謂天地審告報，著龜貟神靈也。」此指上報祖先、社稷、山川大地之神明或君王。但是「告」所表示的通知、傳達之意並不限於下對上；《漢書・南蠻傳》有：「以詔書告示三郡，密徵求武士，重其購賞。」《後漢書・明帝紀》：「百姓愁怨，情無告訴。」

10. 豸：**獸長脊，行豸豸然，欲有所司殺形。**

篆文作「豸」，段玉裁注曰：「凡獸欲有所伺殺，則行步詳審，其脊若加長。」野獸打算獵捕行動的時候，腳步會特別小心，背脊就好像加長了。《爾雅・釋蟲》：

「無足謂之豸。」郝懿行義疏：「凡蟲無足者，身恒楕長，行而穹隆其脊，如蝍虫就蚯蚓之類是也。」《說文通訓定聲》：「豸，今貓伺捕物狀如。」這個字描摹脊椎物動行動時的樣子，縮頸曲身，緩步而行，「豸」的樣子就顯現出來了。

11. 虤：虎怒也。从二虎。

篆文作「虤」，兩隻猛虎同在一處則相對爭勝，因此以二虎爲字形表意。段玉裁注曰：「此與㹜『兩犬相齧也』同意。」

12. 㹜：兩犬相齧也。从二犬。

字形爲二犬，表相爭之意。

13. 麤：行超遠也。从三鹿。

篆文作「麤」，鹿行迅速，因以言遠。《釋名・釋言語》：「麤，錯也，相遠之言也。」段玉裁注：「鹿善驚躍，故从三鹿引申爲魯莽之稱。」

《禮記・王制》有：「布帛精麤不中數、幅廣狹不中量，不鬻於市。」表示不精細，與精良相對。《周禮・天官・內宰》：「比其小大與麤良而賞罰之。」不僅用以形容物品，人物、言行之粗魯不細緻亦作「麤」。《論橫・超奇》：「言事麤醜，文不美潤。」《後漢書・東夷傳》：「其人麤大彊勇。」鹿生性警覺醒高，風吹草動輒躍奔逃跑，以其魯莽概念引申，表示粗疏之意。《玉篇》：「麤，不精也。疏也。大也。」徐灝以爲「麤與粗音譯同而微有別，然二字古通用不別也。」

四、特　徵

1. 瞿：鷹隼之視也。从隹、䀠，䀠亦聲。

篆文作「瞿」，鷹隼類之猛禽目力極佳，眼光銳利。《說文・䀠部》：「䀠，左右視也。」《禮記・檀弓》：「瞿瞿如有求而弗得。」即眼目速瞻之貌。《荀子・非十二子》：「瞿睢然。」楊倞注曰：「瞿瞿，瞪視之貌。」郝懿行補注：「瞿瞿者，左右顧望之容。」

《廣韻・虞韻》：「鷹隼視也。」又〈遇韻〉：「視貌。」

《禮記・檀弓上》：「曾子聞之，瞿然。」《禮記・雜記》：「聞名心瞿。」心生害怕時，眼神不定而左右觀看，因此恐懼之「懼」從瞿。〔註48〕

〔註48〕《說文・心部》：「懼，恐也。从心，瞿聲。」而聲符兼義，由此知瞿字亦引申有恐懼之意。

2. 羴：羊臭也。从三羊。

羴爲羊隻腥羶之氣，「羶」爲其或體字。群聚則氣息加重，更爲明顯。

3. 虍：虎文也，象形。

篆文作「[小篆]」，虍即虎身上之花紋，筆劃線條如同斑紋彎曲之形。

五、產　物

1. 巢：鳥在木上曰巢，在穴曰窠。从木，象形。

篆文作「[小篆]」，段玉裁注曰：「穴部曰：『穴中曰窠，樹上曰巢。』巢之言高也，窠之言空也。」巛爲鳥形，中爲巢形，下爲木。鳥巢高架於樹枝之上。

（1）巢與鳥窩

鳥窩《詩・召男・鵲巢》：「維鵲有巢。」《禮記・月令》：「鴈北鄉，鵲始巢，雉雊雞乳。」鳥類築巢而居，銜草莖、樹枝並脫落的羽毛爲之。

（2）有巢氏

除鳥類以外，早期先民也駕木爲巢，以爲居住之所。《禮記・禮運》：「昔者先王，未有宮室，冬則居營窟，夏則居橧巢。」《莊子・盜跖》：「古者禽獸多而人民少，于是民皆巢居以避之。」在防禦能力尙待加強的遠古時代，巢居於高處能夠避免一些野獸襲擊。《韓非子・五蠹篇》：「上古之世人，民少而禽獸眾，人民不勝禽獸蟲蛇，有聖人作，構木爲巢，以避群害而民悅之，使王天下，號之曰：有巢氏。」

在文明發展初期的原始社會，人類並不是一開始就曉得營宮室而居；而使找尋乾燥、向陽的洞穴作爲休息的處所；也就是「穴居」。之後，逐漸發展而能出現了「人造」的居所，在樹上搭建類似鳥巢的建築物。而後慢慢進步，材料加進了石塊、泥土，架構增加了牆壁、屋頂的完整房室出現。〔註 49〕

2. 釆：辨別也。象獸指爪分別也。

篆文作「[小篆]」，段玉裁注曰：「倉頡見鳥獸蹏迒之迹，知文理之可相別異也，

〔註 49〕老祖先的建築技術，是逐漸進步並且同時有多種形式同時存在的在浙江餘姚的河姆渡遺址發現大量木頭建築；於建築基地上，打下木樁，並加上木板作爲房屋之基礎，再於其上搭建房室，這種有助於防潮的結構，主要分布在長江流域及其以南地區的建築，稱爲「杆欄式住屋。」而黃河中上游的黃土高原區域，則有袋狀坑穴，加蓋了擋水的防護物。

遂造書契。」鳥獸指爪之跡用以分辨，因此以象足跡之形的「釆」表示分判、辨識。從屬字「釋」，下云：「解也，从釆，釆取其分別。」解釋某物，即區別於他者，而使本意清楚顯明。

3. **禸：獸足蹂地也。象形，九聲。**尒疋〈爾雅〉曰：**狐貍貛貉醜，其足蹞，其跡禸。**

篆文作「禸」，《爾雅・釋獸》：「貍、狐、貒、貈醜，其足蹯，其跡禸。」「蹂」爲「禸」之古文字形，其意即踐履、踩踏。「蹞」即「番」的或體字。「番」，《說文》釋爲獸足。禸之從屬字「禽」，《說文》釋爲走獸總名。字義皆著重於動物之腿足。

六、動物文化概念

從相關的文字說解當中也可以作爲上古時代中國境內生物族群資料；如大象產於南越，熊有冬眠習性。觀察動物的習性，利用動物的專長與特點，增進人類生活，是老祖先智慧的發揚；如利用兕牛的厚皮製作鎧甲，以貝類作爲通行貨幣。

具體的使用實質物品以外，也有抽象概念的發揮；以廌獸能辨是非，神獸之靈性不可思議，而此乃先民對於廌獸賦予了精神意義的價值。釋「血」爲「祭所薦牲血」，提供了祭祀活動的內容。以鳥類學飛之「習」引申於人類的各種學習、練習行爲，便是以概念連結了人與自然之間。

第五節　小　結

《說文》中有關人以外的自然物之部首字，歸納之後可劃分爲天文、地理、植物、動物四大類別。這四個類別各有屬性上的不同且能明顯劃分，而又共同組成了自然萬物；與人類的生活或遠或近，對人類的生存或有益或有害，皆成爲先民認知的一部分。人與其他自然萬物之間沒有語言可作爲溝通，只有長期的觀察紀錄與經驗的累積以及傳承，慢慢探索事物的本質，揭開尙不爲人知的一面。《說文》中的豐富資料告訴後人，老祖先對於自然產物的認知與運用除了生活化的需求，也有哲學意味的精神崇拜。

《說文》中對於太陽、月亮的解說，將兩者的特質作了精要地定義；「日實月闕」，是同樣運行於天際的日與月明顯的差異處，而「大昜之精不虧、大侌之精」表述了關於日月精華的意識，相信大自然擁有神奇而強大的力量。也在科學性的宇宙天文知識發達以前，以此能量聚合的方式爲行星發光發熱的原理作解釋。

在地理分類中，除了陸地與河海兩大地形區別之外，「礦物」也是相當重要的一部分。由於「礦物」的性質皆屬於可供人爲利用的資源，因此特別具有經濟文化方面的意義；除了表示老祖先文明發展的進程，對於自然資源開發的技術，其實還蘊含了一段摸索與試驗的長久歷程。從初期偶然發現礦產的階段，到積極尋找礦苗，開採及冶鍊技術的發明與進步，都有先民投注的時間、心力在其中；絕非短時間所能達成的偉大成就！

關於植物的分類，也可以引證早期農耕社會生活的型態；較偏重於具有經濟價值，可食、可用的植物，對於植物形體的各部分、各生長階段也作了觀察紀錄，這是累積於栽培過程中的經驗。

人類自比於天，總認爲相較於其他動物；具有思維能力，懂得創造利用工具，所以更爲高等。但是從《說文》中的解說來看：不僅沒有貶仰其他的動物，尚且具有肯定與崇拜的觀點；如「烏：孝鳥也。」、「羊，祥也。」、「虎，山獸之君。」、「能獸堅中，故稱賢能。」附加了人爲世界的道德倫理價值，借用牠們的長處以爲學習對象。

第四章　結　論

《易・繫辭》:「古者包犧氏之王天下也;仰則觀象於天,俯則觀法於地,觀鳥獸之文,與地之宜。近取諸身,遠取諸物,於是始作八卦,以通神明之德,以類萬物之情。」許慎於《說文解字・敘》中論文字起源時,引用此文。遠古時代,文明進展尚在萌芽的階段;古人最初是觀物取象,透過觀察,總合現象與思維意識,運用聯想創造發明。「近取諸身」與「遠取諸物」便可視爲取象的兩大方向,本文討論之內容亦以此爲中心。

第一節　近取諸身——人之文化概念

由《說文》人類之部首歸類,可以觀察出老祖先對於自我了解的深入程度以及著重點;其中關於身軀類之部首將近三分之一,而動作類之部首則約有二分之一。可見古人於形體之各部分觀察仔細,並對於人自身所擁有的能力與行動、行動,更是爲研究之重點。這可說是對於自我價值高度肯定之表現。

此外,身軀的名稱以及肢體動作的指稱除了單純表示所指之事物,也擷取其性質或功能所具有的特殊意義而引申爲某些概念、成爲某種象徵,具體地表現在語言當中。

例如:「自」,對其認知與用法是作爲第一人稱代詞,指稱本身。《說文》則曰:「鼻也。」兩者之間並無衝突矛盾,而是隱含了「稱己身時,以手指鼻」的生活習慣；指鼻稱己，於是以鼻形之「自」表示自己。

「頤指氣使」，乃用以形容態度高傲無禮，隨心所欲差遣支配他人；「頤」原來就是下巴，以下巴指揮命令，將其驕傲自大的姿態形容的多麼具體而生動！

「乖違」表示違反、背離；語意之源來自於「乖」所代表的「背脊骨」，取其相背、背反之意，由具體的身軀引申用於抽象的概念。

疲倦缺氧或精神不振時張口深呼吸的動作爲「打呵欠」，此爲「欠」之本意；而「欠」已泛用於其他物質上匱乏，虧漏。其用法不限於身體機能需要補充氧氣，而著重於短少、不足之概念。

代表兩物相接，由具體的運輸、郵政訊息傳遞如：「交通」，到抽象的情感往來如：「交情」、「交往」；普遍使用的「交」字，原本是人體姿態，兩腿相交叉的樣子。加以引申，擴充指稱的對象之後，延伸了文字的運用範圍，廣泛而頻繁地出現在語言當中。

在精密的科學儀器尚未發達之前，人體被當作重要的參照，而作爲度量衡標準；《說文》云手腕下動脈處爲「寸」，亦表示「一寸」的距離。無獨有偶；英文 foot 意爲腳掌，亦爲長度單位「英呎」，等於 0.3048 公尺。同樣是利用人體作爲簡便的度量工具。

表示空間的「左」（ナ）、「右」（又），原來是表示人體之左手、右手，將具體的部位概念化之後，加強了語言使用的靈活性，也展現了民族的智慧。類似的還有表示活動概念的「止」、「先」，同樣藉助於人體的部位表達概念。中國文字非單純表音的特性，幫助文字呈現多元而豐富的文化面貌。

在中國的傳統文化當中，有以己之生命、情感去感知自然的觀念。在此之前，必然對於己身有相當程度的觀察與了解，方能進一步推衍於外界外物。而這些觀察紀錄，其實早已融入文化內涵，表現在語言當中。

第二節　遠取諸物——自然之文化概念

在神話傳說當中，宇宙天地的形成，乃是由具有人類形象的天神變化軀體各部分所構成。神話思維的角度不足爲科學證據，但卻聯繫了人之主體與自然界客體，是文化概念與內涵的一部分。

《春秋繁露・人副天數》：「唯人獨能偶天地。人有三百六十節，偶天之數也；形體骨肉，偶地之厚也；上有耳目聰明，日月之象也；體有空竅理脈，川谷之象也；心有哀樂喜怒，神氣之類也。」這代表著人與自然之間息息相關，相互交融的文化概念。文明發展的初期，如何在自然界當中取得資源，避免威脅，爭取生存空間，提高生活品質是最重要的課題。隨著經驗的累積與學習，由單方面的認知、了解漸掌握其他生物、物質的特性，發展出馴養、駕馭、開墾……等技術，在順應自然的前提之下開發利用自然。

《周禮・地官・司徒》：「辨其山、林、川、澤、丘、陵、墳、衍、原、隰之名物，而辨其邦國都鄙之數，制其畿疆而溝封之，設其社稷之壝而樹之田主，各以其野之所宜木，遂以名其社與其野。」對於地形有所認識之後，再了解地區特質，區判各種動植物生長條件，因地制宜，才能對其加以有效利用。而關於區域特性的辨識；先民早已有了系統性的劃分；〔註 1〕因其環境的不同，各配合了不同生長條件的動植物。有了清楚的認知之後，方能獲取需要的資源，並且對於土地加以有效利用。同樣的，面對其他自然環境以及諸多生物，老祖先也加以觀察紀錄，並提供具體的資料給予參考。而《說文》便是這些資料的綜合。

語言文字當中所展現的自然概念，除了實質運用自然資源之外，象徵思維也是重要的文化意義。比如「牛」、「馬」由於牠們對於農耕與交通等方面的貢獻，而代表了吃苦耐勞、腳踏實地的精神。以慈「烏」與比翼「鳥」表達家庭和樂，夫妻情深。以「龜」年比喻平安長壽。「羊」所具有的吉祥如意象徵，更直接影響了文字的構形；加上偏旁「示」而成「祥」字。動物的實質存在，是自然界的生物之一。然而，推崇群體和諧的價值觀念、注重家庭倫理的傳統美德、追求太平安定的人生願望；這些人為世界所具有的精神意義，彷彿因為自然界的實踐，而獲得了印證。

第三節　人與自然之文化關聯

詮釋人與自然類部首之文化意義，除了對於兩者之個別認識，也探索老祖

〔註 1〕《周禮・地官》：「以土會之法，辨五地之物生，一曰山林，其動物宜毛物，其植物宜早物，其民毛而方。二曰川澤，其動物宜鱗物，其植物宜膏物，其民黑而津。三曰丘陵，其動物宜羽物，其植物宜覈物，其民專而長。四曰墳衍，其動物宜介物，其植物宜莢物，其民晳而瘠。五曰原隰，其動物宜贏物，其民豐肉而庳。」

先對自然的思索與理解，追尋民族精神、民族性格和心理之源頭。歸納出文化概念中人與自然之相互關係如下：

一、人自比於天地的自我認知

《書經・泰誓》：「惟天地萬物父母，惟人萬物之靈。」又《春秋繁露・人副天數》：「天地之精所以生物者，莫貴於人。」在老祖先的觀念裡，已經對於自身的存在賦予崇高的價值，能夠創造生活器用，思辨哲學義理；與天生之萬物相比，這是人類所獨有的天賦靈性與智慧。故云：「人，天地知性經驗最貴者也。」

釋「天」，云：「顚也。」顚，頂也。頭頂爲人身最上端，以人身之最高處引申指自然界之上部。人以自身形體與自然相比，人之價值亦與天地相比。《易經・說卦》：「立天之道曰陰與陽，立地之道曰柔與剛，立人之道曰仁與義，兼三才而兩之，故易六畫而成。」潘岳〈西征賦〉：「寥廓忽恍，化一氣而甄三才，此三才者，天地人道。」雖然人的力量與聰明並不足以生養萬物，但是經由學習以及不斷累積，仍具備了某種程度上控制與利用的主宰能力。因此也認爲可與天地處於相對的地位，與天地並稱。乃云：「大，天大地大人亦大。」

二、順應自然之生存之道

「丘，人居在丘南故从北。」表面上，這樣的字義解說，僅是現象的描述。然而，其中卻隱含了老祖先於自然環境下生存，累積經驗與學習所呈現的結果。中國版圖所在之地理位置，爲北半球之溫帶地區，陽光於生活、農業而言，相當重要。丘陵山嶽之南面日照較北面充足，因此較適宜人居。先人的智慧隱藏在文字之間，但並非因此而消失，只是有待後人的發現。

三、歲時節令與農耕

《孟子・梁惠王》：「百畝之田，勿奪其時。八口之家可以無飢矣。」又曰：「不違農時，穀不可勝食也。」中國自古以農立國，農業的發展對於民生有著決定性的影響力，國家的安定有賴人民生活無虞。因此君王治國，亦須重視農政之發展。農事之操作，須符合自然規律；觀察氣候之變化，確定植物生長週期。農業技術的進步，即在於能夠掌握農作物的生長條件，充分給予所需要的養分、水分。因此，首先必須對於季節特性有所了解。可見於《說文》當中的是「風，八風也。」由春天東方明庶風始，至東北融風。季風循環，不同方位的季風所帶來的水氣、溫度有所差異，如：東南清明風，為暖風，雨水充沛而滋潤。此乃是農業知識的基礎。能區別分辨之，然後依時栽種適宜的農作物，方可有最大的收益；「麥，芒穀，秋穜厚薶，故謂之麥。」「黍，以大暑而穜故謂之黍。」

四、發明與利用

人所具有的創造發明能力，早已發揮並且進行不輟，除了滿足基本生活所需，也追求更美觀、便利，具有更高的價值。《說文》當中所見因人之聰明智慧而加以利用之天生自然物如：「鹽，鹵也，天生曰鹵，人生曰鹽。」「黍，孔子曰黍可為酒。」「桼：木汁可以髹木。」「兕：如野牛，青色，其皮堅厚可制鎧。」涵蓋飲食、器用等等範疇，亦有人為制度所需，而賦予後天意義而使用者：「貝，古者貨貝而寶龜，周而有泉，至秦廢貝行錢。」

五、崇拜與敬畏

人與自然的關係，並不全然是人對於自然的採擷、利用；人類之生存是為大自然食物鏈之一環，必然有所消耗，由於人所具有的天賦能力，於文明發展或科學技術方面的進步，取用於自然的途徑與方式與其他生物相異。然而，正由於人所獨具的思考能力與道德觀念，面對萬物，也有實用之外的象徵意義。「玉、石之美有五德者。」五德，謂仁義智勇絜。此實為修養之德性，而比之於美玉。「烏，孝鳥也。」「羊，祥也。」子女尊親與孝道的實踐，於中國社會及道德觀念中，一直有高度的要求，對於動物也有富於精神意義的表現，與以肯定且作為其認知之特性。「虎，山獸之君。」人類社會有法制規範，有階級概念，由權力中心主宰。在動物世界裡，兇猛具有力量的肉食動物，彷彿對等於人世之統治者，受到其他子民的敬畏。對於其天賦擁有而人所不及的強大力量，也崇拜而嚮往之，藉由圖勝或名號，希望因此而更加強壯威猛。

六、概念的形成

對於反映在眼前的自然，老祖先在實體的運用之餘，也有抽象概念的借用與思考。「齊，禾麥吐穗上平也。」「能，能獸堅中，故稱賢能，而彊壯稱能傑也。」源於自然型態所給予的啓發，於語彙中廣泛而普遍地使用，但是其根本之來源，卻已湮沒不聞。藉由對於語言的文化觀念的詮釋，再度喚起文字的靈魂，使我們更了解語言的深層意義，也更了解自己的文化。

第四節　後續研究之發展

關於中國語言文化學的研究，範圍廣闊而內容豐富，揭示多元的文化面貌，〔註2〕長久以來，已有相當多學者投注心力研究，成果卓越。然而文化流傳不墜，文字通行廣遠，相關之學術探討依然持續開展。

《說文》觀照天文地理、山川草木、鳥獸蟲魚、金銀玉帛、宮室車馬、衣食用器、政治武備、感知概念；自然生成產物與人爲文物制度，燦然大備。其內容爲上古文化史的集結，也即爲漢代整體宇宙觀之呈現。〔註3〕這些成系統的詞義訓釋，對於中國上古社會有整體而全面性的記載，包括自然萬物、典章制度、思想觀念等等，各個層面的文化體系。本文所討論的僅爲人與自然部分，若能對於全書進行全面的文化詮釋，即爲完整的漢代文化體系。

整體文化現象的研究之外，在《說文》已然具備的文字系統上集結特定文字探討，連結完整的語義場，〔註4〕亦能提供文化現象之展現。可以部首爲歸納主題，如：「示」部與祭祀文化，「玉」部與玉石文化研究，「女」部與漢代女性研究，「貝」部與商業經濟研究，「車」、「舟」部與交通文化研究，可以文物爲探討主題，如：樂器文化研究，農業文化研究，飲食文化研究，酒文化研究，乃至於漢代天文學、地理學、植物學、動物學、醫學……等等，皆能透過文字

〔註2〕《中國漢字文化大觀》「漢字的歷史，漢字的字形、字量、字系，漢字的字頻、字體、字用，漢字的管理，漢字的改善等等，都是漢字文化的研究基礎。由這些關於和字的方方面面所涉及的種種習慣、傳統、制度、法令、發明、學派等社會的、政治的、經濟的、思想的、科學的現象，就是漢字文化的研究內容；反之，由這些現象引起的對漢字的系統、漢字的歷史、漢字的應用與發展所產生的作用，也是漢字文化的研究內容。」，頁102。

〔註3〕許沖〈上《說文》表〉中形容：「六藝群書之詁／皆訓其意，而天地鬼神、山川草木、鳥獸昆蟲、雜物奇怪、王制禮儀、世間人事莫不畢載。《新添古音說文解字注》，頁793-794。

〔註4〕語義場是由詞素組成的集合，同一語義場中的詞素具有一共同的語義特徵。語義場的研究有助於說明各種語言的不同詞彙結構，顯現彼此於觀察、表達外部世界時的差異。

的詮釋，將古代社會文化與科技文明的面貌清晰地呈現在現代世人眼前。

因此若以本文爲初步基礎，關於日後可從事之研究方向，可有全面性綜合探討如：「《說文解字》語言文化架構研究。」揭示《說文》裡蘊含的的整體文化觀。可有專題性主題探討如：「《說文解字》地理文化研究」此爲相關人與地的區域聯繫以及物產與民生經濟的地理研究，亦即社會史實與文化的密切結合，具有高度社會文化意義。而「《說文》與中國飲食文化」、「《說文》與服飾文化」、「《說文》與建築文化」、「《說文》與交通文化」、「《說文》與音樂文化」、「《說文》與中國醫藥文化」、「從《說文》看中國人的物種關係」、「從《說文》看中國性別文化」等，皆爲具有高度研究價値之相關主題。文化的脈動深層而悠遠，後人的進步有賴前人智慧給予啓發，而《說文》便蘊藏了豐富的寶藏於其中。

參考文獻

一、書　籍

（一）文字訓詁類

1.《中國文字學史》，胡樸安，台北，臺灣商務印書館，1966 年。
2.《説文通訓定聲》，（清）朱駿聲，台北，藝文印書館，1966 年。
3.《説文部首通釋》，包明叔，台北，自刊本，1967 年 6 月。
4.《積微居小學述林》，《耐林廎甲文説》，楊樹達，台北，大通書局，1971 年。
5.《説文解字詁林正補合編》，台北，鼎文書局，1977 年。
6.《玉篇》，（南朝陳）顧野王，台北，中央圖書館，1982 年。
7.《郭沫若全集考古編第一卷》，北京，科學出版社，1982 年。
8.《文字聲韻訓詁筆記》，黃侃，台北，木鐸出版社，1983 年。
9.《辨文識字》，梅遜，台北，大江出版社，1983 年 5 月。
10.《許慎與《説文解字》研究》，董希謙，張啓煥主編，河南，河南大學出版社，1988 年 6 月。
11.《甲骨文字典》，徐中舒主編，成都，四川辭書出版社，1990 年。
12.《基礎漢字形義釋源》，鄒曉麗，北京，北京出版社，1990 年 6 月。
13.《甲骨文字釋林》，于省吾，北京，中華書局，1993 年 4 月一版三刷。
14.《説文相關部首探原》，劉至誠，台北，文史哲出版社，1994 年 9 月。
15.《説文解字句讀》，（清）王筠，上海，上海古籍出版社，1995 年。
16.《説文解字注箋十四卷》，（清）徐灝，上海，上海古籍出版社，1995 年。
17.《説文解字的文化説解》，臧克和，武漢，湖北人民出版社，1996 年 3 月一版二刷。

18.《中國漢字文化大觀》，何九盈，胡雙寶，張猛主編，北京，北京大學出版社，1996年7月一版二刷。
19.《說文漢字體系與中國上古史》，宋永培，廣西，廣西教育出版社，1996年10月。
20.《說文部首類釋》，蔡信發，台北，萬卷樓圖書公司，1997年。
21.《漢字王國》，林西莉，山東，山東畫報出版社，1998年。
22.《中國語言精粹》，譚學純，朱玲，安徽，安徽少年兒童出版社，1998年6月二刷。
23.《新添古音說文解字注》，東漢許慎選／清，段玉裁注，台北，洪葉文化事業有限公司，1998年10月。
24.《漢字文化綜論》，劉志基，南寧，廣西教育出版社，1999年7月一版二刷。
25.《說文漢字體系研究法》，宋永培，廣西，廣西教育出版社，1999年8月。
26.《爾雅語言文化學》，盧國屏，台北，臺灣學生書局，1999年12月。
27.《漢語辭彙與文化》，常敬宇，台北，文橋出版社，2000年11月。
28.《說文解字與中國古代文化》，王寧，謝棟元，劉方，瀋陽，遼寧人民出版社，2001年1月。
29.《漢字和文化問題》，周有光，沈陽，遼寧人民出版社，2001年1月。
30.《說文與上古漢語詞義研究》，宋永培，四川，巴蜀書社，2001年6月。

（二）古籍原典類

1.《抱朴子》，葛洪，孫生衍校正，台北，世界書局，1958年。
2.《尚書正義》，（漢）孔安國傳，（唐）孔穎達等正義，台北，藝文印書館，1960年。
3.《列子》，（漢）張湛注，台北，廣文書局，1960年。
4.《荀子集解二十卷考證二卷》，台北，世界書局，1962年。
5.《管子校正二十四卷》，（唐）尹知章注，（清）戴望校，台北，世界書局，1962年。
6.《古今圖書集成》，（清）陳夢雷編，台北，文星書店，1964年。
7.《周易十卷》，（魏）王弼、韓康伯注，（唐）孔穎達等正義，台北，藝文印書館，1965年。
8.《毛詩七十卷》，（漢）毛公傳、鄭元箋、（唐）孔穎達等正義，台北，藝文印書館，1965年。
9.《周禮四十二卷》，（漢）鄭元注、（唐）賈公彥疏，台北，藝文印書館，1965年。
10.《儀禮五十卷》，（漢）鄭元注、（唐）賈公彥疏，台北，藝文印書館，1965年。
11.《禮記六十卷》，（漢）鄭元注、（唐）孔穎達等正義，台北，藝文印書館，1965年。
12.《春秋左傳六十卷》，（晉）杜預注、（唐）孔穎達等正義，台北，藝文印書館，1965年。
13.《論語二十卷》，（魏）何晏等注，（宋）邢昺疏，台北，藝文印書館，1965年。
14.《風俗通義古今注》，（後漢）應劭台北，臺灣商務印書館，1965年。
15.《急就篇》，（漢）史游，台北商務印書館，1965年。

16.《淮南子》，(漢) 劉安，台北，中華書局，1965 年。
17.《山海經箋疏》，郭璞注，〈清〉郝懿行疏，台北，中華書局，1965 年。
18.《韓非子》，韓非，台北，中華書局，1965 年。
19.《墨子》，墨翟，台北，廣文書局，1965 年。
20.《法言》，(漢) 楊雄，台北，藝文印書館，1967 年。
21.《釋名》，(漢) 劉熙，台北，藝文印書館，1967 年。
22.《呂氏春秋》，(秦) 呂不韋，台北，藝文印書館，1968 年。
23.《本草綱目》，(明) 李時珍，台北，台北文光圖書有限公司，1968 年 10 月。
24.《國語》，左丘明，台北，臺灣中華書局，1968 年。
25.《戰國策》，(漢) 劉向撰，(東漢) 高誘注，台北，臺灣商務印書館，1973 年。
26.《三國志》，(晉) 陳壽，(南宋) 裴松之注，台北，洪氏出版社，1974 年。
27.《漢書》，(漢) 班固撰，(唐) 顏師古注，台北，鼎文書局，1976 年 10 月。
28.《論衡》，(漢) 王充，台北，中國子學名著集成編印基金會，1978 年。
29.《白虎通疏證》，(漢) 班固，台北，中國子學名著集成編印基金會，1978 年。
30.《後漢書》，范曄，台北，洪氏出版社，1978 年。
31.《三國演義》，(明) 羅貫中，台北，遠流出版社，1979 年。
32.《史記》，漢司馬遷撰，唐裴烹集解，司馬貞索隱，張守節正義，台北，天工書局，1985 年 9 月。
33.《文明小史》，(清) 李伯元，台北，博遠出版公司，1987 年。
34.《文選》，(梁) 蕭統邊，(唐) 李善注，台北，五南圖書出版公司，1991 年。

(三) 社會文化類

1.《鳳麟龜龍考釋》，杜而未，台北，臺灣商務印書館，1966 年 8 月。
2.《文化學體系》，黄文山，台北，臺灣中華書局，1968 年。
3.《九穀考四卷》，(清) 程瑤田，台北，藝文印書館，1968 年。
4.《本草綱目》，張紹棠重訂，台北，台灣商務印館，1968 年。
5.《鳥與文學》，開明書店編，台北，臺灣開明書店，1968 年 3 月。
6.《黃土與中國農業的起源》，何炳棣，香港，香港中文大學，1969 年 4 月。
7.《文化人類學》，拉夫．林頓 (Ralph.Linton)，蔡勇美譯，高雄，三信出版社，1975 年 6 月。
8.《春秋至秦漢之都市發展》，蕭國鈞，台北，臺灣商務印書館，1984 年。
9.《中國地理史話》，格物叢書，台北，明文書局股份有限公司，1983 年 8 月無作者。
10.《秦漢社會文明》，林劍鳴，周天游，余華青，黄留珠，谷風出版社，1987 年 12 月。
11.《秦漢風俗》，韓養民，張來斌，台北，博遠出版有限公司，1989 年 4 月。

12.《中華文化史》，馮天瑜主編，上海人民出版社，1990 年。
13.《文化科學》，萊斯利．A．懷特（Leslie A.White,1900-1975），曹錦清等譯，台北，遠流出版事業股份有限公司，1990 年 12 月，《龍與中國文化》，劉志雄，楊靜榮，北京，北京人民出版社，1992 年 11 月二版。
14.《中國古代雜技》，劉蔭柏，台北，臺灣商務印書館，1993 年。
15.《十二生肖文化叢書——鼠》，馬漢彥主編，台北，谷風出版社，1993 年 6 月。
16.《十二生肖文化叢書——兔》，馬漢彥主編，台北，谷風出版社，1993 年 6 月。
17.《十二生肖文化叢書——虎》，馬漢彥主編，台北，谷風出版社，1993 年 6 月。
18.《十二生肖文化叢書——馬》，馬漢彥主編，台北，谷風出版社，1993 年 6 月。
19.《十二生肖文化叢書——羊》，馬漢彥主編，台北，谷風出版社，1993 年 6 月。
20.《十二生肖文化叢書——牛》，馬漢彥主編，台北，谷風出版社，1993 年 10 月。
21.《十二生肖文化叢書——狗》，馬漢彥主編，台北，谷風出版社，1993 年 10 月。
22.《十二生肖文化叢書——豬》，馬漢彥主編，台北，谷風出版社，1993 年 10 月。
23.《美術考古與古代文明》，劉敦愿，台北，允晨文化事業有限公司，1994 年 4 月。
24.《夏商社會生活史》，宋鎮豪，北京，中國社會科學出版社，1994 年 9 月。
25.《詩經中的經濟植物》，耿煊，台北，臺灣商務印書管股份有限公司，1996 年 3 月修訂版。
26.《星漢流年——中國天文考古錄》，馮時，四川，四川教育出版社，1996 年 9 月。
27.《文化釋義》，李燕，北京，人民出版社，1996 年 10 月。
28.《虎文化——論述篇》，曹振峰，台北，漢聲雜誌社，1998 年 2 月。
29.《先秦神話思想史論》，趙沛霖，台北，五南圖書出版有限公司，1998 年 6 月。
30.《華夏文明探秘叢書》，《溢彩流光——中國古代漆器巡禮》，胡偉慶，成都，四川教育出版社，1998 年 7 月。
31.《秦漢文化志》，熊鐵基，上海，上海人民出版社，1998 年 10 月。
32.《中國虎文化》，簡榮聰，台北，大路交通基金會，1999 年 1 月。
33.《中國語言和中國社會》，陳建民，廣州，廣東教育出版社，1999 年 12 月。
34.《龍文化與民族精神》，魯諄，王才，馮廣裕主編，上海，上海人民出版社，2000 年 1 月。
35.《說文與中國古代科技》，王平，南寧，廣西教育出版社，2001 年 1 月。

二、期刊論文

1.〈黍稷粟梁高梁考〉，于景讓，《大陸雜誌》，第十三卷三、四期，1956 年 8 月。
2.〈中國古代天文對政治的影響——以漢相翟方進自殺爲例〉，張嘉鳳，黃一農，《清華學報》第二十卷二期，1990 年 12 月。
3.〈上古天文考——古代中國“天文”之性質與功能〉，江曉原，《中國文化月刊》，第四期，1991 年 8 月。

4.〈以文字地理學談上古中國主食作物〉，潘桂成，《台灣師範大學地理研究報告》，第二十五期，1996 年 5 月。
5.〈從《史記・天官書》看上古史官的司天傳統〉，鄒植汎，《史化》，第二十八期，2000 年 6 月。
6.〈從《說文解字》談漢字的鬼神信仰〉，鄭志明，《鵝胡月刊》，26 卷 7 期，總 307，2001 年 1 月。
7.〈說文解字“禾、黍、來、麥”部的農業剖析〉，游修齡，《浙江大學學報》（人文社會科學版）第三十一卷五期，2001 年 9 月。
8.〈五穀、六穀與九穀——談談甲骨文中的穀類作物〉，宋鎮豪，《先秦、秦漢史》，2002 年第六期。